오디세이아

돋을새김 푸른책장 시리즈 **018**

오디세이아 [개정판]

개정 1쇄 2015년 4월 25일
     2쇄 2020년 2월 28일

지은이 | 호메로스
편역자 | 임명현
발행인 | 권오현

펴낸곳 | 돋을새김
주소 | 경기도 고양시 일산동구 하늘마을로 57-9 301호 (중산동, K씨티빌딩)
전화 | 031-977-1854~5 팩스 | 031-976-1856
홈페이지 | http://blog.naver.com/doduls 전자우편 | doduls@naver.com
등록 | 1997.12.15. 제300-1997-140호
인쇄 | 금강인쇄(주)(031-943-0082))

ISBN 978-89-6167-180-4 (03890)
Copyright ⓒ 2011, 2015, 임명현

값 10,000원

돋을새김
푸른책장
시 리 즈
0 1 8

오디세이아

호메로스 지음 | **임명현** 편역

돋을새김

"우리의 고난이 끝난 것은 아니오.
앞으로도 헤아릴 수 없이 많은 난관이 남아 있으며
나는 그것들을 모두 이겨 내야만 한다오."

호메로스

▲ 오디세우스 일행이 폴리페모스를 장님으로 만드는 장면을 그려 놓은 도기 파편(기원전 7세기 중반).

▼ 암포라에 새겨진 오디세우스 일행과 폴리페모스(기원전 7세기 중반).

▲ 폴리페모스의 동굴에서 탈출하려는 오디세우스 일행들. 오디세우스의 꾀에 넘어가 눈이 멀어 버린 폴리페모스는 그들을 잡으려고 동굴 앞을 지키고 섰지만, 오디세우스는 그가 키우던 양들을 이용해 탈출했다(야코프 요르단스, 17세기경).

▲ 오디세우스에게 마법에 걸리게 하는 약이 든 잔을 권하는 키르케. 그녀는 그의 동료
　들을 돼지로 만들어 버린다(존 윌리엄 워터하우스, 1891년).

▲ 세이렌 자매를 만난 오디세우스 일행들. 그들의 아름다운 노랫소리에 현혹되지 않기 위해 오디세우스는 기둥에 몸을 단단히 묶고, 동료들의 귀를 밀랍으로 막은 후 그곳을 지나간다(허버트 제임스 드레이퍼, 1909년).

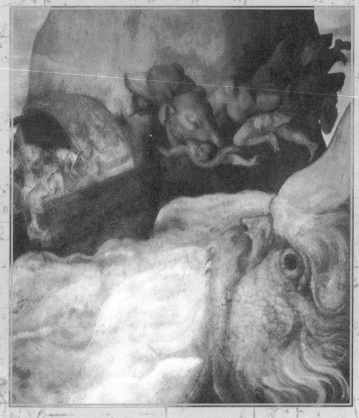

▲ 여섯 개의 머리를 가진 괴물 스킬라와 소용돌이치는 카립디스 사이를 빠져나가는 오디세우스 일행들(1560년경 프레스코화).

▲ 나우시카를 만난 오디세우스. 조난당한 오디세우스에게 나우시카는 음식과 옷을 주고, 그의 귀향을 돕는다(피테르 라스트만, 1619년).

▼ 페넬로페와 그녀에게 청혼하는 구혼자들. 페넬로페는 구혼자들에게 시아버지의 수의를 짤 때까지 기다려 달라고 한다. 그러나 그녀는 매일 낮에는 베를 짜고 밤이면 그것을 몰래 풀어 버렸다. 지혜와 인내로 정절을 지킨 그녀는 후에 오디세우스와 해후한다(존 윌리엄 워터하우스, 1912년).

▲ 멧돼지 엄니에 물린 흉터를 보고 오디세우스를 알아본 유모 에우리클레이아.

▲ 아테나 여신의 도움을 받아 구혼자들을 학살하는 오디세우스 일행들(기원전 3세기경).

머리말

　　호메로스의 〈일리아스〉와 〈오디세이아〉는 트로이 전쟁을 배경으로 올림포스 신들과 영웅들이 엮어 내는 장엄한 서사시이다. 〈일리아스〉는 트로이 전쟁의 진행 과정을 그리고 있으며, 〈오디세이아〉는 전쟁이 끝난 후 고향으로 돌아가며 겪게 되는 영웅들의 모험담이 주된 내용이다. 바다를 배경으로 무궁무진하게 펼쳐지는 신과 영웅들의 환상적인 모험담은 서구문학의 가장 강력한 자양분이기도 하다. 특히 다른 어떤 작품들보다 바다의 신 포세이돈, 지혜의 여신 아테나, 인간의 운명을 저울질하는 막강한 제우스를 비롯한 다양한 그리스 신들의 세계가 흥미진진하게 묘사되어 있다.

　　〈일리아스〉에서 아킬레우스에게 이 세상에서 가장 아름다운 청동방패를 만들어 주었던 절름발이 신 헤파이스토스가 〈오디세이아〉에서는 가장 아름다운 아내 아프로디테가 아레스와 밀회를 나누자 침대를 아무도 풀어낼 수 없는 그물로 둘러싸 모든 신들의 웃음거리로 만드는 등 유쾌한 신들의 이야기가 무궁무진하게 전개된다. 또한 인간적인 면모를 띤 근엄하면서도 쾌활한 다양한 그리스의 신들과 더불어 권력자들의 세력 다툼, 아름답고 커다란 궁전에서의 생활상, 종교의식, 축제와 운동 경기에 참여하는 다양한 영웅들의 모습이 세밀하게 묘사되어 있다. 2,500년 전 서구문명의 기반을 강력하게 구축한 그리스 인들의 삶을 이보다 더 생생하게 살펴볼 수 있는 문학작품은 없을 것이다.

이 책은 푸른책장 시리즈 제9권 〈신화와 역사의 보물창고 일리아스〉와 동일한 구성으로 이루어져 있다. 우선 24권에 달하는 방대한 원전의 내용을 사건 중심으로 새롭게 구성했으며, 서사시로 작성된 원문을 읽기 편한 산문 형식으로 풀어 썼다.

읽기 쉽게 재구성함으로써 호메로스의 뛰어난 문체를 있는 그대로 느낄 수 없다는 점은 아쉬움으로 남는다. 하지만 산문으로 옮기면서 호메로스의 특징적인 묘사법은 최대한 살리려고 노력했다. 호메로스의 시적 표현에는 그 양식에 있어 독특한 매력이 있다. 신들과 주인공들의 모습을 묘사할 때 다양한 형용어구를 사용하는 것이 그 대표적인 예이다. 길고 우아한 함선, 긴 머리의 아카이아 인, 말이 많은 나라 일리오스, 신과 같은 오디세우스, 참을성이 뛰어난 오디세우스 등과 같은 표현이 그것이다. 상투적으로 반복되지만 나름대로의 글맛을 전해 주는 서술 형식은 가능한 살려서 표현하는 것을 원칙으로 했다. 또한 독자들이 궁금해 할 그리스 신화와 관련된 이야기를 담은 풍부한 부록과 충실한 주석을 통해, 쉽고 흥미진진하게 호메로스의 문학세계를 감상할 수 있도록 했다.

차례

일러두기 ───

이 책에서 열거한 그리스 로마 신화의 인명과 지명은 국립국어연구원의 외래어 표기법에 따라
그리스어나 라틴어 발음에 따라야 하는 것이 원칙이지만, 영어식 표기에 익숙해져 있는 경우에
는 통용되는 발음대로 표기했다.

예)	라틴어	영어
	트로이아(Troia)	트로이(Troy)
	올륌포스(Olympos)	올림포스(Olympos)
	뤼키아(Lykia)	리키아(Lycia)

제1권

아테나 여신이
텔레마코스에게 용기를 주다

뮤즈 여신이여, 한때 트로이의 신성한 도시를 공략했으며, 험난한 세월을 온몸으로 겪은 후 또다시 방랑길에 들어서게 된 그 사나이의 이야기를 들려주십시오.

그는 수많은 도시의 사람들을 만나 그들의 정신을 배웠으며, 망망대해에서 자신과 동료들이 무사히 고향으로 돌아갈 수 있도록 애썼지만 엄청난 고통을 겪고 비탄에 잠기고 말았습니다. 그토록 노력했건만, 그는 동료들을 재앙으로부터 구해 낼 수 없었습니다. 동료들은 분별없는 행동으로 자신들 모두를 파멸에 빠뜨렸습니다. 그 눈먼 바보들이 태양신 헬리오스에게 바쳐진 제물을 게걸스럽게 먹어치웠던 것입니다. 그로 인해 태양신은 그들이 귀향하는 날을 깨끗이 지워 없애 버렸던 것이지요.

제우스의 따님이신 뮤즈 여신이여, 이제 그 이야기를 당신이 들려 주고 싶은 구절부터 들려주십시오.

무자비한 죽음(트로이 전쟁)을 피해 살아남은 자들은 이제 모두 거친 파도와 전쟁에서 벗어나 무사히 집으로 돌아왔다. 그러나 오직 한 사람만은 돌아오지 않았다. 그의 마음은 온통 아내와 고향땅만을 그리워하고 있었지만 그를 남편으로 맞이하기를 열망하는 매혹적인 요정, 아름다운 여신 칼립소*가 자신의 깊은 동굴 속에 그를 붙들어 두고 있기 때문이다.

비록 시련에서 벗어나지도, 사랑하는 가족들 곁으로 가지도 못했지만 시간은 흐르고 계절은 바뀌어 어느덧 오디세우스가 신들이 정해준 고향 이타케¹로 돌아갈 운명의 시간이 되었다. 다른 모든 신들은 그를 불쌍히 여겼지만, 포세이돈*만은 신과 같은 오디세우스*가 고향땅에 도착할 때까지 줄곧 소용돌이치는 파도를 일으키며 사납게 날뛰었다.

---

1) 이오니아 해에 있는 작은 섬으로 오디세우스가 다스리는 나라.

지금 포세이돈은 에티오피아 인들을 만나기 위해 멀리 떠나 있다. 에티오피아 인들은 사람이 사는 곳 중에서도 가장 멀리 떨어진 곳에서 둘로 나뉘어 일부는 태양이 뜨는 곳에, 일부는 태양이 지는 곳에 살고 있었다. 포세이돈은 그들이 바친 1백 마리의 황소와 양을 제물로 받기 위해 그곳에 갔다. 바다의 신인 그는 향연이 벌어진 자리에 앉아 기쁨을 누리고 있었지만, 다른 신들은 모두 올림포스에 있는 제우스의 궁전에 모여 있었다.

그곳에서 인간과 신들의 아버지 제우스*가 심히 걱정스러운 듯 제일 먼저 입을 열었다. 그는 아가멤논*의 아들로 명성이 자자했던 오레스테스에게 죽임을 당한 당당한 아이기스토스를 기억하며 고통스럽게 말을 꺼냈다.

"아아, 죽을 운명을 타고난 인간들이 신을 비난하는 것은 부끄러운 일이 아닐 수 없소. 그들이 말하기를, 자신들이 겪는 재앙들은 모두 우리에게서 비롯된 것이라고 하지요. 하지만 자신들의 무모한 행동으로 인해 정해진 운명 이상의 고통을 겪는 것일 뿐입니다. 지금의 아이기스토스가 그렇지 않습니까! 그는 주어진 운명을 거부했던 것이오. 트로이에서 고향으로 돌아오던 장군을 죽이고 그의 아내를 빼앗았단 말이오. 자신을 완전히 파멸시킬 수도 있다는 것을 알면서도 그렇게 한 것입니다. 우리가 이미 오래전에 전령 헤르메스를 보내 미리 그에게 이렇게 일러 주었는데도 말이오.

'아가멤논을 죽이지 말고, 그의 아내를 탐하지도 말아라. 아가멤논의 아들인 오레스테스가 성년이 되어 그리운 고향땅으로 돌아오게 되는 날 복수를 당하게 될 것이다.'

헤르메스가 그처럼 진심 어린 경고를 했음에도 그는 전혀 아랑곳하지 않았고 결국 그 대가를 한꺼번에 치르게 되었던 것이오."

그러자 반짝이는 눈의 아테나*가 보다 중요한 문제를 제기했다.

"아아 아버지, 크로노스*의 아드님이시며 우리의 고결하고 위대한 왕이시여! 그가 죽게 된 것은 전적으로 스스로 자초한 일입니다. 그런 짓을 하는 자라면 누구라도 그렇게 죽게 내버려 두세요. 하지만 저는 지금 오디세우스로 인해 가슴이 찢어질 듯 아픕니다. 숱한 전투를 치른 그 용사는 너무나도 오랫동안 운명의 저주를 받고 있습니다. 그는 여전히 사랑하는 사람들과 멀리 떨어져 있으며, 바다 한가운데 파도에 씻기는 섬에 갇혀 고통을 겪고 있습니다.

어둡고 숲이 울창한 그 섬은 한 여신의 집입니다. 그녀는 하늘과 땅을 가르는 거대한 기둥들을 어깨로 떠받치고 있는 그 사악한 티탄족, 아틀라스[2]의 딸입니다. 그녀가 지금 불운한 용사인 오디세우스를 가두어 두고 있습니다. 슬퍼하고 있는 그의 혼을 온갖 감언이설로 빼놓고, 그의 마음속에서 고향 이타케에 대한 생각을 깨끗이 지우려 하

---

2) 티탄 족이 제우스에게 패배하면서 아틀라스는 두 어깨로 땅과 하늘을 영원히 지탱하는 벌을 받았는데, 오늘날 지도를 뜻하는 단어 'atlas'는 여기에서 유래되었다.

고 있습니다.

그런데도 고결하신 제우스께선 왜 그를 돌보지 않으십니까? 그가 드넓은 트로이에 있던 길고 우아한, 함선 옆에서 당신께서 좋아하는 제물을 바치지 않았습니까? 제우스께서는 왜 오디세우스에게 그토록 무관심한 것입니까?"

소나기구름을 끌어모으는 제우스가 대답했다.

"나의 딸아, 어찌 그런 터무니없는 말을 한단 말이냐. 내가 어떻게 오디세우스를 잊을 수 있겠느냐? 위대한 그는 인간들 중에서 가장 지혜로우며, 드넓은 하늘을 다스리는 영원불멸의 신들에게 그 누구보다도 많은 제물을 바치지 않았느냐? 다만 키클롭스* 족 중에서 가장 강력했던 신과 같은 폴리페모스의 눈을 멀게 만들었기 때문에 대지를 뒤흔드는 포세이돈만은 달래지 못했지.

폴리페모스는 포세이돈의 아들이다. 포세이돈이 오디세우스를 죽이지는 않겠지만, 자신의 눈먼 아들 때문에 오디세우스를 가장 먼 길을 돌아 고향에 돌아가게 만들 것이다. 자, 그러니 모두들 머리를 맞대고 어떻게 하면 오디세우스가 고향으로 조금이라도 더 일찍 돌아갈 수 있을지 그 방법을 찾아보도록 하자. 포세이돈은 결국 화를 풀게 될 것이다. 자기 혼자서 모든 신의 뜻을 거스르지는 못하겠지."

그러자 아테나는 크게 기뻐하며, 자신은 즉시 오디세우스의 고향 이타케에서 그의 아들을 이끌고 스파르타와 필로스에 가서 아버지의 소식을 들을 수 있도록 하겠다고 했다.

아테나는 광활한 대지와 파도 위를 쏜살같이 날아가게 해줄 황금 샌들을 꽉 조여 신고 날카로운 청동으로 마무리된 단단한 창을 들고 올림포스의 바위 꼭대기에서 훌쩍 뛰어내려 이타케에 있는 오디세우스의 궁전 앞에 우뚝 섰다. 청동 창을 힘껏 쥐고 서 있는 그녀의 모습은 어느새 세상을 방랑중인 나그네 멘테스의 모습으로 변해 있었다.

그곳에서 그녀는 우쭐거리는 구혼자들을 보았다. 그들은 문 앞에서 자신들이 죽인 소의 가죽을 깔고 앉아 주사위놀이를 하고 있었다. 그들 주변으로는 전령과 하인들이 분주히 움직이고 있었다.

멘테스의 모습을 한 아테나를 제일 먼저 발견한 사람은 슬픔에 사로잡혀 구혼자들 사이에 앉아 있던 텔레마코스 왕자였다. 그는 오디세우스와 그의 사려 깊은 아내 페넬로페*의 아들이었다. 텔레마코스는 용맹한 자신의 아버지가 홀연히 나타나 궁 안팎을 떠들썩하게 휘젓고 있는 이들을 전부 내쫓아 버리고 고귀한 지위와 영지를 되찾게 되기를 마음속으로 간절히 바라고 있었다.

아테나가 줄곧 문간에 서 있는 것을 본 그는 곧장 현관으로 걸어나가 그녀의 오른손을 잡고 청동 창을 받아 들며 시원스럽게 말했다.

"나그네여, 환영합니다. 먼저 식사를 하신 후에 용건을 말씀해 주시지요."

팔라스[3] 아테나는 그의 안내를 받으며 천장이 높은 홀 안으로 들어섰다. 텔레마코스는 아테나의 창을 번쩍일 정도로 잘 닦인 선반 위에 올려놓았다. 그곳에는 잘 다듬어진 오디세우스의 창들도 가지런히 정렬되어 있었다.

그는 그녀를 정성 들여 만든 고급스런 의자로 안내하고 자신이 앉을 낮은 의자를 그녀 옆으로 끌어다 놓았다. 떠들썩한 구혼자들로 인해 그녀가 식사 중에 불쾌해지지 않도록 배려한 것이었다. 더 나아가 오랫동안 찾지 못하고 있는 아버지의 소식을 묻고 싶어 그렇게 한 것이었다.

잠시 후 시녀가 금으로 만든 우아한 물 항아리를 가져와 은 대야에 물을 채워 두 사람이 손을 씻을 수 있도록 해주었다. 그리고 깨끗이 닦아 반짝이는 식탁을 그들 가까이로 끌어다 놓았다. 그러자 얌전한 가정부가 풍성한 전채前菜와 빵을 내오고, 온갖 종류의 고기가 담긴 접시들을 차려 주었다. 시종들은 부지런히 오가며 그들 앞에 놓인 황금 잔에 포도주를 따라 주었다.

그때 거들먹거리던 구혼자들이 무리 지어 들어오더니 높고 낮은 의자에 자리를 잡고 앉았다. 그러자 시종들은 그들이 손을 씻을 수 있도록 물을 부어 주었고, 하녀들은 빵을, 그리고 젊은 시종들은 술 항

---

3) 팔라스는 '처녀'라는 뜻.

아리가 넘치도록 포도주를 채웠다. 마음껏 먹고 마시고 나자 구혼자들은 이제 춤추고 노래하고 싶어 했다. 그들은 잔치를 제대로 즐기고 싶어 했던 것이다. 구혼자들의 강요로 그들을 위한 노래가 홀에 울려 퍼졌다.

노래가 시작되자 텔레마코스는 아테나의 반짝거리는 눈 가까이로 머리를 숙이며 다른 사람들이 알아듣지 못하도록 낮은 목소리로 속삭였다.

"제가 이런 말을 하면 불편해 하실지도 모르겠습니다만, 저 사람들을 보십시오. 저들은 남의 재산을 먹어 치우고 있지만 어떤 벌도 받고 있지 않습니다. 지금쯤 백골이 되어 빗물을 맞고 있을지, 아니면 어느 땅속에서 썩어 가거나 짜디짠 바닷물 위에 떠다니고 있을지도 모르는 그분, 바로 제 아버님의 재산을 말입니다. 만약 그분이 고향 이타케로 오는 걸 보게 된다면 저들은 빨리 달아날 수 있게 해달라고 신들께 기도할 것입니다. 하지만 지금은 아무 소용도 없게 됐군요. 그분이 귀향할 날이 사라져 버렸으니까요.

그런데 그대는 어디서 오셨습니까? 육지로는 올 수 없었을 터이니 어디에서 어떤 배를 타고 오신 것입니까? 뱃사람들이 어떻게 이곳 이타케까지 당신을 데려다 주었습니까? 혹시 그들이 자신들에 대해 말하지는 않던가요? 제발 조금이라도 알고 있는 것이 있다면 모조리 이야기해 주십시오. 이곳은 첫 방문이십니까 아니면 오래전부터 아버님을 알고 지내던 친구분이십니까?"

눈빛을 반짝이며 아테나 여신이 대답했다.

"한 가지씩 다 이야기해 드리겠습니다. 현인 앙키알로스가 내 아버지이시며, 내 이름은 멘테스라고 합니다. 노를 젓는 일에 능숙한 타포스 인들의 왕이지요. 낯선 말을 사용하는 나라의 항구를 찾아 검은 포도줏빛 바다를 항해하던 중 방금 이곳에 도착했습니다. 우리는 반짝이는 철을 싣고 청동을 구하러 테메사로 가는 길입니다.

나는 그대의 아버지와 친구였다는 것을 자랑스럽게 말할 수 있습니다. 선대의 왕 라에르테스[4]께 물어보세요. 그분은 지금 시골 농장에 계신다고 들었습니다. 내가 이곳에 온 이유는 그대의 아버지가 돌아왔다는 말을 들었기 때문입니다. 그런데 신들이 그분의 귀향을 방해하고 있나 보군요. 그러나 고귀한 오디세우스는 어딘가에 분명 살아 있을 것입니다.

내 비록 예언을 잘하거나 새점을 잘 보지는 못하지만 오디세우스에 대해 그렇게 믿도록 영원불멸의 신들이 내 마음에 일러 주었기 때문입니다. 쇠사슬이 붙들어 매고 있을지라도 그분은 절대 낙담하지 않고 집으로 돌아올 계책을 생각해 낼 것입니다. 그런데 이토록 건장한 그대가 정녕 오디세우스의 아들이란 말입니까? 머릿결이며 총명한

---

4) 오디세우스의 아버지이자, 텔레마코스의 할아버지.

눈동자가 놀랍도록 닮았군요. 마치 그분을 보고 있는 것 같습니다. 나는 그분이 아르고스의 뛰어난 장군들과 함께 길고 우아한 함선을 타고 트로이로 떠나기 전에는 자주 만났습니다."

그러자 나이 어린 텔레마코스는 아주 조심스럽게 대답했다.

"그렇다면 솔직하게 말씀드리겠습니다. 나로서는 확신할 순 없지만, 어머니께서는 내가 그분의 아들이라고 말씀하셨습니다. 그런데 사람들은 내가 언젠가는 죽을 운명의 인간들 중에서도 가장 불행한 자의 아들이라고 말합니다."

눈빛이 맑은 여신은 그의 마음을 다독거려 주었다.

"페넬로페가 낳은 아들이라면 신들이 그대를 이름 없는 가문에서 태어나게 하지는 않았을 것이라고 믿습니다. 그런데 저들은 이곳에서 축제라도 즐기고 있는 것인가요? 결혼식인가요 아니면 다른 무엇을 축하하는 자리인가요? 저들은 왜 저토록 거만하게 당신의 집 안을 어슬렁거리며 게걸스럽게 먹고 마시고 있는 것입니까?"

텔레마코스는 기다렸다는 듯이 즉시 대답했다.

"이 집안은 당신이 말씀하신 그분이 계실 때만 해도 나무랄 데 없이 번창했습니다. 그러나 지금은 신들이 우리의 운명을 극단적으로 바꾸어 버렸지요. 마치 그분이 이곳에 존재하지도 않았던 것처럼 깨끗이 지워 없애 버렸습니다. 만약 그분께서 전우들과 함께 트로이에서 전사했거나, 아니면 사랑하는 가족들 품에서 돌아가셨다면 이렇게

까지 슬프지는 않았을 것입니다. 폭풍이 휘몰아쳐 아무런 명성도 남기지 않은 채 그분을 휩쓸어 간 것이지요. 그분은 내게 고통과 슬픔만 남겨 놓고 떠나셨습니다.

하지만 지금 내가 슬퍼하는 것은 그분 때문만은 아닙니다. 신들은 나를 괴롭힐 또 다른 고통을 만들어 냈습니다. 주변 지역의 모든 통치자들과 이곳 이타케를 다스리는 자들이 내 어머니에게 구혼하며 내 집의 재물을 탕진하고 있으니 말입니다."

팔라스 아테나는 끓어오르는 분노를 숨기지 않으며 말했다.

"파렴치한 자들 같으니! 너무 멀리 떠나 있는 오디세우스가 그립겠군요. 그분이라면 저 거만한 자들을 한주먹에 때려눕힐 수 있을 텐데. 지금이라도 투구와 창으로 무장한 그분이 저 문 밖에 서 있다면 얼마나 좋을까? 처음 만났을 때 그는 에피라에서 오던 길이었는데, 청동 화살촉에 바를 치명적인 독을 구하기 위해 바다를 항해하고 있었지요. 그는 누구보다도 강한 용사였습니다.

그분이 이곳으로 돌아와 복수할 수 있을지 없을지는 오직 신들께 달려 있습니다. 그러니 당신은 홀에 모여 있는 저 무례한 자들을 쫓아낼 방법을 궁리해야 합니다. 날이 밝으면 이 섬의 모든 지도자들을 광장에 모이게 하세요. 신들을 증인으로 세우고 저 구혼자들에게 돌아가라고 명령하세요.

만약 그대가 내 말을 믿는다면, 좋은 충고를 하나 해드리지요. 스무 개의 노가 있는 가장 훌륭한 배를 준비하여 오랫동안 소식이 없는 아버지를 찾아 떠나도록 하세요. 누군가 당신에게 그분의 소식을 전해 주거나, 아니면 제우스로부터 직접 그 소식을 들을 수도 있을 겁니다. 필로스에 있는 늙은 왕 네스토르*를 만나고 스파르타로 건너가 금발의 메넬라오스[5]도 찾아가 보세요. 그는 청동 갑옷을 입은 아카이아인들(트로이 전쟁에 참전한 그리스 용사들) 중에서도 가장 늦게 귀향한 사람이기 때문이죠. 그래서 그분이 살아 있다는 소식을 듣게 되면 집으로 돌아와 어떤 고초를 겪더라도 1년만 더 저 무례한 자들과 맞서며 기다리세요. 하지만 그분이 이 세상에 더 이상 살아 있지 않다는 말을 듣게 된다면, 돌아와 장례를 치르고 어머니께 새 남편을 맞아들이라고 하세요."

총명한 눈의 여신 아테나는 그렇게 말하고 새처럼 날아가 버렸다. 텔레마코스는 자신의 영혼이 용기로 가득 차오르는 것을 느꼈다. 그제야 손님이 아니라 신이 왔다 갔다는 것을 깨닫게 된 그는 놀라 어찌할 바를 몰랐다. 텔레마코스는 즉시 어머니의 구혼자들이 모여 있는 곳으로 달려갔다.

구혼자들은 조용히 앉아 트로이에서 귀향하는 아카이아 용사들의 모험담을 들려주는 유명한 음유시인의 노래를 듣고 있었다. 자신의

---

5) 호메로스의 〈일리아스〉에 등장하는 스파르타의 왕. 트로이의 왕자 파리스가 왕비 헬레네를 유혹하여 트로이 전쟁이 시작되었다.

방에서 깊은 생각에 잠겨 있던 이카리오스의 딸 페넬로페가 그 노래에 이끌려 가파른 계단을 따라 걸어 내려왔다. 두 명의 여인이 호위하듯 그녀의 뒤를 바짝 따르고 있었다. 빛을 발하는 그녀는 구혼자들이 있는 곳으로 다가가 튼튼한 지붕을 떠받치고 있는 기둥 옆에 멈춰 섰다. 반짝이는 면사포로 얼굴을 가린 그녀는 갑자기 눈물을 쏟아 내며 노래하는 시인을 향해 말했다.

"페미오스여, 내 마음을 갈기갈기 찢어 놓는 그 견딜 수 없는 노래만은 부르지 마세요! 나는 헬라스[6]에서부터 아르고스(펠로폰네소스 반도) 방방곡곡에 이르기까지 명성이 가장 드높은 그 위대한 분을 한시도 잊지 못하고 그리워하고 있답니다."

그러자 텔레마코스가 급히 그녀를 제지하며 나섰다.

"어머니, 왜 그러십니까? 시인은 우리를 즐겁게 해주려는 것뿐입니다. 그에게는 아무 잘못도 없습니다. 잘못은 제우스에게 있겠지요. 그분은 이 땅 위의 모든 인간에게 마음이 내키는 대로 고통을 내립니다. 시인이 아르고스 인들[7]의 잔혹한 운명을 노래한다고 해서 야단칠 수는 없습니다. 어머니, 용기를 내어 잘 들어 보세요. 오디세우스만 트로이에서 돌아오지 못한 것이 아니라, 다른 많은 용사들도 그곳에서 죽었답니다. 그러니 어머니는 안으로 들어가서, 베를 짜

---

6) 기원전 7세기경의 그리스를 이르는 말.
7) 호메로스는 그리스 인들을 칭할 때 아카이아 인, 다나오스 인, 아르고스 인 등으로 불렀다.

거나 물레를 돌리도록 하십시오. 이 집안의 모든 일은 제가 알아서 하겠습니다."

그러자 페넬로페는 당황한 듯 몸을 움츠렸다. 그리고 아들의 지혜로운 말을 가슴에 새기며 다시 자신의 방으로 돌아갔다. 아테나 여신은 사랑하는 남편 오디세우스를 생각하며 울고 있는 그녀의 눈까풀 위로 달콤한 잠을 내려 주었다.

그동안 구혼자들은 어두워진 홀에서 시끄럽게 떠들며 저마다 페넬로페의 침대에서 함께 잠들 수 있게 해달라며 신들께 기도했다. 신중한 텔레마코스가 그들에게 요청하듯 말했다.

"내 어머니를 귀찮게 하는 오만한 구혼자들이여, 오늘은 제발 더이상 시끄럽게 소리치지 말고 연회나 즐기도록 하시오. 신과 같은 목소리로 부르는 시인의 노래를 듣는 것은 좋은 일입니다. 그러나 날이 밝으면 모두 회의장으로 모여 주십시오. 모두들 자리를 잡고 앉으면 나는 그대들에게 내 궁전에서 떠나라는 명령을 직접 전하겠소. 떠날지 말지 선택하는 것은 여러분의 몫이오. 하지만 잘못된 선택을 한 이에게는 혹독하게 보복할 수 있게 해달라고 신들께 요청할 것이며, 그때는 모두 내 집에서 파멸을 맞이하게 될 것이오."

텔레마코스가 이렇게 외치자 그들 모두 왕자가 그토록 대담하게 말하는 것에 깜짝 놀라 입술을 지그시 깨물었다. 그러나 곧 에우페이테스의 아들 안티노오스가 침묵을 깨뜨리며 말했다.

"텔레마코스여, 신들이 네게 그처럼 큰소리를 치라고 가르쳐 준 모양이구나. 비록 왕권을 물려받는 것이 그대의 권리이긴 하지만, 크로노스의 아들(제우스)께서는 결코 그대를 이타케의 왕으로 삼지 않을 것이다."

그러자 냉철한 텔레마코스는 단호하게 반박했다.

"안티노오스여, 내 제의가 당신을 화나게 한 모양입니다. 물론 이타케에는 아카이아의 용사들이 많이 있습니다. 보세요. 젊은이도 있고, 나이 든 사람도 있습니다. 그들 중 한 사람이 이 섬의 왕권을 차지하겠지요. 위대한 오디세우스가 죽었으니까요. 그러나 오디세우스 왕께서 나를 위해 쟁취하신 이 궁전과 하인들의 주인은 바로 내가 될 것입니다."

구혼자들은 캄캄한 밤이 되도록 춤과 노래를 실컷 즐기다 흥이 식자 각자의 집으로 돌아갔다. 텔레마코스도 더없이 아름다운 정원을 내려다볼 수 있도록 높은 곳에 있는 자신의 방으로 향했다. 텔레마코스를 헌신적으로 보살피는 하녀 에우리클레이아가 활활 타오르는 횃불을 들고 그를 인도했다.

침대에 누운 텔레마코스는 양털 이불을 덮고 아테나가 일러 준 여행에 대해 밤새도록 궁리했다.

제2권

텔레마코스,
항해를 떠나다

새벽의 여신이 모습을 드러내자 오디세우스의 아들은 침대에서 일어나 옷을 차려입었다. 날카롭게 다듬은 검을 어깨에 걸치고 매끈한 발에는 가죽 샌들을 꽉 조여 신었다. 그는 신처럼 아름다운 모습으로 침실에서 걸어 나왔다. 그는 전령에게 낭랑하고 우렁찬 목소리로 긴 머리의 아카이아 인들을 전부 광장에 모이도록 하라는 명령을 내렸다.

전령들의 외침이 울려 퍼지자 아카이아 인들이 속속 광장으로 모여들었다. 청동 창을 움켜쥐고 성큼성큼 걸어가는 텔레마코스는 혼자가 아니었다. 날렵한 두 마리의 개가 그를 뒤따르고 있었고, 아테나 여신이 신비스러운 빛으로 그를 감싸고 있었다. 모두들 놀란 듯 그를 바라보았고, 원로들은 그를 위해 길을 비켜 주었다. 텔레마코스는 본래 아버지의 자리였던 곳으로 가 앉았다.

가장 먼저 말문을 연 사람은 원로 중 한 사람인 아이깁토스였다. 오디세우스 왕과 함께 말[馬]이 많은 나라인 일리오스(트로이)로 떠난 투창수 안티포스는 그의 사랑스러운 아들이었다(안티포스는 후에 키클롭스에게 잔인하게 살해당해 그의 저녁거리가 되고 말았다). 노인에게는 세 명의 아들이 더 있었다. 그중 한 명은 페넬로페의 구혼자들 속에 섞여 있던 에우리모노스이며 나머지 두 아들은 아버지의 농장에서 일하고 있었다. 그러나 노인은 전사였던 아들을 여전히 잊지 못해 슬퍼하고 있었다.

"이타케 인들이여, 오디세우스 왕이 속이 빈 배를 이끌고 원정을 나간 이래 한 번도 열린 적이 없는 회합이 열렸습니다. 누가 우리를 모이게 한 것입니까? 혹시 그 사람은 전장으로 떠난 용사들의 소식이라도 들었던 것일까요? 아니면 어떤 공적인 문제를 의논하려는 것인가요? 누가 되었건 그는 용감한 사람임이 틀림없소. 그에게 신의 축복이 있기를!"

행운을 빌어 주는 격려의 말은 오디세우스의 아들을 들뜨게 했다. 하고 싶은 말이 불길처럼 터져 나올 것 같아 더 이상 자리에 앉아 있을 수 없었던 그는 사람들 사이로 걸어 나가 우뚝 섰다. 그러자 관습에 정통한 전령 페이세노르가 그의 손에 홀笏[1]을 쥐어 주었다.

마침내 왕자가 노인에게 먼저 말을 건넸다.

"존경하는 어르신, 제가 여러분들을 모이도록 했습니다. 모두를 매우 상심하게 만드는 일들이 있었기 때문입니다. 군대가 돌아온다는 소식은 아직 듣지 못했지만, 몇 가지 공적인 문제를 털어놓고 여러분들과 의논하고 싶어서입니다.

내게 닥친 불행은 우리 집안을 이중의 고통 속으로 빠뜨리고 있습니다. 첫째는 고귀한 아버지를 잃은 일입니다. 그분은 여러 해 전에 여러분과 함께 있으면서 이곳을 통치하셨지요. 이곳의 왕이셨던 그분은 그대들에게 아버지처럼 친절하게 대하셨습니다. 그런데 지금은 아주 고약한 재앙이 우리 집안을 짓밟고 파멸시키고 있습니다. 어머니의 뜻과 상관없이 구혼자들이 몰려들어 밤낮을 가리지 않고 소, 양, 살찐 거위들을 잡아서 제물로 바치고 포도주를 마시며 잔치를 벌이고 있습니다. 그들은 마치 내일이 없는 것처럼 먹어 치우고 있지요. 바로 여기에 계시는 훌륭한 여러분들의 아들들이 바로 그 무례하고 염치없는 자들입니다. 하지만 그들을 쫓아낼 수 없었습니다. 그들에게 당장 나가라고 소리칠 오디세우스 같은 남자가 우리 집에 없기 때문입니다.

---

1) 과거에 권력을 가진 이들이나 높은 지위에 있는 자들이 들고 다니던 막대기 모양의 물건. 권력과 권위를 상징한다.

오, 내게 힘이 있다면 참을 수 없는 일들을 저지르는 그들과 맞서 싸우겠습니다. 신의 분노가 두렵지 않으십니까! 그러니 친구들이여, 제발 그만두세요! 내 아버지 고귀한 오디세우스께서 용맹한 아카이아 인들에게 나쁜 짓을 하지 않았다면 그렇게 해 주세요. 만약 그분이 훌륭하지 않았다면 내 집과 재산을 그대들이 바닥내도 좋습니다. 지금 그대들은 정말 뭐라고 말할 수 없는 고통을 내게 주고 있습니다."

노여움이 잔뜩 묻어나는 말을 마친 텔레마코스는 홀을 땅에 내던지며 통곡했다. 회합에 모인 사람들은 동정심에 사로잡혀 아무 말도 하지 못한 채 앉아 있었다. 어느 누구도 가혹한 대답을 할 마음이 생기지 않았다. 그런데 오직 한 사람 안티노오스가 대답했다.

"어이, 소리 높여 분노하는 텔레마코스여! 지금 그대가 우리를 비난하는 것인가? 우리에게 죄가 있다고 생각하는 것인가? 잘못은 여기에 있는 구혼자들에게 있는 것이 아니라, 교활함에 있어서 누구도 따를 사람이 없는 여왕, 바로 그대가 사랑하는 그대의 어머니에게 있소이다. 3년 동안 아니 이제 4년째, 그녀는 마음속으로 비밀스러운 계획을 짜고 있었소. 그녀는 왕비의 방 커다란 베틀에 앉아 옷감을 짜며 우리에게 이렇게 말했지.

'젊은 나의 구혼자들이여, 오디세우스 왕이 돌아가셨으니 나와 결혼하고 싶으면 내가 이 옷감을 다 짤 때까지 조금만 기다려 주세요. 이것은 내 시아버지이시자 선대의 군주이신 라에르테스께서 피할 수 없는 죽음의 운명을 맞으셨을 때 그분을 덮어 줄 수의입니다. 그분이 수의도 없이 누워 있게 된다면 아카이아 여인들이 나를 얼마나 비난할지 두렵군요.'

우리는 그녀를 믿었소. 정말로 그녀는 낮에는 커다란 베틀에 앉아 베를 짰지. 그러나 사실 밤에는 커다란 횃불 옆에서 그것을 다시 풀기를 3년 동안이나 계속했던 것이오. 하녀 한 명이 여왕의 비밀을 알아차리고 진실을 폭로하기 전까지 말입니다. 이제 그녀는 옷감 짜는 일을 끝냈습니다. 우리가 그렇게 하게 했습니다. 이제 아카이아 인들이 이 사실을 알아야 합니다. 그러니 그대는 어머니를 그녀의 아버지에게 돌려보내시오. 그리고 그녀의 아버지가 골라 준 남자와 결혼하게 해야 합니다.

그녀보다 더 뛰어난 아카이아 여인이 있다는 말은 들어본 적이 없소. 아테나 여신이 특별히 그녀에게만 내려 준 재능, 수를 놓는 숙련된 솜씨, 총명함, 불가사의한 지혜들을 존중한다 하더라도 그녀의 이번 술책은 우리에겐 참을 수 없는 것이었소. 그러니 그녀가 스스로 다른 아카이아 인과 결혼하기 전까지 우리는 돌아가지 않을 것이오."

그러나 총명한 텔레마코스는 곧 평정심을 되찾고 대답했다.

"안티노오스여, 나를 낳아 주신 어머니께서 원하지 않는데도 억지로 내보내려 한다면 사람들이 얼마나 나를 비난하겠습니까? 또 어머니께서는 집을 떠나시면서 무서운 복수의 여신들을 불러들일 것입니다. 그러니 제발 당신들이 이 궁을 떠나시오! 만약 그대들이 우리 재산을 파멸시키고도 아무런 벌을 받지 않는다면 나는 제우스 신께 꼭 복수를 하게 해달라고 기도할 것입니다."

이때 세상을 두루 통찰하는 제우스가 높은 산꼭대기에서 텔레마코스를 위하여 두 마리의 독수리를 날려 보냈다. 독수리는 날개를 활짝 펴고 비상하듯 날아와 수군거리는 사람들 위를 빙빙 돌며 그들을 내려다보았다. 그것은 파멸을 암시하는 징조였다. 그리곤 갑자기 사나운 발톱으로 서로의 뺨과 목을 마구 할퀴고는 도시와 집들을 지나 오른쪽으로 쏜살같이 날아가 버렸다.

사람들이 모두 도대체 무슨 일이 일어나려는 것일까 걱정하며 침울해 하는데 역전의 노용사, 할리테르세스가 큰소리로 침묵을 깨뜨렸다. 그는 새점을 읽어 내거나 예언하는 능력이 동시대 인물 중에서 가장 뛰어난 사람이었다.

"이타케 인들이여, 내 말을 들으시오. 특히 구혼자들이여, 그대들에게 커다란 재앙이 닥칠 것이오. 지혜로운 오디세우스가 더 이상 사랑하는 가족들과 떨어져 있지 않을 것입니다. 지금 그는 가까운 어느 곳에 있을 것입니다. 아르고스 인들이 일리오스로 출항하던 날, 그들과 함께 누구보다도 지혜로운 오디세우스가 떠날 때 내가 그에게 예언했던 일이 이루어질 것이오. 나는 그때 오디세우스가 집으로 오는 20년 동안 자신의 동료들을 잃게 되고 온갖 고통을 겪게 되지만 결국은 아무도 모르게 돌아올 것이라고 말했습니다. 지금 그 일이 이루어지려고 합니다."

폴리보스의 아들, 에우리마코스가 일어나 할리테르세스를 잡아끌며 소리쳤다.

"그만하세요, 어르신! 당신의 예언일랑 당신 자식들에게나 하시구려. 예언에 있어서는 내가 더 잘 압니다. 햇빛 아래에서 날아다니는 새 떼들이 모두 다 무엇인가를 예언하는 것은 아닙니다. 오디세우스가 그렇지 않습니까? 그는 집이 아닌 다른 먼 곳에서 죽어 버렸습니다. 당신도 그와 함께 죽었더라면 좋았을 것을. 그랬다면 우리는 당신의 그 따분한 예언 따위는 듣지 않게 되었겠지요.

난 당신과 모두들 앞에서 텔레마코스에게 충고하겠습니다. 어머니를 그녀의 아버지 집으로 돌려보내시오. 그러면 가족들은 그녀에게 지참금을 주고 결혼식을 올려 줄 것입니다. 그때까지 이 섬의 용사들은 이 곤혹스러운 구애를 그만두지 않을 것입니다.

우리가 누구를 두려워하겠습니까? 텔레마코스일까요? 천만에! 그가 비록 징징대며 위협을 해대고 있지만 전혀 두렵지 않습니다. 우리 모두는 그녀의 놀라운 아름다움을 쟁취하기 위해 죽도록 경쟁할 것입니다."

그러나 텔레마코스는 아주 단호하게 자신의 결심을 말했다.

"에우리마코스여, 그리고 나머지 뻔뻔한 구혼자들이여! 이제 더 이상 이 문제에 대해 호소하거나 언급하지 않겠습니다. 이제는 신과 모든 아카이아 인들이 이 사실을 알고 있기 때문입니다. 다만 나를 위해 훌륭한 배 한 척과 선원 스무 명만 마련해 주십시오. 나는 스파르타와 모래가 많은 나라 필로스로 건너가서 오랫동안 소식을 알 수 없었던 아버지의 귀향 소식을 직접 찾아 나서고자 합니다. 혹시 인간들 중에 누군가 알고 있는 사람이 있는지, 아니면 제우스에게서 직접 풍문이라도 들을 수 있을지도 모르니까요.

만약 아버지께서 살아서 귀향하셨다는 소문을 듣게 되면 나는 1년은 더 참고 기다릴 것입니다. 그러나 그분께서 돌아가셨다는 소식을 듣게 된다면 돌아와 그분의 명예에 걸맞은 장례를 치르고 무덤을 만들어 드리겠습니다. 그리고 어머니께서 다른 남편을 맞아들이시도록 설득하겠습니다."

선언하듯 말을 마친 왕자는 다시 자리에 앉았다. 그러자 멘토르가 의원석에서 일어섰다. 그는 트로이로 떠난 오디세우스 왕의 절친한 동료였다. 오디세우스는 집안사람들을 모아 놓고 모두 이 노인의 말에 복종하라고 명했었다. 그래서 그는 이 집안의 모든 일을 흔들림 없이 지켜 내고 있었다. 마침내 그가 아주 걱정스러운 마음으로 경고하듯이 외쳤다.

"이타케 인들이여, 신과 같은 오디세우스는 인자한 어버이처럼 이곳을 다스렸던 분입니다. 그런데 그분을 기억하는 사람이 아무도 없군요. 난 지금 사악한 마음으로 폭력을 마구 휘두르는 이 거만한 구혼자들에게 화가 나는 것이 아닙니다. 그들은 오디세우스가 결코 집으로 돌아오지 않을 것이라 생각하며, 오디세우스의 재산을 먹어 치우고 있겠지요. 그러나 지금 내가 더욱 분노하는 것은 나머지 다른 분들 때문입니다. 바로 침묵하며 여기에 앉아 계시는 분들. 저 거만한 구혼자들의 입에 재갈을 물리려 하지 않는 나머지 분들 말입니다."

에우에노르의 아들 레오크리토스가 외쳤다.

"멘토르여, 어떻게 그런 바보 같은 말로 사람들을 선동할 수 있습니까? 무모한 일입니다. 당신은 이 남자들과 싸울 수 있다는 말인가요? 설령 이타케의 오디세우스가 정말 이곳에 도착했다 할지라도 페넬로페는 그의 귀향을 전혀 기뻐하지 않을 것입니다. 그가 돌아온다 하더라도 이 수많은 구혼자들과 싸우다 결국 굴욕적인 최후를 맞게 될 것이기 때문입니다. 이제 회의는 끝났소. 모두들 자신들의 영지로 돌아가시오. 옛날부터 아버지의 오랜 친구였던 멘토르와 할리테르세스가 이 젊은 왕자의 여행을 서둘러 줄 것입니다. 그러나 그는 결코 이 여행을 해낼 수 없을 것입니다."

이렇게 회합은 끝나 버렸다. 사람들은 서둘러 자신들의 집으로 흩어졌으나 구혼자들은 어슬렁거리며 다시 오디세우스 왕의 궁전으로 돌아갔다.

한편 텔레마코스는 아무도 없는 바닷가로 나가 파도의 거품에 두 손을 씻고 팔라스 아테나에게 기도했다.

"여신이시여, 그대는 저에게 배를 타고 안갯빛 바다를 건너가 오랫동안 집을 떠난 아버지가 귀향하고 있는지 알아보라고 하셨습니다. 그러나 이 모든 일들을 아카이아 인들이, 그중에서도 사악한 구혼자들이 방해하려 합니다."

그가 기도를 하자 아테나는 그에게 가까이 다가와 멘토르의 모습과 목소리로 따뜻하게 격려했다.

"텔레마코스여, 그대의 핏속에 아버지의 고귀한 용기가 흐르고 있다면 그대는 앞으로도 결코 용기와 지혜로움에 모자람이 없을 것이다. 난 분명히 말할 수 있다. 그분은 말이나 행동에서 진짜 남자다운 남자였다는 것을. 오디세우스의 놀라운 지혜를 그대가 이어받았다면 그대는 반드시 목표를 이루어 낼 것이다. 그러니 현명치 못한 구혼자들의 의도와 계획 따위에는 아랑곳하지 마라. 그들은 미치광이들이다. 단 하루 만에 그들 모두를 부수어 버릴 검은 운명과 죽음이 이렇게 가까이에 다가와 있는데도 알아차리지 못하고 있으니 말이다.

너는 이제 머지않아 그토록 바라던 여행을 떠나게 될 것이다. 너의 아버지와 너의 친구인 내가 날랜 배와 동료들을 갖추어 동행할 것이기 때문이다. 이제 집으로 가 여행에 필요한 식량을 준비해라. 손잡이가 달린 항아리에 포도주를 담고 튼튼한 가죽 자루에 보릿가루를 담아라. 그동안 나는 너와 함께 갈 선원들을 모집하고 좋은 배를 한 척고를 것이다. 이 모든 것을 갖춘 후에 우리는 곧 넓은 바다로 나아가게 될 것이다!"

제우스의 딸 아테나가 그를 안심시키자 텔레마코스는 망설임 없이 궁으로 향했다. 그의 궁 안쪽에서는 무례한 구혼자들이 안마당에서 염소 가죽을 벗기고, 살찐 돼지들을 불에 굽고 있었다. 안티노오스가 텔레마코스에게 다가와 그의 손을 잡으며 살살 달랬다.

"텔레마코스여, 이리 와서 옛날처럼 우리와 함께 즐깁시다. 그대가 원하는 것은 다 준비해 둘 것입니다. 배와 엄선한 선원들이 하루라도 빨리 고귀한 아버지의 소식을 들으려는 그대를 신성한 필로스로 데려다 줄 것입니다."

그러나 침착해진 텔레마코스가 확연히 선을 그으며 대답했다.

"흥청망청 마셔 대는 무법자인 당신들과 어떻게 식사를 즐길 수 있겠습니까? 당신들은 벌써 몇 년째 모든 것을 강탈해 갔습니다. 그때는 내가 어려서 잘 알지 못했지만 이제는 나도 커서 사리분별을 제대로 할 수 있게 되었지요. 그래서 지금 마음속으로 화가 펄펄 끓고 있습니다. 이제부터 당신들의 머리를 깨부수는 일이라면 절대 그만두지 않을 것입니다. 필로스로 가든, 이 나라에 머물든 상관없이 말입니다."

이렇게 말하며 텔레마코스는 안티노오스가 잡은 손을 뿌리쳤다. 반면에 구혼자들은 홀 안에서 축제를 즐기며 텔레마코스를 조롱하고 모욕하길 멈추지 않았다.

"신이여, 제발 도와주세요! 텔레마코스가 우리 모두를 정말 죽이려고 한단 말입니다! 필로스에서 원정 부대를 데려오려는 것일까요? 아니면 스파르타에서? 그것도 아니면 에피라의 검푸른 대지를 샅샅이 뒤져서 구해 온 치명적인 독을 술 항아리에 넣어 우리를 죽여 버릴지도 모르겠군요. 하하하!"

그러자 또 다른 젊은이는 이렇게 말했다.

"누가 압니까? 그 역시 속이 빈 배를 타고 가서 그의 아버지처럼 떠돌다가 죽어 버릴지?"

그들이 이렇게 지껄이는 동안 텔레마코스는 아버지의 창고로 내려갔다. 그곳에는 황금과 청동이 가득 쌓여 있었으며 옷감이 한가득 들어 있는 궤짝과 향기로운 올리브통, 오랫동안 숙성시킨 포도주 항아리들이 벽 쪽에 줄지어 놓여 있었다.

이것들은 오디세우스가 고된 항해를 끝내고 귀향하는 바로 그날을 위한 것이었다. 이중으로 잘 짜인 문에는 자물쇠가 채워져 있었으며 하녀 한 명이 밤낮으로 지키고 있었다. 그녀는 바로 페이세노르의 아들인 옵스의 딸 에우리클레이아였다. 텔레마코스는 그녀를 창고 안으로 불렀다.

"유모, 그대가 지키고 있는 것 중에서 우리의 불운한 왕 오디세우스에게 바치려고 했던 것 다음으로 가장 오래 잘 숙성된 포도주를 꺼내 오게. 그리고 그것들을 열두 항아리에 가득 채우고 단단히 봉해 주게. 튼튼한 가죽 부대에는 보릿가루를 담아 주게나. 이 일은 아무도 몰라야 하네. 어머니께서 이층 침실로 올라가시고 나면 내가 가져가겠네."

늙은 유모는 복받치는 슬픔에 흐느껴 울며 말했다.

"오, 어떻게 그런 위험한 생각을 하신 것입니까? 이곳에 있는 저 짐승 같은 놈들은 왕자님이 떠나는 바로 그 순간만을 기다리고 있습니다. 그러니 제발 이곳을 지키세요. 삭막한 소금 바다에서 방황하며 고통을 겪을 필요는 없습니다!"

사려 깊은 텔레마코스는 그녀를 안심시키려는 듯 말했다.

"걱정하지 말아요, 유모. 나의 계획은 신의 명령 없이 하려는 것이 아니오. 내가 떠나고 열흘 아니면 열이틀이 지나기 전까지 어머니께서 이 사실을 알아서는 안 되니 이 일에 대해서 어머니께 말씀드리지 않겠다고 나에게 맹세해요."

그러자 늙은 유모는 신의 이름을 걸고 맹세를 했다.

해가 지고 모든 길 위로 어둠이 내려앉았다. 아테나 여신은 눈빛을 반짝이며 마지막으로 해야 할 일을 생각했다. 그녀는 오디세우스 왕의 궁으로 다시 돌아갔다. 그녀가 구혼자들에게 달콤한 잠을 쏟아붓자 술을 마시던 그들은 술잔을 내던지고 잠에 빠져들었다.

그리고 나서야 그녀는 왕자를 집에서 불러냈다. 그녀는 다시 멘토르의 모습을 하고 있었다.

"텔레마코스여, 그대의 훌륭한 동료들이 벌써 노 옆에서 그대의 명령을 기다리며 출항할 준비를 하고 있습니다. 자, 어서 가서 함께 배를 띄웁시다."

팔라스 아테나가 앞장서자 그는 여신의 뒤를 바짝 뒤따랐다. 그들은 곧바로 배가 있는 바닷가로 내려가 긴 머리의 선원들을 만났다. 왕자는 신의 계시처럼 명령을 내렸다.

"친구들이여, 항해를 시작합시다!"

그가 이렇게 말하며 인솔하자 선원들이 달려들어 준비해 온 양식을 끌어다 배 안에 실었다. 마침내 텔레마코스가 배에 올라타자 아테나는 항해사의 자리에 앉아 길을 인도했다. 텔레마코스는 그녀 옆에 앉았다.

배의 밧줄을 풀어내고 모든 선원들이 노를 잡았다. 텔레마코스는 선원들에게 쇠가죽 끈으로 흰 돛을 달아 올리게 했다. 어디선가 갑자기 바람이 거세게 불어와 돛이 팽팽하게 부풀어 올랐다. 배 뒤쪽으로 검푸른 파도의 거품이 일었으며 요란한 소리와 함께 배는 앞으로 나아갔다.

텔레마코스의 일행들은 포도주가 가득 담긴 항아리를 가져다 영생불멸의 신들에게, 그중에서도 제우스의 딸 아테나에게 경배의 술을 올렸다. 그리고 새벽이 올 때까지 밤새도록 바다를 헤치며 나아갔다.

제3권

네스토르 왕의 회상

태양신이 눈부신 바다에서 청동빛 하늘을 향해 떠올랐다. 영혼 불멸의 신들에게, 그리고 언젠간 죽음을 맞이할 운명을 타고난 인간들에게 빛을 가져다주려는 것이었다. 그 빛은 대지 위를 비추어 인간들이 먹을 곡식들을 자라게 한다.

그때 텔레마코스 일행이 탄 배는 넬레우스의 성이 있는 필로스로 향하고 있었다. 필로스 사람들은 바닷가에 모여서 대지를 흔드는 검푸른 바다의 신 포세이돈에게 제물을 바치고 있었다. 그들은 검은 황소 아홉 마리를 잡아 내장을 꺼내고 다리의 살점을 제단 위에서 태워 신께 바쳤다.

일행은 배를 정박시키고 바다에서 내렸다. 아테나가 앞장서며 텔레마코스를 향해 말을 건넸다.

"텔레마코스여, 더 이상 주저할 이유가 없다. 그대가 바다를 건너온 것은 대지가 감추어 놓은 그분의 소식을 알고자 함이다. 이제 곧장 말을 잘 길들이는 네스토르에게 가서 혹시 숨기고 있는 사실이 있는지 말해 달라고 간청해라. 그는 슬기로운 사람이니 거짓말을 하지는 않을 것이다."

이렇게 말하고 팔라스 아테나가 앞장서자 텔레마코스는 여신의 뒤를 바짝 뒤쫓아갔다. 필로스 남자들이 모여 있는 곳에 네스토르와 그의 아들이 앉아 있었다. 그들 주변에는 의식을 치른 후 잔치를 준비하고 있는 이들이 있었다. 그들은 낯선 나그네를 보자 모두 몰려와 악수를 하며 앉기를 청했다.

네스토르의 아들 페이시스트라토스가 그들을 바닷가 모래 위에 펴놓은 부드러운 양털 모피 위로 안내했다. 그리고 고기와 포도주를 대접하며 환영의 인사를 했다.

"나그네들이여, 포세이돈에게 경배하세요. 마침 지금 그분께 제물을 바치는 중이랍니다."

아테나는 그의 지혜롭고 현명한 태도에 기뻐하며 포세이돈에게 기도를 올렸다.

"대지를 떠받드는 포세이돈이여, 나의 기도를 들어주세요. 네스토르와 그의 아들에게 영광을 내려 주시고, 이렇게 훌륭한 헤카톰베(제물)를 마련한 필로스의 모든 백성들에게도 자애로운 보답을 내려 주세요. 그리고 텔레마코스와 내가 이곳으로 온 목적을 이루고 무사히 귀향하게 해 주세요."

기도를 마친 후 아테나는 손잡이가 둘 달린 황금 잔을 텔레마코스에게 건네주었다. 오디세우스의 사랑하는 아들인 그도 똑같이 기도를 올렸다. 모두에게 고기와 술이 돌아가자 그들은 그것을 받아 맛있게 즐겼다. 이윽고 배를 충분히 채웠을 즈음 노년의 네스토르가 말문을 열었다.

"나그네들이 즐겁게 식사를 하셨으니, 이제 그들이 누구인지 묻기에 적당한 시간이 된 것 같습니다. 어디에서 바닷길을 헤쳐 온 것인가요? 장사를 하는 사람들인가요, 아니면 모험을 하고 있는 중인가요? 다른 사람들에게 불행을 가져다주는 저 해적들처럼 말이지요."

그러자 슬기로운 텔레마코스가 용기를 내어 말했다. 아테나가 그의 가슴에 용기를 불어넣어 주었기 때문이다.

"넬레우스의 아들, 네스토르여. 모든 아카이아 인들의 영웅이시여, 우리는 네이온 산 밑에 있는 이타케에서 왔습니다. 공적인 일이 아니라 오직 개인적인 일로 길을 나선 것입니다. 내 아버지이자 인내와 고결한 성품을 지니신 오디세우스의 소식을 조금이라도 들을 수 있을까 해서 이곳으로 왔지요. 사람들이 말하기를 그분은 그대와 함께 트로이의 성을 함락시켰다고 합니다. 트로이와 싸운 다른 용사들의 소식과 또 그들의 비참한 죽음에 대해서는 익히 들었습니다. 그런데 크로노스의 아들이신 제우스께서 그분의 죽음을 어둠 속으로 감추어 버리셨지요. 육지에서 적들의 손에 죽었는지, 아니면 바다에서 암피트리테[1]의 파도 사이에서 죽었는지 아직까지 말해 준 사람이 없습니다. 제발 애원하건대 오디세우스께서 트로이에서 그대에게 신의를 저버린 말과 행동을 한 적이 없다면 알고 있는 사실을 모두 말씀해 주십시오."

그러자 훌륭한 전차몰이꾼이었던 네스토르 왕이 대답했다.

"오, 동지여! 그대가 모든 것을 새삼 일깨워 주는군요. 우리 무적의 아카이아 인의 아들들이 아킬레우스와 함께 전리품을 취하고, 안갯빛 바다 위를 항해하고, 프리아모스 왕*의 성을 에워싸고 전투를 하며 견디어 낸 고통들을 말입니다. 그곳에서는 우리들의 훌륭한 전사들이 많이 죽었습니다. 아이아스*와 아킬레우스, 신과 겨눌 정도로 훌륭한 조언자였던 파트로클로스*가 살아 돌아오지 못하고 누워 있지요. 그곳에는 겁도 없이 용감했던 나의 친아들 안틸로코스도 누워 있습니다. 고귀한 아카이아 인들이 그곳에서 얼마나 많은 고통을 당했는지 다 이야기해 줄 수 있는 이는 없을 것이오. 우리는 9년 동안 온갖

---

1) 바다의 여신으로, 바다의 노인 네레우스의 딸이자 포세이돈의 아내.

계략으로 트로이에 재앙을 내리려고 했으며 크로노스의 아들께서 가까스로 그것을 이루게 해주셨지요. 그러나 오디세우스와 지혜를 겨룰 수 있는 사람은 아무도 없었습니다. 나와 그분은 한 번도 의견이 다른 적이 없었지요. 우리는 언제나 한마음으로 신중한 조언을 했습니다.

그러나 우리가 프리아모스의 가파른 성을 함락시키고 귀향하는 배에 올랐을 때 신들은 아카이아 인들을 뿔뿔이 흩어지게 만들어 버렸습니다. 아트레우스의 두 아들인 아가멤논과 메넬라오스가 서로 다투게 된 것이지요. 그리하여 나는 나를 따르는 용사들과 함께 빠져나와 필로스로 향했습니다. 신이 줄곧 순풍을 불어 주어 우리 함선은 무사히 돌아왔습니다. 다른 사람들 소식은 모르지만 아킬레우스의 아들도, 필록테테스도, 이도메네우스도 돌아왔다는 소식을 들었습니다.

아가멤논과 아이기스토스의 이야기는 알고 있으시겠지요? 또 아가멤논의 아들이 교활한 아이기스토스를 어떻게 응징했는지도 말입니다. 누군가 죽더라도 그의 자식이 살아남아 있는 것은 정말 좋은 일인 것 같습니다. 그대도 용감해 보이니 망설이지 말고 용기를 내시오. 후세 사람들이 그대를 칭찬할 수 있도록 말입니다."

그러자 슬기로운 텔레마코스가 대답했다.

"아아, 아카이아 인들은 그의 명성을 노래하여 후세 사람들에게도 전할 것입니다. 신께서 나에게 저 무례한 구혼자들을 응징할 수 있는 힘을 주시면 좋으련만. 아버지와 나에게는 그런 행운을 주시지 않는군요."

그러자 네스토르가 대답했다.

"사람들이 말하기를 그대의 어머니 때문에 수많은 구혼자들이 그대의 궁전에서 재앙을 꾸미고 있다고 하더군요. 우리 아카이아 인들이 트로이에서 고통을 받고 있을 때 빛나는 눈의 여신 아테나가 오디세우스를 사랑했던 것처럼 그렇게 그대를 사랑해 주면 좋을 텐데."

그러자 여신이 말했다.

"파멸을 가져다주는 죽음의 운명이 덮치면 비록 신이 사랑하는 사람일지라도 벗어날 수는 없답니다."

그러자 텔레마코스가 바로 여신에게 답했다.

"멘토르여, 영혼불멸의 신들이 그분께 오래전에 죽음과 같은 어두운 운명을 생각하고 있었다는 것에 대해서는 더 이상 말하기 싫습니다. 지금은 다른 이야기를 하고 싶군요. 네스토르여, 넓은 지역을 통치하는, 아트레우스의 아들 아가멤논이 어떻게 죽게 되었는지 그 이야기를 좀 해주세요. 메넬라오스는 어디에 있었습니까? 교활한 아이기스토스가 그분께 어떤 죽음을 맞이하게 한 것입니까?"

그러자 네스토르가 대답했다.

"지금 성에서 멀리 떨어진 들판 위에 누워 있는 그자, 그토록 엄청난 일을 저지른 아이기스토스를 위해 슬퍼하는 여인은 아무도 없을 것입니다. 그는 차마 입에 담을 수 없는 악행을 저질렀던 것입니다.

우리가 수많은 고통을 겪어 내며 전쟁을 치르는 동안 그는 아르고스의 가장 깊숙한 곳에서 편안히 쉬고 있었습니다. 그리곤 아가멤논의 아내를 온갖 말로 유혹했지요. 사실 고결한 클리타임네스트라도 처음에는 그런 수치스러운 짓을 거부했습니다. 그러나 결국 신들은 그녀의 운명을 파멸로 이끌었지요.

그런 일들이 벌어지는 동안 메넬라오스와 나는 트로이에서부터 함께 항해를 했습니다. 우리가 아테네 외곽의 신성한 수니온 곳에 이르렀을 때, 포이보스 아폴론*이 부드러운 화살로 메넬라오스의 키잡이를 죽이기 전까지는 말입니다.

그의 장례를 치르느라 늦어지긴 했지만 메넬라오스는 다시 포도줏빛 바다를 부지런히 항해하여 말레아에 이르렀습니다. 그곳에서 함대는 두 편으로 나뉘어 일부는 크레타로 향했고, 메넬라오스의 함대는 다른 나라를 떠돌며 재물과 황금을 거두었습니다. 그러는 동안 아이기스토스는 아가멤논을 살해하고 황금이 많은 미케네를 차지하여 7년 동안이나 다스렸습니다. 그러나 8년째 되는 해, 마침내 그의 아들인 고귀한 오레스테스가 돌아와 아버지를 살해한 원수 아이기스토스를 죽였습니다. 바로 그날 목소리가 우렁찬 메넬라오스도 황금과 재물을 가득 실은 함선과 함께 돌아왔습니다. 살아 돌아오리라고는 아무도 생각할 수 없는 폭풍우 치는 바다에서 살아 돌아온 것입니다.

그러니 그대의 재산과 무례한 구혼자들을 그대의 궁전에 남겨 두고 너무 오래 떠돌지 않도록 하는 것이 좋을 것이오. 나는 이제 그대에게 메넬라오스를 만나 보라고 말하고 싶소이다. 만약 육지로 가고 싶다면 내가 당신에게 마차와 말을 내주고, 내 아들에게 길 안내를 하라고 하겠습니다. 그러면 금발의 메넬라오스가 있는 라케다이몬으로 안내해 줄 것입니다."

그가 이렇게 말하는 동안 어느새 해가 지고 어둠이 다가왔다. 아테나 여신은 일행들이 있는 배로 돌아갔고, 네스토르의 초대를 받은 텔레마코스는 그의 궁전으로 향했다.

네스토르는 신과 같은 오디세우스의 사랑하는 아들을 소리가 우렁우렁 잘 울리는 주랑의 침상에 재웠다. 그 옆에서는 전사 중의 전사 페이시스트라토스가 함께 잤다.

이른 아침을 여는 새벽의 여신이 나타나자 네스토르는 잠자리에서 일어났다. 그리고 황금 홀을 들고 잘 다듬어진 돌 위에 앉았다. 그곳은 그의 아버지 넬레우스의 자리였지만 그가 죽고 난 뒤 네스토르의 자리가 되었다.

네스토르의 아들들이 방에서 나와 그의 주변에 모여 앉았다. 그들은 텔레마코스도 데려와 자신들 옆에 앉혔다. 그런 다음 네스토르가 말문을 열었다.

"아들들아, 나는 여러 신들 중에서도 아테나 여신께 기도를 올리고 싶다. 그러니 들에 나가 암송아지를 몰고 오고, 다른 한 사람은 텔레마코스의 배로 가 그의 일행들을 데리고 오너라. 그리고 암송아지의 뿔은 황금으로 둘러싸야 하니 금세공사 라에르케스도 불러라. 나머지 사람들은 여기 남아 연회를 준비하도록 하라."

모두들 바삐 움직이기 시작했다. 그리고 마침내 아테나 여신이 제물을 받으려고 나타났다.

네스토르는 금세공사에게 황금을 건네주어 암송아지의 뿔을 예쁘게 장식하게 했다. 그런 다음 손을 깨끗이 씻고 제물의 머리에서 잘라 낸 털을 불 속에 던져 넣으며 신에게 올리는 예식을 시작했다.

그는 먼저 아테나에게 열심히 기도를 올린 뒤 보리[2]를 흩뿌렸다. 그러자 네스토르의 아들이 도끼로 암송아지의 머리를 내리쳤다. 암송아지가 주저앉자 주변에 있던 여자들이 환성을 질렀다. 그들이 제물을 높게 쳐들자, 전사들 중에서 가장 우두머리인 페이시스트라토스가 제물의 목을 잘랐다.

검은 피가 쏟아지며 제물의 숨이 끊어지자 그들은 살점을 잘라 내어 불에 태우고 그 위에는 빛나는 포도주를 부었다.

그동안 네스토르의 막내딸인 아름다운 폴리카스테가 텔레마코스를 목욕시켜 주었다. 몸에 올리브기름을 바르고 상의 위에 멋진 망토까지 휘감아 차려입자 마치 영원불멸의 신과 같은 모습이 되었다. 그

---

2) 고대 그리스에서는 신에게 제사를 드릴 때 기도를 올린 후 제단과 제물에 보리를 던지는 풍습이 있었다.

리고 그는 백성들의 지도자인 네스토르 옆에 앉았다.

살코기가 익자 축제가 시작되었다. 시종들이 바삐 오가며 황금 잔에 포도주를 따라 주었고 그들 모두가 마음껏 먹고 마셨다. 그들 사이에서 네스토르가 말문을 열었다.

"나의 아들들아, 텔레마코스를 위해 갈기 고운 말들을 데려와 마차에 매도록 해라. 그가 여행을 떠날 수 있도록 말이다."

마침내 마차가 준비되고 말들에게 멍에를 얹었다. 여자들은 빵과 포도주, 그리고 맛있는 음식을 준비해 주었다. 그리하여 텔레마코스는 아름다운 마차에 올랐다. 그리고 네스토르의 아들 페이시스트라토스도 마차에 올라 고삐를 잡았다. 그가 채찍질을 하자 말들은 조금의 지체함도 없이 들판을 나는 듯이 달려 필로스를 떠나갔다.

제4권

스파르타의 왕과 여왕

텔레마코스 일행은 높은 봉우리와 협곡으로 둘러싸인 라케다이몬에 도착했다. 그들은 마차를 몰아 영광스러운 메넬라오스의 궁으로 갔다. 그곳에서는 결혼 잔치가 열리고 있었다.

메넬라오스는 헬레네*와 결혼하여 황금의 아프로디테*처럼 아름답고 사랑스러운 헤르미오네를 얻었다. 그러나 신들은 그 뒤로는 헬레네가 자식을 낳을 수 없게 해버렸다. 메넬라오스는 그의 딸을 돌격대장 아킬레우스의 아들인 네오프톨레모스에게 시집보냈으며, 뒤늦게 계집종에게서 얻은 아들을 위해서는 스파르타 출신의 알렉토르의 딸을 데려왔다.

이웃과 친척들이 모인 잔치에서 신과 같은 가인이 키타리스를 연주하면서 노래하자 곡예사 두 사람이 나와 공중에서 묘기를 연출했다.

텔레마코스와 네스토르의 아들인 페이시스트라토스를 본 메넬라오스의 시종은 메넬라오스에게 위대한 제우스의 혈통인 듯한 두 분의 나그네가 왔음을 알렸다. 그러자 메넬라오스는 손님을 정중하게 모시라고 명했다. 시종은 말의 멍에를 풀고 마차는 번쩍번쩍 빛나는 궁전 벽에 기대어 놓은 뒤 손님들을 궁 안으로 모셨다. 두 사람은 궁전의 웅장함과 화려함에 놀라움을 금치 못했다.

그들은 곧 반들반들 닦인 욕조에서 목욕을 했다. 목욕을 마치자 하녀들이 온몸에 올리브기름을 발라 주고 옷을 입혀 주었다. 그리고 메넬라오스 옆에 있는 높은 의자로 안내했다. 시녀 한 명이 황금 물 항아리를 가져와 손을 씻게 해주었으며 그들 앞에 반짝반짝 빛나는 식탁을 가져다 놓았다. 식탁 위에는 빵과 음식 그리고 온갖 종류의 고기와 함께 황금 잔이 준비되었다.

그러자 금발의 메넬라오스가 환영 인사를 했다.

"먼저 음식부터 맛보시지요. 그런 다음 그대들이 어떤 분들인지 말해 주세요. 제우스의 보호를 받는 훌륭한 가문의 사람들이 틀림없는 것 같습니다만."

텔레마코스는 식사를 충분히 한 다음 페이시스트라토스에게 가까이 다가가 속삭였다.

"저 빛나는 황금들을 봐. 올림포스의 제우스 궁전이 이와 같을까!"

그러자 메넬라오스가 그들의 말을 알아채고 얼른 대답했다.

"오, 젊은 친구들이여, 제우스와 겨룰 수 있는 인간은 없답니다. 신들의 재물은 영원불멸이기 때문입니다. 이것들은 내가 8년 동안 온갖 고초를 겪으며 모은 재물들이랍니다. 나는 키프로스와 포이니케와 아이깁토스를 항해했습니다. 아이티로페스 인과 시돈 인 그리고 에렘보이 인들에게도 갔으며 리비아에도 갔습니다. 그곳을 항해하며 재물을 모으는 동안 어떤 자가 나의 형님을 그분의 잔혹한 아내와 공모하여 살해해 버렸습니다. 그러니 내 마음은 전혀 즐겁지가 않습니다.

또한 나는 지금 이곳에 이렇게 살아 있습니다만, 저 넓은 트로이에서 죽어간 사람들이 모두 살아 있다면 얼마나 좋겠습니까? 하지만 그들 모두에 대한 슬픔보다, 아카이아 인들 중에서 가장 고생한 오디세우스보다 더 나를 슬프게 하는 사람은 없습니다. 오랫동안 그의 소식을 알지 못한 채, 죽었는지 살았는지도 모르기 때문입니다. 라에르테스 어른과 오디세우스의 정숙한 아내 페넬로페, 그리고 갓난아기였을 때 헤어진 텔레마코스도 비탄에 잠겨 있겠지요."

메넬라오스에게서 아버지의 이름이 나오자 텔레마코스의 눈에서는 눈물이 떨어졌다. 텔레마코스는 자줏빛 외투를 감싸 올리며 눈가를 훔쳤다.

이때 헬레네가 황금 화살의 아르테미스처럼 걸어 나왔다. 그러자 아드라스테가 그녀를 위해 의자를 놓아 주었다. 그녀는 자리에 앉자마자 남편에게 이것저것 꼬치꼬치 캐묻기 시작했다.

"메넬라오스여, 여기 이분만큼 마음씨 좋은 오디세우스를 닮은 사람을 일찍이 본 적이 없는 것 같습니다. 놀라울 정도로 닮았어요. 그분은 이 수치스러운 여인 때문에 전쟁에 참가하려 트로이로 향할 때, 아직 어린 아들 텔레마코스를 집에 두고 떠났지요."

이때 네스토르의 아들 페이시스트라토스가 대답했다.

"메넬라오스여, 말씀하신 대로 이 젊은이가 그분의 아들입니다. 나는 게레니아의 네스토르의 아들입니다. 그대를 만나고 싶어 했기 때문에 길 안내자로서 동행하고 있습니다. 아버지가 떠나고 안 계신 틈을 타 텔레마코스에게 재앙이 닥쳐왔지만 그의 나라에서는 그를 위해 그 재앙을 막아 줄 이가 아무도 없다더군요."

그에게 금발의 메넬라오스가 대답했다.

"정말로 나 때문에 전쟁의 수많은 고통을 참고 견딘 내 친구의 아들이 이곳, 내 집에 왔다는 말씀이십니까? 나는 오디세우스가 살아 돌아오기만 한다면 그를 위해 아르고스의 도시를 내주고, 궁전을 지어 주고, 그의 아들과 백성들을 이타케에서 데려올 것이오. 그러면 우리는 이곳에서 우정을 나눌 수 있을 테지요. 죽음의 먹구름이 우리를 갈라놓기 전까지 말입니다. 그런데 신이 시기하여 그 불운한 사람의 귀향을 막아 버린 것 같소이다."

그의 말은 모두의 마음에 슬픔을 불러일으켰다. 헬레네도 울고, 텔레마코스도 울고, 메넬라오스도 울었다. 그러다 메넬라오스가 이렇게 말했다.

"일단 슬픔은 거두고 저녁 식사를 하도록 합시다. 다른 이야기는 내일 아침에 충분히 나눌 수 있을 것입니다."

그때 제우스의 딸 헬레네는 그들이 마실 포도주에 고통과 분노를 달래고 슬픔을 잊을 수 있게 해주는 약을 집어넣었다. 그것을 마시는 사람은 누구라도 눈물을 흘리지 않게 되었다.

이것들은 아이깁토스에 사는 톤의 아내 폴리담나가 그녀에게 준 약초였다. 그곳에 사는 이들은 모두 신들을 치료하는 신 파이온의 자손이었기 때문에 훌륭한 의사들이었다.

그리고 그녀는 남편에게 이렇게 말했다.

"메넬라오스여, 그리고 훌륭한 분의 자제분이시여. 신들은 오늘은 이 사람에게, 내일은 저 사람에게 행복과 불행을 주신답니다. 제우스 이신 그분은 전지전능하시기 때문이지요. 그러니 음식을 드시면서 제 이야기를 들어 보세요. 저는 아카이아 인들이 트로이에서 고통을 겪을 때 그분이 어떻게 싸우셨는지를 이야기해 드릴 수 있답니다.

그분은 누더기 옷으로 변장을 하고 적의 도시로 들어왔습니다. 아무도 알아보지 못했지만 저는 그분의 정체를 알아보았습니다. 그러나 나는 그가 오디세우스라는 것을 말하지 않겠다고 맹세했지요. 그분은 날이 긴 청동으로 많은 트로이 인을 죽이고 많은 정보를 얻어 아르고 스로 돌아갔답니다. 그때 나는 남편과 내 사랑하는 고향을 버리고 트 로이로 떠났던 그 행동을 후회하고 있었기 때문입니다."

그러자 그녀에게 메넬라오스가 말했다.

"부인, 나도 수많은 나라의 영웅들을 만나 보았지만 그분과 같은 심장을 가진 사람은 만난 적이 없소. 우리 아르고스의 모든 장수들이 트로이 인들에게 죽음의 운명을 가져다주기 위해 만들어 낸 목마*에 함께 들어가 있을 때 그 용감한 분이 행하고 견뎌 낸 것이 얼마나 놀 라운 일이었는지!

그때 당신(아테나)이 신과 같은 데이포보스[1]와 동행하고 있었지요. 당신은 우리들이 숨어 있는 그 목마를 세 번이나 만지고 돌며 모든 아 르고스 용사들의 아내의 음성을 흉내 냈지요. 그대가 부르는 소리에 우리는 밖으로 달려 나가려 했으나, 오디세우스만큼은 우리를 막고 붙잡았소. 모든 아카이아 용사들은 잠자코 있었지만 안티클로스만은 그대에게 대답을 하려 했지요. 그때 오디세우스가 힘센 두 손으로 그 의 입을 막아 모든 용사들을 구할 수 있었습니다."

그러자 슬기로운 텔레마코스가 대답했다.

"그 모든 일들도 결국은 그분을 파멸에서 벗어나게 할 수는 없었던

---

1) 트로이의 왕 프리아모스의 아들로 트로이군의 용감한 전사였다.

것 같아 제 마음이 너무나 힘듭니다. 잠시 기운을 차릴 수 있도록 잠자리를 마련해 주시면 좋겠습니다."

다음 날 아침 목소리가 우렁찬 메넬라오스는 잠에서 깨어나 멋진 옷과 칼, 그리고 번쩍이는 신발을 신고 신과 같은 모습으로 나타나 텔레마코스에게 무슨 일로 이곳까지 오게 되었는지 물었다.

그에게 텔레마코스가 대답했다.

"지금 우리 집의 재물이 약탈당하고 있습니다. 그곳은 적들로 가득 차 있지요. 그들이 바로 우리의 가축과 소들을 도살하며 어머니에게 구혼하려는 거만한 구혼자들입니다. 그래서 나는 지금 이곳에서 그대의 무릎을 잡고 빌고 있는 것입니다. 혹시 그분이 비참하게 죽는 것을 보셨나요, 아니면 다른 사람에게 그분이 어느 곳을 떠돌아다닌다는 소식을 들으신 적은 없는지요?"

금발의 메넬라오스가 분노를 감추지 못하며 말했다.

"아아, 겁쟁이들 주제에 감히 그 대담한 분의 잠자리를 탈취하려고 하다니! 오디세우스 그분은 그들에게 분명히 치욕적인 운명을 가져다 줄 것이오. 나는 거짓을 모르는 바다노인[2]이 나에게 말해 준 것을 그대에게 한마디도 숨기지 않겠소. 신들은 고향으로 돌아가고 싶어 하는 나를 아이깁토스에 붙들어 두었소. 그것은 내가 신들께 헤카톰베를

---

2) 바다의 신 포세이돈의 신하 프로테우스.

66

충분히 바치지 않았기 때문이었지요. 신들은 자신들의 명령을 인간들이 명심하길 바란 것이었지.

그곳 맞은편 한가운데에 섬이 있었는데, 사람들은 그곳을 파로스라 불렀습니다. 신은 그곳에 나를 스무 날 동안 잡아 두셨습니다. 함선들을 넓은 바다 한가운데로 데려다 줄 바람이 조금도 불지 않았기 때문입니다. 만약 바다 노인 프로테우스의 딸이 나를 불쌍히 여기지 않았다면 양식이 모두 떨어져 동료들은 모두 위험에 처했을 것입니다. 내가 동료들과 떨어져 혼자 거닐고 있을 때 그녀가 나타나서 말했지요.

'포세이돈의 신하이자 모든 바다의 깊이를 알고 있는 아이깁토스의 프로테우스라면 그대에게 바닷길을 일러 주고 어떻게 하면 귀향할 수 있는지 말씀해 주실 거예요. 그분은 나를 낳아 주신 내 아버지이시지요.'

난 그녀에게 그 바다 노인을 만날 수 있게 해달라고 부탁했지요. 그러자 고귀한 그녀가 얼른 대답해 주었습니다.

"바다노인은 서풍의 숨결이 느껴지면 검푸른 잔물결 아래에서 올라와 속이 빈 동굴에서 잠을 청합니다. 그리고 바다의 딸들인 물개들이 잿빛 바다에서 살며시 나와 그분 곁에서 떼를 지어 잠을 잔답니다. 내가 그곳을 알려 줄 터이니 그대는 훌륭한 동료 세 명을 뽑아서 함께 오세요."

그녀는 말을 마치고는 물결치는 바닷속으로 사라져 버렸습니다.

다음 날 새벽 나는 동료 셋과 함께 신께 기도를 올리며 바닷가 기슭을 따라 걷고 있었습니다. 그동안 여신은 깊은 바닷속에서 물개 가죽 네 개를 가져왔습니다. 그녀는 우리를 순서대로 눕게 하고 그것을 둘러쓰고 숨어 있게 했습니다. 정말 끔찍하게 고통스러운 경험이었지요. 물개들의 냄새가 고약했기 때문입니다. 그러나 그녀가 향기로운 암브로시아를 코 밑에 놓아 주어 겨우 견딜 수 있었소.

한낮이 되자 바다노인이 물에서 나오더니 살찐 물개들을 발견하고 그 수를 하나하나 세었지요. 그는 우리들도 포함해 세었습니다. 그리고 그것이 덫인 줄도 모르고 우리들 사이로 들어와 누웠습니다. 바로 그 순간 우리는 크게 소리를 지르며 노인을 붙잡았지요. 노인은 자신의 모습을 감추려고 수염 난 사자로 변하더니 다시 범과 표범이 되고 멧돼지로도 변했습니다. 그러나 우리는 참을성 있게 그분을 꼭 붙잡고 있었습니다.

그는 속임수에 능했지만 자신도 귀찮아졌는지 변하길 포기하고 무슨 일이냐고 물었습니다. 난 어떤 신이 나를 이곳에 묶어 놓고 여행을 방해하는지, 그리고 어떻게 하면 내가 물고기가 많은 바다로 나가 귀향할 수 있는지를 물었지요. 그러자 그는 얼른 이렇게 대답했습니다.

'그대가 포도줏빛 바다를 항해하여 고향으로 빨리 돌아가기 위해서는 배에 오르기 전에 제우스와 다른 신들에게 훌륭한 제물을 바쳤

어야 했습니다.'

그리고 그는 나에게 다시 안갯빛 바다를 건너 아이깁토스로의 그 험하고 오랜 여행을 다시 해야 한다고 말했지요.

그래서 나는 이렇게 대답했습니다.

'노인장, 그대가 시키는 것은 뭐든 다 하겠습니다. 그런데 나와 네스토르가 트로이에서 돌아올 때 그때 남아 있던 아카이아 인들은 함선과 함께 무사히 귀향했는지 아니면 치욕스러운 죽음을 당했는지 사실대로 말해 줄 수 있습니까?'

그러자 그는 바로 대답했습니다.

'많은 용사들이 죽었지만 살아남은 용사들도 있소. 아카이아 인 장수 중에 고향으로 돌아가면서 죽은 사람은 두 명뿐이오. 그리고 한 사람은 넓은 바다 어디엔가 붙잡혀 있는 것 같소. 아이아스는 포세이돈의 미움을 사 그가 탄 배와 함께 바닷속으로 침몰해 버렸고, 당신의 형인 아가멤논은 헤라 여신의 도움으로 다행히 속이 빈 함선에서는 죽음의 운명을 피했소.

고향땅에 도착한 그대의 형은 기뻐하며 땅에 입 맞추고 뜨거운 눈물을 하염없이 흘렸소. 그러나 아이기스토스는 계략을 짜기 시작했지. 힘이 좋은 남자 스무 명을 몰래 숨겨 두고 아가멤논을 궁으로 초청해 잔치를 열었소. 그리고 마치 구유 앞에 있는 황소를 죽이듯 그를 죽여 버렸소. 그를 수행하던 자들도 함께 말이오.'

나는 노인의 말을 듣고 모래 위에 주저앉아 그만 울고 말았습니다. 더 이상 살고 싶은 생각이 들지 않았지요. 그러나 실컷 울고 나서 다시 그에게 물었습니다.

'그들에 관해서는 이제 잘 알았습니다. 그런데 아직 넓은 바다에 붙들려 있다는 세 번째 사람은 누구입니까?'

그는 거침없이 이렇게 대답했습니다.

'이타케에 있는 라에르테스의 아들 오디세우스요. 나는 그가 요정 칼립소의 궁전에서 눈물을 흘리고 있는 것을 보았소. 그녀가 억지로 그를 붙들고 돌아가지 못하게 하고 있지요. 그러나 그대는 아르고스에서 죽을 운명은 아닙니다. 그것은 그대가 헬레네를 아내로 삼고 있어서 신들이 그대를 제우스의 사위로 여기기 때문입니다.'

이렇게 말하고 노인은 물결치는 바다로 들어가 버렸습니다. 나는 함선들을 바다로 끌어 내리고 하늘에서 태어난 강인 아이깁토스로 가서 영생불멸의 신들의 노여움을 달랠 헤카톰베를 바쳤습니다. 그러자 순풍이 불기 시작했고 나는 무사히 고향땅으로 돌아올 수 있게 되었습니다."

메넬라오스와 텔레마코스가 이런 이야기를 나누는 동안 이타케의 구혼자들은 오디세우스의 궁전 앞에서 여전히 원반던지기와 투창던지기를 즐기고 있었다. 그들 사이에서 에우페이테스의 아들 안티노오스가 심각하게 말했다. 그의 심장은 분노로 까맣게 타들어 가고 있었으며, 두 눈은 불꽃처럼 번뜩였다.

"아아, 텔레마코스가 어린아이인 줄 알았는데 우리를 거스르고 여행을 떠났단 말이오. 그가 우리 앞에 재앙이 되기 전에 그의 힘을 꺾어 버려야 합니다. 내게 날랜 배 한 척과 스무 명의 동료들을 모아 주시오. 이타케와 바위투성이의 사모스 섬 사이의 해협에 숨어서 그가 돌아오길 기다릴 것이오."

그러자 모두들 그의 말에 찬성했다. 이때 전령 메돈이 이들의 계획을 듣고 페넬로페에게 갔다.

"왕비님, 저들이 텔레마코스가 돌아오기를 기다려 그를 날카로운 청동으로 죽이려 하고 있습니다. 왕자님은 아버지의 소식을 듣고자 신성한 필로스와 라케다이몬으로 갔습니다."

그러자 페넬로페는 그만 그 자리에서 무릎과 심장이 풀리고 말았다. 두 눈에는 눈물이 고였으며 낭랑하던 목소리도 막히고 말았다. 그녀가 애처롭게 울자 집 안에 있던 하녀들도 나이를 불문하고 모두 그녀를 둘러싸고 흐느껴 울었다. 그들 사이에서 페넬로페가 소리 높여 울며 외쳤다.

"친구들이여, 나는 그 애가 떠난다는 말을 듣지 못했어요. 그 애가 속이 빈 검은 배에 올랐을 때 누구 하나 내게 그 사실을 말해 준 사람이 없었다구요. 아, 무정한 여인들이여!"

그러자 유모가 그에게 말했다.

"왕자님은 제게 왕비님께서 눈물로 고운 피부를 상하게 하시지 않도록 열이틀째가 되기 전에는 이 사실을 말하지 않을 것을 맹세하게 했어요. 그러니 이제는 아이기스*를 가진 제우스의 딸 아테나에게 기도하세요. 그러면 여신께서 그 아이를 죽음에서 구해 주실 거예요."

페넬로페는 이층으로 올라가 아테나에게 기도를 올렸다. 그녀가 흐느껴 울며 기도하자 여신은 그녀의 기도를 들었다. 페넬로페는 나무랄 데 없이 훌륭한 아들이 죽음에서 벗어나게 될지, 아니면 무례한 저들 구혼자들에게 굴복당하게 될지 걱정하다 쓰러져 잠이 들었다. 아테나 여신은 그녀의 꿈속에 에우멜로스에게 시집간 그녀의 동생 이프티메의 환영을 보내어 그녀를 안심시켰다.

한편 구혼자들은 습한 바닷길을 항해하며 텔레마코스에게 갑작스러운 죽음을 안겨 주리라 궁리하고 있었다. 이타케와 바위투성이인 사모스 섬 사이에 바위가 많은 섬이 하나 있었는데, 그들은 그 섬 양쪽의 포구에 배를 대고 항해를 마치고 돌아올 텔레마코스를 기다렸다.

제5권

오디세우스와
요정 칼립소

영원불멸의 신들과 인간들에게 빛을 가져다주기 위해, 당당한 티토노스*의 곁에서 잠을 자던 새벽의 여신이 자리에서 일어나 날을 밝히자 신들은 곧 회의장으로 모여들었다. 그들 가운데 가장 높은 곳에 제우스가 앉아 있었다. 아테나가 요정의 집에 붙들려 곤경에 처해 있는 오디세우스와 그의 아들에 관한 그간의 이야기를 꺼냈다. 그러자 소나기구름을 다스리는 제우스가 말했다.

"오디세우스가 귀향하여 복수를 하는 것은 네가 생각해 낸 계획이지 않았느냐? 네가 텔레마코스를 잘 호위하여 고향집으로 돌아가게 해라. 그리한다면 구혼자들의 횡포는 수포로 돌아갈 것이다. 너는 그렇게 할 수 있다."

그리고 제우스는 사랑하는 아들 헤르메스에게 말했다.

"헤르메스여, 신들이 오디세우스를 집으로 돌려보내기로 결정했다고 머리를 곱게 땋은 요정 칼립소에게 알려라. 그는 잘 묶인 뗏목을 타게 될 것이며 온갖 고초를 겪고 20여 일 만에 풍요로운 스케리아[1]에 닿게 될 것이다. 그곳 사람들은 그를 신처럼 환영하고 고향으로 돌아가는 데 필요한 청동과 재물 그리고 배를 마련해 줄 것이다."

신의 사자는 조금도 지체하지 않고 황금 샌들을 매어 신었다. 샌들은 그가 습한 바다와 거친 대지를 날아갈 수 있도록 해주었다. 그는 피에리아 산맥을 넘고 바다로 뛰어내려 갈매기처럼 파도 위를 날아갔다. 그리고 머리를 곱게 땋은 요정 칼립소가 살고 있는 커다란 동굴에 닿았다.

그녀는 아름다운 목소리로 노래를 부르며 황금 베틀에서 옷감을 짜고 있었다. 동굴 주위에는 오리나무, 백양나무, 향기가 좋은 삼나무들이 울창한 숲을 이루고 있었다. 그 주변에는 포도송이가 주렁주렁 달려 있는 포도나무 덩굴도 무성했다. 또 맑은 샘물이 네 곳에서 흐르고 있었으며 꽃들이 만개해 있었다. 영원불멸의 신들이 온다고 해도

---

1) 이타케 북쪽 에페이로스 앞에 있는 섬. 지금의 코르푸.

감탄하지 않을 수 없는 아름다운 곳이었다.

헤르메스가 동굴 안으로 들어서자 고귀한 칼립소가 물었다.

"황금 지팡이를 든 헤르메스여, 무슨 일로 오셨습니까?"

여신은 식탁을 차려 암브로시아와 붉은 넥타르[2]를 내놓고 신의 전령이 즐겁게 먹고 마실 수 있도록 했다. 마침내 헤르메스가 입을 열었다.

"나는 제우스의 명령으로 이곳으로 온 것입니다. 누가 자진해서 이토록 넓고 짠 바닷물 위를 달리고 싶어 하겠습니까? 이곳에는 신들께 제물을 바치는 인간들이 사는 도시도 없으니 말입니다.

그분께서는 9년 동안 프리아모스의 도시를 함락시키기 위해 싸우다 10년 만에 고향으로 돌아가려는 한 남자가 그대에게 붙잡혀 있다고 했습니다. 그들은 귀향을 시작하면서 아테나에게 제물을 바치지 않았고, 여신은 그들이 가는 길에 폭풍우와 파도를 일으켰습니다. 다른 동료들은 다 죽었지만 바람과 파도가 그를 이곳으로 데려다 주었지요. 그렇지만 이제 제우스께서는 그의 정해진 운명대로 그를 고향으로 돌려보내라고 하십니다."

고귀한 칼립소는 몸을 부르르 떨며 거침없이 말했다.

"신께서 제가 인간을 사랑하는 남편으로 삼는 것을 질투하는군요.

---

2) 영원불멸의 신들이 마시는 음료.

장밋빛 손가락을 가진 새벽의 여신이 오리온*을 선택했을 때 순결한 아르테미스*가 그를 부드러운 화살을 쏘아 죽인 것처럼 말입니다. 또 머리를 곱게 딿은 데메테르*가 이아시온과 사랑을 나눌 때도 제우스께서는 번개를 던져 그를 죽여 버리시지 않았습니까! 이번에도 신들이 질투를 하시는군요.

난 포도줏빛 바다 한가운데에서 배도 부서지고 동료들도 모두 잃어버린 그를 돌보아 주었습니다. 내가 사랑하는 그에게 나는 영원히 늙지도, 죽지도 않게 해주겠다고 말했습니다. 그러나 아이기스를 가진 제우스의 계획을 거부한다는 것은 불가능한 일이겠지요."

그녀에게 신의 사자가 말했다.

"지금 그를 보내 주어야 제우스의 노여움을 사지 않을 것입니다."

전령이 떠난 후 고귀한 요정은 바닷가에 앉아 있는 오디세우스에게로 갔다. 미처 마를 새도 없이 그의 두 눈에서는 끊임없이 눈물이 흐르고 있었다. 그는 밤에는 원하지 않는 여자 옆에서 잠을 잤다. 그리고 낮에는 바닷가에 나와 한없이 슬퍼하길 매일 반복하고 있었다.

그녀가 오디세우스에게로 다가와 말했다.

"아, 불쌍한 용사여. 이제 더 이상 슬퍼하지 마세요. 내가 그대를 기꺼이 보내 드릴 것입니다. 가서 키 큰 나무들을 베어 오세요. 그리고 그것을 청동으로 엮어 넓은 뗏목을 만들고 높은 돛을 세우세요. 그러면 그것이 그대를 안갯빛 바다로 실어다 줄 것입니다. 나는 그대가 굶주리지 않도록 빵과 물과 포도주를 넉넉히 준비해 그 안에 채워 줄 것입니다. 옷도 든든히 입혀 주고, 뒤에서 순풍도 불어 줄 거예요. 그대가 무사히 고향땅에 닿을 수 있도록 도울 것입니다. 이것은 나보다 더 강력한 신들이 원하는 것이기 때문입니다."

참을성이 많은 고귀한 오디세우스가 소스라치게 놀라며 말했다.

"여신이여, 혹시 어떤 다른 의도가 있어서 하는 말은 아닌지요? 그렇지 않고서야 어찌 뗏목을 타고 그 거칠고 험난한 바다를 건너라고 하는 것입니까? 나를 다시 재앙에 빠뜨릴 속셈이 아니라면 맹세를 해 주시오."

요정은 부드러운 미소와 함께 그를 어루만지며 말했다.

"스틱스* 강의 물에 대고 맹세를 하지요. 나는 그대를 해칠 재앙은 꾸미지 않을 것입니다. 내 마음도 당신에 대한 동정심으로 가득 차 있답니다."

대화를 마치고 두 사람은 속이 빈 동굴로 들어섰다. 요정은 오디세우스 앞에는 인간들이 먹는 맛있는 음식을 차려 놓고, 맞은편에 앉은 그녀 앞에는 암브로시아와 넥타르를 내놓았다. 그들은 일단 마음껏 먹고 마셨다. 식사를 마치자 고귀한 칼립소가 말문을 열었다.

"누구보다 지혜로운 오디세우스여, 그대는 정말 고향으로 돌아가고 싶은가요? 그대가 앞으로 얼마나 많은 고통을 당해야 하는지를 알게 된다면 이곳에서 나와 함께 머물며 영원히 살고 싶을지도 몰라요.

나의 아름다움이 그녀보다 못하지는 않을 것입니다. 죽기 마련인 여인이 불멸의 여신인 나와 겨룰 수는 없으니까요."

오디세우스가 대답했다.

"고귀한 여신이여, 페넬로페가 그대보다 아름답지 않다는 것은 나도 알고 있소. 그러나 신들 중에서 어느 분이 또 나를 포도줏빛 바다 위에서 난파시킬지라도 나는 반드시 집으로 돌아갈 것입니다. 나는 파도 위에서, 그리고 전쟁터에서 그보다 더한 고통도 참아 냈소. 그러니 고향으로 돌아가는 여정이 한없이 고통스러울지라도 내게는 문제가 되지 않습니다."

이윽고 해가 지고 다시 어둠이 내리자 그들은 속이 빈 동굴 가장 안쪽에 나란히 누워 사랑을 나누었다.

새벽의 여신이 나타나자 오디세우스는 재빨리 일어나 옷을 입었다. 요정은 오디세우스에게 손아귀에 잘 맞는 청동 도끼자루를 쥐어 주고 섬의 끝으로 안내했다. 그곳에는 오리나무, 백양나무 그리고 하늘에 닿을 듯이 자란 전나무들이 있었다. 칼립소는 키 큰 나무들이 있는 곳을 알려 주고는 다시 동굴로 돌아갔다.

오디세우스는 나무들을 베어 눕히고 옆가지들을 쳐 낸 다음 똑바르게 손질했다. 그리고 나무에 구멍을 뚫고 그것들을 이어 붙인 다음 나무못과 꺾쇠를 단단하게 박아 넣었다. 측벽을 세우고 긴 널빤지를 댄 다음 그 안에 돛을 세워 달았다. 그리고 거기에 맞는 활대와 방향

78

을 잡기 위한 키도 만들었다. 사방에는 파도를 막을 수 있도록 버들가지로 울타리를 만들어 쳤고 바닥에는 나뭇잎을 수북이 쌓았다.

배들 만들기 시작한 지 나흘째 되는 날, 오디세우스는 지렛대로 뗏목을 바다 위로 끌어 내렸다. 다섯째 되는 날 칼립소는 그를 목욕시키고 향기로운 옷을 입혀 주었다. 그리고 검은 포도주와 물, 그리고 양식을 넣은 가죽 자루를 배에 실어 주었다.

준비를 마치자 그녀가 순풍을 불어 주었다. 그러자 오디세우스는 돛을 펼치고 능숙하게 키를 조정하여 방향을 잡은 뒤 바다를 향해 달렸다. 그는 열이레 동안을 잠도 자지 않고 바다를 항해했다. 드디어 열여드레째 되는 날 마침내 파이아케스 인들[3]의 땅이 모습을 드러냈다.

그때 에티오피아 인들에게 다녀오던 대지를 흔드는 통치자(포세이돈)가 바다 위를 항해하던 오디세우스를 발견했다.

"아아, 신들이 오디세우스에 대한 생각을 바꾸어 버린 것이 틀림없구나. 그러나 나는 그를 재앙의 올가미에 걸려들게 할 것이다."

그는 삼지창을 집어 들어 구름을 모으고 바다에 파도를 일으켰다. 그러자 폭풍이 몰아치고 하늘이 시커멓게 변했다. 바람이 사방에서 불어 대며 서로 부딪쳤다. 오디세우스는 두 무릎이 풀리고 심장이 떨

---

3) 그리스 서쪽 스케리아 섬(오디세우스가 난파당한 곳)에 사는 해양 민족.

렸다. 그가 침통하게 소리쳤다.

"여신이 바다에서 온갖 고초를 겪게 될 것이라고 말하더니 정말 그렇게 되려는 것일까? 아트레우스의 아들들을 위해 넓은 트로이 땅에서 죽어간 전우들이 나보다 몇 배는 더 행복하겠구나. 죽은 펠레우스의 아들 아킬레우스* 때문에 트로이 인들과 싸울 때 나를 향해 쏟아지던 청동 칼날에 죽을 운명이었더라면 차라리 내 명성이라도 널리 퍼졌을 텐데."

그때 커다란 파도가 무섭게 달려들어 그를 덮쳤다. 뗏목이 빙그르 돌자 그는 그만 키를 놓쳐 버리고 말았다. 다시 거센 바람이 불어와 돛대를 꺾어 버리자 오디세우스는 바다 위로 떨어져 버렸다. 그는 재빨리 뗏목을 붙잡았다. 그러자 큰 파도가 그를 이리저리 밀어내며 바다 위를 떠돌게 했다. 그러나 대지를 흔드는 신은 그를 향해 더 큰 파도를 일으켰고 결국 뗏목은 산산조각이 났다.

오디세우스는 부서진 뗏목 조각 하나를 부여잡고 간신히 그 위에 올라앉았다. 옷이 흠뻑 젖어 금방 물 위로 떠오를 수 없게 되자 그는 칼립소가 입혀 준 옷을 모두 벗어 버리고 바다를 향해 뛰어내렸다. 그리고 두 손을 뻗어 헤엄을 치기 시작했다.

그 모습을 바라본 대지의 통치자는 마음속으로 중얼거렸다.

"이제 고통을 겪을 만큼 겪었으니, 다른 인간들 사이로 돌아갈 때까지 그는 그렇게 바다 위를 떠돌아다니게 될 것이다."

이렇게 말하고 난 뒤 그는 갈기 고운 말을 채찍질하여 그의 궁전으로 달려갔다.

그러나 제우스의 딸 아테나는 바람이 그치도록 명령하고 세찬 북풍으로 파도를 부수어 오디세우스가 죽음의 운명에서 벗어날 수 있도록 해주었다.

오디세우스는 바다 위에서 이틀 낮과 밤을 파도에 휩쓸리며 수많은 죽음에 직면했다. 삼일째가 되었을 때 비로소 바다는 바람 한 점 없이 잔잔해졌다. 멀리 앞을 내다보자 육지가 눈에 들어왔다. 오디세우스는 너무나 반가웠다. 그는 그곳으로 헤엄쳐 나아갔다. 그러나 그곳에는 포구나 배를 붙들어 매어 두는 곳이 없었다. 오로지 튀어나온 갑과 암벽과 암초만 곳곳에 흩어져 있었다. 오디세우스는 침통한 마음으로 중얼거렸다.

"아아, 슬프구나. 제우스께서 육지를 보여 주셨는데, 이 잿빛 바다에서 빠져나갈 곳은 보이지 않으니. 날카로운 암초 주위로 저렇게 파도가 산산이 부서지고 있고, 미끄러운 바위만 솟아 나와 있는 데다 바다는 깊어 도저히 두 발로 서서 걸어 나갈 엄두도 낼 수 없구나. 언제 파도가 몰아쳐 나를 저 뾰족한 바위 위에 내동댕이칠지도 모르겠고, 해안을 따라 계속해서 헤엄치다가는 다시 폭풍에 휩쓸려 버릴지도 모르겠구나. 게다가 대지를 흔드는 신이 나에게 화가 많이 나 있으니 바다 괴물들을 보낼지도 모를 일이고. 그런 것들은 저 유명한 암피트리테가 수없이 많이 기르고 있을 텐데!"

그때 큰 파도가 그를 해안 쪽으로 떠밀어 주었다. 그 순간 아테나가 눈빛을 반짝이며 그에게 지혜로운 생각을 불어넣었다. 오디세우스는 뭍으로 밀려가는 파도에 몸을 싣고 헤엄을 치면서 육지 쪽을 멀리 바라보았다.

마침내 오디세우스는 아름답게 흘러가는 강어귀에 닿을 수 있었다. 그곳에는 바위들도 없었고 바람도 피할 수 있는 곳이었다. 주변에 강의 신이 있다는 것을 알아챈 오디세우스는 마음속으로 기도를 올렸다.

'아, 왕이시여! 난 포세이돈의 위협을 피해 천신만고 끝에 그대에게 이르렀습니다. 나를 불쌍히 여겨 주시길 간절히 청합니다.'

그의 하소연을 들은 강의 신은 강물의 흐름을 멈추게 하고 물결도 잔잔하게 하여 하구에서 그를 구해 주었다. 마침내 그의 두 무릎과 두 손이 축 늘어졌다. 바다와 싸우느라 온몸은 지쳐 있었고 입과 콧구멍에서는 바닷물이 콸콸 쏟아졌다. 오디세우스는 그렇게 기진맥진한 상태로 누워 있었다.

한참 후 다시 숨이 안정되고 정신이 들기 시작하자 그는 강가 근처에 있는 갈대밭에 쓰러져 누웠다. 그리고 대지에 입을 맞추었다. 그러나 그는 차츰 초조해지기 시작했다.

'아아, 강가에 쓰러져 있으면 밤새 서리와 찬 이슬이 내 목숨을 위태롭게 할지도 모르는데. 이른 아침의 강바람은 얼마나 차가울까? 숲으로 들어가자니 야수들에게 먹힐까 두렵구나!'

생각을 거듭할수록 숲속으로 들어가는 편이 나을 것 같았다. 앞이 툭 틔어 있는 숲을 발견하고 기어 들어가 보니 올리브나무 덤불숲이었다. 숲은 바람도 통하지 않고 빛나는 태양도 뚫을 수 없었으며, 비도 셀 수 없을 정도로 촘촘하게 엉켜 있었다. 오디세우스는 수북이 쌓여 있는 낙엽 한가운데에 몸을 누이고 잎으로 자신의 몸을 완전히 덮어 버렸다. 아테나는 힘겨운 노고에 지친 그를 구해 주고자 오디세우스의 두 눈에 깊은 잠을 쏟아 주었다.

▌제6권

왕녀 나우시카와
파이아케스 인

고결한 오디세우스가 잠과 피로에 지쳐 자고 있는 동안 아테나는 파이아케스 인들의 나라를 찾아갔다. 그들이 전에 살던 곳 가까이에는 키클롭스 족이 살았다. 힘이 센 그들이 늘 파이아케스 인들을 약탈했기 때문에 신과 같은 나우시토오스 왕은 그들을 이끌고 멀리 떨어진 스케리아에 정착했다. 이들은 도시에 성벽을 쌓고 집과 신전을 세우고 농토를 나누어 농사를 지었다. 그러나 나우시토오스는 운명에 의해 하데스의 집에 내려갔으며, 지금은 현명한 알키노오스가 이들을 통치하고 있었다.

아테나 여신은 눈빛을 반짝이며 곧바로 알키노오스의 집으로 갔다. 그곳에는 불사의 여신처럼 아름다운 소녀, 고결한 알키노오스의 딸 나우시카가 잠들어 있었다. 그녀 옆에는 카리테스[1] 여신이 아름다움을 내려준 두 하녀도 함께 자고 있었다.

여신은 나우시카가 좋아하는 친구, 뱃사람 뒤마스의 딸의 모습을 하고 그녀에게 말했다.

"나우시카여, 그대의 어머니는 참으로 변변치 않은 딸을 낳은 모양이구나. 결혼식 올릴 날이 얼마 남지 않았는데 그때 입을 옷들이 손질도 되지 않은 채 널려 있으니 말이야. 그러니 날이 새면 얼른 일어나 예복을 손질하러 가려무나. 지금 모든 파이아케스 인들 중에서 가장 훌륭한 자들이 그대에게 구혼을 하고 있으니 말이다."

이렇게 말하고 아테나 여신은 올림포스로 가버렸다. 사람들이 말하기를 그곳은 영원불멸의 신들이 사는 곳이라고 한다. 그곳은 바람에 흔들리는 일도 없고, 비에 젖는 일도 없으며, 눈도 내리지 않고 구름 한 점 없이 맑게 빛났다. 그곳에서 축복받은 신들이 매일 즐겁게 살아가고 있었다.

마침내 새벽의 여신이 아름다운 나우시카를 깨웠다. 그녀는 이상한 꿈을 꾸었다고 생각하며 사랑하는 부모님을 만나러 갔다. 그녀의

---

1) 그리스 신화에서 아름다움을 주는 세 명의 여신을 이르는 말.

어머니는 시녀들과 함께 불가에서 자줏빛 실을 잣고 있었으며, 아버지는 이제 막 왕들의 회의장으로 나가려던 참이었다.

그녀는 아버지에게 다가가 말했다.

"아버지, 제게 훌륭한 바퀴가 달린 사륜마차 한 대만 준비해 주세요. 더러워진 옷들을 강가에 가서 깨끗이 씻고 말려야 할 것 같아요."

그러자 알키노오스가 대답했다.

"내 딸아, 너를 위해서라면 무엇을 아끼겠느냐! 하인들이 너에게 휘장을 두른 높다란 사륜마차를 준비해 줄 것이다."

하인들이 궁전 밖에 노새가 끄는 훌륭한 마차를 준비하는 동안 소녀는 반들반들 윤이 나는 비단옷들을 들고 나와 마차에 실었다. 그녀의 어머니는 온갖 음식과 포도주 그리고 목욕을 하고 난 후 몸에 바를 올리브기름도 실어 주었다.

몇몇 시녀들이 소녀와 함께 동행했다. 그녀들은 더없이 아름다운 강에 도착했다. 빨래터에는 아무리 더러운 옷도 깨끗이 빨 수 있을 것 같은 맑고 투명한 물이 쉼 없이 솟아오르고 있었다. 그녀들은 수레에서 옷을 가져와 얼룩을 깨끗이 씻어 내고 바닷가 기슭을 따라 나란히 널어놓았다. 그곳은 바닷물이 해안에 부딪치며 조약돌을 깨끗하게 씻어 내는 곳이었다.

빨래가 햇볕에 마르는 동안 그녀들은 목욕을 하고 올리브기름을 발랐다. 그러고 나서 배불리 점심을 먹고 공놀이를 시작했다. 그들 사이에서 백옥처럼 빛나는 팔을 드러낸 나우시카가 노래를 시작했다. 노래를 부르는 그녀의 모습은, 마치 활의 여신 아르테미스처럼 돋보였다.

즐거운 시간을 보내고 난 그들이 널어놓은 고운 옷들을 걷고 노새에 안장을 얹어 마차를 끌고 막 집으로 돌아가려 할 때였다. 아테나 여신이 눈빛을 반짝이며 무엇인가를 생각해 냈다. 그것은 오디세우스를 깨어나게 하여 고운 얼굴의 소녀를 보게 하고, 파이아케스 인들의 성으로 들어갈 수 있도록 하려는 것이었다.

그때 공주가 한 시녀를 향해 공을 던졌으나 공은 그녀를 맞히지 못하고 깊은 소용돌이 속으로 빠져 버렸다. 놀란 소녀들이 요란하게 소리를 질러 대자 마침내 고귀한 오디세우스가 깨어났다. 그는 일어나 앉으며 잠시 생각했다.

'아아, 두렵구나! 난 또 어떤 인간들이 사는 곳에 오게 된 것일까? 혹시 야만인들은 아닐까? 방금 들린 목소리는 마치 강가에 사는 요정의 목소리인 듯한데. 아무튼 어떤 사람들인지 나가서 확인을 해보는 것이 좋겠다.'

고결한 오디세우스는 숲에서 기어 나오면서 억센 손으로 잎이 많이 달린 나뭇가지 하나를 꺾어 몸의 아랫부분을 가렸다. 그렇지만 그는 마치 산에서 자란 사자가 걸어 나오는 것처럼 보였다.

짠 바닷물에 찌들 대로 찌든 오디세우스의 모습에 깜짝 놀란 소녀들은 해안의 모래톱 쪽으로 달아나 버렸다. 오직 한 사람, 알키노오스의 딸만 혼자 그대로 있었다. 아테나가 그녀의 마음에 용기를 불어넣고, 그녀의 두 무릎에서 두려움을 없애 버렸기 때문이었다. 오디세우스는 조금도 주저하지 않고 상냥하게 말을 건넸다.

"그대에게 간절히 청할 것이 있습니다. 그대가 진정 여신이라면 위대한 제우스의 딸, 아르테미스와 견줄 만하군요. 그러나 만약 땅 위에 사는 여인들 중의 한 명이라면 그대의 부모님은 축복받은 분들입니다. 나는 이제껏 그대와 같은 사람은 본 적이 없으니 그저 놀랍고 감탄할 따름입니다.

나는 그동안 엄청난 슬픔을 겪었습니다. 스무 날 만에 겨우 포도줏빛 바다에서 벗어났지요. 그동안 파도와 폭풍에 휩쓸려 오기기아[2] 섬으로 떠밀려 갔으며, 지금은 어떤 신이 나를 이곳 해안에 던지셨습니다. 그러니 여왕이시여, 나를 불쌍히 여겨 주세요. 도시가 어느 쪽에 있는지를 가르쳐 주시고, 몸을 가릴 옷 한 벌만 구해 주실 수 있겠습니까?"

나우시카가 그에게 대답했다.

"오오, 방랑자여. 그대는 나쁜 사람 같지는 않습니다. 올림포스의 제우스께서 그대에게 이런 어려움을 주셨다면 어떻게든 참고 견디셔

---

2) 귀향하는 도중 난파당한 오디세우스는 스케리아 동쪽에 위치한 이 섬에 7년이나 감금된다.

야 합니다. 이 도시와 땅에는 파이아케스 인들이 살고 있으며, 그들을 다스리는 분은 고매한 알키노오스입니다. 난 그분의 딸이구요."

그리고 나서 그녀는 시녀들에게 명령했다.

"그대들은 이분을 침입자로 생각하지는 않겠지? 큰 파도를 넘어 세상의 끝에 자리한 파이아케스 인들의 땅으로 전쟁을 하러 올 인간은 결코 없을 거예요. 세상과 멀리 떨어진 이곳에 찾아온 인간은 아직 한 사람도 없었습니다. 이분은 불행하게도 이리저리 떠돌다가 이곳까지 흘러왔어요. 이분은 제우스께서 보내시는 것이니 우리는 그를 돌보아 주어야 해요."

그들은 달아나려던 것을 멈추고 오디세우스에게 옷을 가져다주었다. 또 올리브기름을 주며 강에서 목욕을 하게 했다.

오디세우스가 짠 바닷물에 찌든 몸을 씻고 젊은 처녀들이 준 옷을 입자 제우스의 딸 아테나는 그를 더욱 건장하게 보이도록 해주었다. 그에게선 아름다움과 우아함이 넘쳐흘렀다. 나우시카는 그렇게 변한 오디세우스를 보고 감탄을 하며 소녀들에게 속삭였다.

"흰 팔의 시녀들이여, 저 남자를 보세요. 조금 전만 해도 그렇게 볼품이 없었는데 지금은 마치 신과 같군요. 저런 남자를 내 남편으로 맞아 이곳에 함께 머무를 수 있다면 얼마나 좋을까!"

팔이 백옥처럼 빛나는 나우시카는 무엇인가를 궁리한 듯 마른 빨래들을 걷어 마차에 싣고, 노새의 등에 멍에를 얹더니 마차에 올랐다.

그리고 오디세우스에게 친절하게 말했다.

"나그네여, 도시로 들어가시지요. 나와 우리 아버지의 집으로 인도를 하겠습니다. 도시는 성벽으로 둘러싸여 있고 그 안에는 높은 탑이 있습니다. 그리고 도시의 양 끝에 있는 아름다운 항구에는 하얀 배들이 정박되어 있을 것입니다. 우리 파이아케스 인들은 활과 화살통에는 관심이 없습니다. 대신 잿빛 바다를 항해하는 늘씬한 배에는 관심이 있습니다.

혹시나 우리와 마주치게 된 백성들 중에는 내가 낯선 사람을 남편감으로 데려왔다고 헐뜯는 자들도 있을지 모릅니다. 이것은 제 부모님께도 누가 되는 일이니 피하고 싶습니다. 당신에게 도움이 되는 더 좋은 방법을 가르쳐 드리지요.

가는 길 중간에 아테나 여신의 숲이 있습니다. 숲 안에는 샘이 있고 풀밭이 가득합니다. 그곳에서 잠시 기다렸다가 우리가 집에 도착했을 즈음 시내로 들어와 알키노오스의 집을 물으세요. 그 집은 쉽게 눈에 띄어서 누구에게 묻더라도 그대에게 친절히 가르쳐 줄 것입니다. 그곳에 도착하면 그대는 내 어머니께 다가가 그분의 무릎을 두 손으로 꽉 붙잡고 청하도록 하세요. 어머니께서 그대에게 호의를 품게 되면 당신은 고향에 돌아갈 희망을 얻으실 수 있을 것입니다."

소녀는 이렇게 말하고 노새를 채찍질하여 능숙하게 마차를 몰며 앞서 나갔다. 고귀한 오디세우스는 소녀가 말한 아테나 여신의 성소에 도착하자 위대한 제우스의 딸에게 기도를 올렸다.

"아이기스를 가진 제우스의 딸이시여, 영원히 지칠 줄 모르는 여신이여! 그대는 대지를 흔드는 신이 나를 내려쳤을 때 나의 기도를 들어주지 않으셨습니다. 제발 이번에는 내가 파이아케스 인들에게 측은하고 가련한 사람으로 보일 수 있도록 도와주세요!"

팔라스 아테나는 그의 기도를 들었다. 그러나 신과 같은 오디세우스에게 크게 노해 있는 아버지의 형제(포세이돈)가 두려워 모습을 드러내지는 않았다.

제7권

파이아케스 인들의
궁전과 숲

집에 도착한 나우시카가 시녀들의 시중을 받고 있을 때 오디세우스는 도시로 들어가기 위해 일어섰다. 이때 아테나는 오디세우스가 파이아케스 인들과 마주쳤을 때 누구도 그를 알아볼 수 없도록 그의 주위에 짙은 안개를 뿌려 주었다. 그리고 물동이를 머리에 인 어린 소녀의 모습을 하고 오디세우스에게 다가갔다. 고귀한 오디세우스가 그녀를 발견하고 물었다.

"아가씨, 이곳 사람들을 다스리는 알키노오스라는 분의 집을 가르쳐 주시겠습니까?"

그러자 여신은 눈빛을 반짝이며 대답했다.

"그분의 집은 우리 집 가까이에 있으니 내가 길을 안내해 드리지요. 그러나 이곳 사람들은 이방인을 별로 좋아하지 않는답니다. 그러니 아무도 쳐다보지 말고 말도 건네지 마세요. 파이아케스 인들은 아주 잘 달리는 자신들의 배를 믿고 큰 바다를 항해합니다. 대지를 흔드는 신이 그런 능력을 주었기에 그들의 배는 날개가 달린 것처럼 빠르답니다."

오디세우스는 팔라스 아테나 뒤를 바짝 따랐다. 뛰어난 뱃사람들인 파이아케스 인들은 그가 도시를 지나치는 것을 알아차리지 못했다. 그는 항구의 모습과 늘씬한 배들 그리고 회의장, 말뚝을 박아 놓은 높은 성벽이 늘어서서 장관을 이루는 도시의 모습에 놀라움을 금치 못했다. 그리고 마침내 명성이 자자한 왕의 궁전에 도착하자 아테나가 먼저 말을 꺼냈다.

"나그네여, 용기를 내어 들어가세요. 그러면 이곳의 안주인을 만나게 될 것인데 남편 밑에서 집안을 돌보는 여인 중에서 그녀만큼 존경을 받을 사람은 이 지상에는 없답니다. 그러니 그녀를 우러러보며 인사를 하세요. 그녀가 마음속으로 당신에게 호의를 품게 되면 모든 문제를 해결해 줄 수 있어요. 그렇게 되면 가족들이 있는 지붕이 높은 당신의 궁과 고향땅으로 갈 수 있는 희망이 생길 거예요."

고매한 알키노오스의 높다란 궁은 온갖 화려한 광채로 가득 차 있었다. 청동 담과 황금 문, 은으로 만든 문설주가 세워져 있었으며 황금과 금으로 만든 개들이 이 집을 지키고 있었다. 헤파이스토스가 뛰어난 기술로 만든 이 개들은 영원히 죽지도 늙지도 않는 것이었다.

안쪽에서는 파이아케스의 귀족들이 밤의 잔치를 벌이고 있었다. 이들은 모든 것이 풍족해 보였다. 황금으로 만든 소년들이 활활 타는 횃불을 비추어 주고 있었다.

궁에는 50여 명의 시녀들이 곡식을 손질하고 물레를 돌리며 베를 짜고 있었다. 파이아케스의 남자들이 바다 위에서 배를 잘 몰듯이 이곳 여인들은 베를 짜는 솜씨가 뛰어났다. 그것은 아테나 여신이 그녀들에게 아름답게 수를 놓을 수 있는 솜씨를 내려 주었기 때문이다.

그리고 마당 안쪽에는 커다란 정원이 있어 배나무, 사과나무, 올리브나무 같은 키 큰 나무들이 자라고 있었으며 온갖 과일나무에는 열매가 주렁주렁 매달려 있었다. 그리고 두 개의 샘물에서 물이 솟아나와 그중 하나는 정원 전체로 흘러 나가고 있었으며 또 하나의 물은 안마당 밑으로 흘러 시민들이 물을 퍼 갈 수 있었다.

알키노오스의 집은 신들이 준 놀라운 선물이었다. 오디세우스는 그곳에서 본 모든 것들에 놀라면서 서둘러 집 안으로 들어갔다.

성안에서는 파이아케스 인들 가운데 세력을 가진 이들이 모여 아르고스의 살해자*인 헤르메스에게 포도주를 바치고 있었다. 그들은 잠들기 전에는 맨 마지막에 그에게 헌주를 바쳤다.

참을성이 많은 고귀한 오디세우스는 아테나가 그의 주변을 짙은 안개로 감추어 주었으므로 그들 곁을 무사히 지나갈 수 있었다. 그리고 마침내 그는 알키노오스 왕과 아레테가 있는 곳에 이르렀다. 그가 안주인(아레테)의 무릎을 꼭 붙잡자 아테나가 안개를 걷어 주었다. 순식간에 그의 모습이 나타나자 그곳에 있던 모든 사람들은 아무 말도 하지 못할 정도로 깜짝 놀랐다. 그때 오디세우스가 청원했다.

"아레테여, 신과 같은 렉세노르의 따님이시여, 난 온갖 고초를 겪으며 여기까지 오게 된 사람입니다. 여기 있는 모든 분들에게 신의 축복이 있기를 기원합니다. 그러니 제가 고향으로 돌아갈 수 있도록 도와주실 수 없겠습니까? 저는 너무나 오랫동안 가족들과 떨어져 있었습니다."

오디세우스는 이렇게 말하고 불 가까이에 있는 화롯가의 잿더미 속에 앉았다.

모두들 아무 말도 못하고 있는데 잠시 후 그들 사이에서 나이가 지긋한 영웅, 에케네오스가 입을 열었다. 그는 파이아케스 인들 중에서 연장자이며 언변도 능하고 역사에 대해서도 잘 알고 있는 사람이었다. 그는 호의를 가지고 외쳤다.

"알키노오스여, 나그네를 화롯가의 잿더미 속에 앉게 하는 것은 좋은 일이 아닌 듯합니다. 나그네를 일으켜 세워 은 의자 위에 앉게 하십시오. 그리고 전령에게 명하여 우레를 좋아하는 제우스에게 바칠 포도주에 물을 섞어 가져오게 하고 나그네가 먹을 저녁을 차려 오게 하십시오."

알키노오스는 그의 말에 따라 오디세우스를 일으켜 자신의 용감한 아들 라오다마스가 앉았던 의자에 앉히고 맛있는 음식과 술을 대접했다. 그리고 제우스에게 술을 바친 다음 열변을 토하며 말했다.

"파이아케스 인들이여, 이제 잔치가 끝났으니 일단 집으로 가서 자도록 하시오. 그리고 내일 더 많은 원로들을 모아 놓고 신들께 훌륭한 제물을 바친 다음 이 나그네를 어떻게 돌려보내면 좋을지 의논하도록 합시다. 그가 우리의 도움으로 고통 없이 즐겁게 고향땅을 밟을 수 있도록 말입니다.

그러나 그의 어머니가 그를 낳았을 때 운명의 여신들이 그를 위하여 운명의 실타래를 자아 놓으셨다면 그것을 다 겪게 될 것입니다. 그러나 만약 그가 영원불멸의 신들 중 한 명이라면 신들은 우리에게 어떤 다른 일을 꾀하고 있겠지요."

이때 지혜로운 오디세우스가 대답했다.

"알키노오스여, 그런 염려는 하지 않으셔도 됩니다. 나는 영원불멸의 신을 닮은 것이 아니라 죽기 마련인 인간들을 닮았기 때문입니다. 그대들이 알고 있는 인간들 중에서 가장 혹독한 고통을 겪게 될 운명을 가진 자가 있다면 난 그와 비슷할 것입니다. 아니 오히려 내가 더많은 재앙을 겪었을 것입니다. 그러나 지금은 일단 주린 배를 채우게 해주세요. 그리고 날이 새면 내가 고향으로 돌아갈 수 있도록 힘써 주세요."

그들은 모두 오디세우스의 말에 고개를 끄덕이고 각자 집으로 돌아갔다. 고귀한 오디세우스가 홀로 남자 그의 옆에 아레테와 알키노오스가 앉았다. 아레테가 말을 꺼냈다.

"나그네여, 그대는 인간들 중에서 누구이시며 어디에서 오셨나요? 바다를 떠돌다가 오셨다고 했는데 지금 입고 있는 옷은 누가 그대에게 주신 것인가요?"

그러자 지혜로운 오디세우스가 대답했다.

"왕비님, 나의 슬픔을 어떻게 다 말할 수 있겠습니까? 그러나 궁금해 하시는 것을 말씀드리겠습니다. 아주 멀리 떨어진 바다 한가운데에 오기기아라는 섬이 있습니다. 그곳에는 아틀라스의 딸인, 머리를 곱게 땋은 요정 칼립소가 살고 있습니다. 그녀가 너무 무서워서 인간들은 감히 그녀와 친해지려고 하지 않지요. 그런데 제우스께서 포도 줏빛 바다 한가운데에 있는 나의 배 위로 번개를 내리치셨습니다. 그래서 동료들은 다 죽고, 가까스로 양 끝이 휘어진 배의 용골을 붙잡은 나는 아흐레 동안 바다를 떠다녔습니다. 열흘째 되는 날 신들은 나를 칼립소가 있는 섬으로 데려다 주셨지요.

요정은 나를 보살펴 주며 자신과 함께 살면 영원히 늙지도 죽지도 않게 해주겠다고 했습니다. 그래도 그녀는 나를 설득시킬 수 없었습니다. 7년 동안을 눈물로 옷을 적시며 살았지만 마음속의 슬픔은 사라지지 않았습니다.

해가 바뀌어 8년째로 접어들었을 때였습니다. 제우스의 명령 때문이었는지, 아니면 마음이 바뀌었는지 그녀는 나를 뗏목에 태워 보내며 고향으로 돌아가라고 했습니다. 그러나 대지를 흔드는 포세이돈이 바람을 일으켜 내 길을 방해했습니다. 폭풍이 뗏목을 산산이 부수어 버렸고, 나는 겨우 헤엄쳐 나와 그대의 나라로 오게 되었습니다.

바다 위를 떠돌다 마침내 어떤 강에 이르렀고 바위도 없고 바람도 피할 수 있는 곳이 눈에 띄어 그곳으로 나왔지만 곧 쓰러졌습니다. 나는 지칠 때로 지쳐 그곳에서 잠이 들고 말았습니다. 그리고 바닷가에서 그대의 따님과 시녀들을 우연히 만나게 되었지요. 그녀는 마치 여신처럼 빛났습니다. 그녀에게 간청하자 강에서 목욕을 하게 해주었으며, 주린 배도 채우게 해주었습니다. 이 옷도 그녀가 준 것입니다."

그러자 알키노오스가 물었다.

"나그네여, 그런데 내 딸은 왜 그대를 우리 집으로 인도하지 않았을까요?"

지혜로운 오디세우스가 재빨리 대답했다.

"영웅이시여, 그 일 때문이라면 따님을 나무랄 일이 아닙니다. 그녀는 나에게 시녀들과 함께 따라오라고 했습니다. 그러나 혹시 그것을 보고 당신께서 화를 내실지도 몰라 두렵고 부끄러운 마음에 제가 원하지 않았습니다. 땅 위에 사는 인간이란 종족은 질투심이 많으니까요."

그러자 알키노오스가 말했다.

"나그네여, 나는 까닭 없이 화를 내는 사람은 아니라오. 아아, 그대같이 훌륭한 사람이 내 딸을 아내로 삼고 내 사위가 될 수 있다면 얼마나 좋을까! 나는 그대가 스스로 이곳에 머물겠다고 한다면 그대에게 집과 재산을 줄 것이오. 그러나 그것은 신들의 아버지 제우스의 뜻은 아닐 터이니 이곳 파이아케스 인들 중에서 그대의 뜻을 거슬러 그대를 붙잡을 사람은 없을 것입니다.

난 내일 그대를 호송할 날짜를 정하겠소. 그대를 호송해 줄 사람들이 바다 위에서 노를 젓는 동안 그대는 자리에 누워 그대가 그토록 가고 싶어 하는 고향에 도착할 때까지 잠에 빠져들어 있으면 되오. 비록 그곳이 이곳에서 가장 멀리 떨어진 에우보이아 섬보다 더 멀다고 해도 말이지요. 그들은 그 섬에 갔다가 하루 만에 되돌아왔지만 전혀 피로해 하지 않았지요.

이제 그대도 알게 될 것입니다. 우리들의 배가 얼마나 빠르며 이곳 젊은이들이 노로 바닷물을 헤쳐 나가는 실력이 얼마나 훌륭한지를 말입니다."

그의 말에 오디세우스는 너무나 기뻤다. 그래서 제우스에게 기도를 올렸다.

"아버지 제우스여, 알키노오스의 말이 꼭 이루어지도록 해주세요. 그리고 곡식을 가져다주는 모든 대지 위에 그의 명성이 그치지 않도록 해주세요. 그리고 내가 고향에 닿을 수 있도록 자비를 베풀어 주세요."

그리고 오디세우스는 시녀들이 마련해 준 훌륭한 잠자리에서 잠을 잤다.

제8권

시인의 노래와 경기를 즐기다

새벽의 여신이 이른 아침을 열자 알키노오스는 힘차게 잠자리에서 일어났다. 제우스의 후손, 트로이의 파괴자 오디세우스도 잠에서 깼다. 알키노오스는 그를 함선들 옆에 있는 회의장으로 안내했다. 두 사람은 잘 깎인 돌 위에 나란히 앉았다.

아테나는 현명한 알키노오스의 전령의 모습으로 변해 온 도시를 돌아다니며 파이아케스 인들이 회의장에 가도록 부추겼다. 그러자 회의장은 사람들로 가득 찼고, 그들은 라에르테스의 아들(오디세우스)을 보고 깜짝 놀랐다. 아테나가 그의 머리와 어깨 위로 우아함을 쏟아부어서 더 늠름하고 풍채 좋은 모습으로 빛나게 했기 때문이다. 그들이 모두 모였을 때 알키노오스가 힘차게 말문을 열었다.

"파이아케스 인들의 모든 영주들이여, 내 말을 들으시오. 이제 내 마음속에서 우러나오고 있는 말을 전하고자 합니다. 여기 이 나그네는 바다를 떠돌다가 내 집으로 왔습니다. 그리고 자신을 호위해 달라고 간청하고 있습니다. 내 집을 방문한 손님 중에서 그러한 보호를 받지 못한 사람은 한 명도 없었습니다. 그래서 늘 그래 왔듯이 그를 배에 태워 보내려고 합니다.

검은 배 한 척을 바닷물 위로 끌어 내리고 젊은이들 중에서 뛰어난 52명을 가려 뽑아 그들로 하여금 노를 고정하게 하시오. 그런 다음 모두들 우리 집으로 와서 식사를 하기 바랍니다. 나는 그대들을 위해 음식을 넉넉하게 준비하겠습니다. 그리고 신과 같은 가인 데모도코스를 불러 주시오."

이렇게 말하고 그가 앞장서서 걸어가자 홀을 든 영주들이 그의 뒤를 따랐다. 전령은 가인을 찾으러 떠났다.

한편 선택된 52명의 젊은이들은 배가 있는 곳으로 가 검은 배를 바닷물 위로 끌어 내리고 노를 질서 정연하게 고정시킨 다음 흰 돛을 달아 올렸다. 배가 바닷물 위로 뜨자 일단 닻을 내려 고정시키고 알키노오스의 커다란 궁전으로 갔다.

궁전은 사람들로 가득 찼으며 제물로 바친 양과 돼지, 황소로 훌륭한 잔치가 준비되었다. 그리고 전령이 하나밖에 없는 가인을 데리고 왔다. 뮤즈의 여신은 사랑하는 가인의 눈을 멀게 하는 대신 달콤한 목소리를 주었다. 홀 한가운데 높이 솟은 큰 기둥에 은으로 장식된 높은 의자가 세워졌으며 소리가 낭랑한 수금이 못에 걸렸다. 전령은 가인 앞에 음식과 포도주를 갖다 놓아 그가 충분히 먹고 마실 수 있게 해주었다.

마침내 뮤즈의 여신이 가인으로 하여금 노래하게 하였다. 그는 명성이 자자한 위대한 영웅에 관한 이야기 중에서 오디세우스와 아킬레우스의 말다툼에 대해 노래하기 시작했다. 이 두 사람은 한번은 신들이 마련해 준 연회에서 아주 격렬하게 싸우게 되었다. 아카이아 용사 중에서 가장 뛰어난 이들이 싸우는데, 군대의 최고 사령관이었던 아가멤논은 걱정스러워하기는커녕 기뻐했다. 아폴론이 그에게 트로이 인들과 다나오스 인들에게 재앙이 시작될 것이라고 예언했기 때문이다.[1]

그러나 가인이 노래하는 동안 오디세우스는 억센 두 손으로 자줏빛 겉옷을 움켜쥐었으며 머리를 숙이고 얼굴을 가렸다. 그는 파이아케스 인들 앞에서 눈물을 흘리는 것이 부끄러웠다. 파이아케스 인들이 이야기에 취하여 가인에게 노래하기를 재촉할 때면 그는 머리를 숙이고 신음했다.

---

[1] 트로이 전쟁을 노래한 〈일리아스〉의 한 대목을 음유시인이 노래한 듯하다.

오디세우스가 눈물을 흘리는 것을 아무도 눈치채지 못했으나 단한 사람 알키노오스는 그가 슬퍼하는 것을 알 수 있었다. 그는 즉시 사람들에게 소리쳤다.

"이제 수금 소리에 싫증이 날 때도 되었소이다. 그러니 밖으로 나가 경기를 즐기도록 합시다."

그리하여 그들은 회의장 밖으로 걸어 나갔다. 이때 수많은 젊은이들이 경기에 참가하려고 일어섰다. 그들은 각각 달리기, 레슬링, 멀리 뛰기, 원반던지기, 권투를 하며 자신들의 실력을 시험했다. 그들 모두가 이렇게 경기를 즐기고 있을 때 알키노오스의 아들 라오다마스가 말했다.

"친구들이여, 나그네에게 어떤 경기를 할 수 있는지 물어보도록 합시다. 비록 수많은 불행을 겪어 기력이 쇠한 것처럼 보이지만 그의 넓적다리며 두 손, 튼튼한 목덜미에는 아직 젊음이 남아 있어 보입니다."

그에게 에우리알로스가 대답했다.

"맞는 말이오. 그대가 직접 가서 말해 보시오."

알키노오스의 아들이 오디세우스에게 말했다.

"나그네여, 당신도 경기에 참여하지 않으시겠습니까? 손과 발로 무언가를 성취해 내는 것이야말로 남자들에게 가장 큰 영광이 아니겠습니까? 이제 더 이상 여행에 대한 근심은 하지 않으셔도 됩니다. 배는 이미 바다에 준비되어 있고 함께 갈 선원들도 있으니까요."

현명한 오디세우스가 대답했다.

"라오다마스여, 혹시 나를 시험하는 것인지요? 나는 경기를 즐길 마음의 여유가 없소이다. 내 마음은 온통 귀향에 대한 근심으로 가득 차 그대의 왕과 백성들에게 간청을 하고 있는 중이라오."

이때 에우리알로스가 나서서 비난하듯 소리쳤다.

"나그네여, 그대는 진정 경기에 능한 용사가 아닌 것이 틀림없구려. 아마도 장사나 하는 뱃사람으로 재물에만 관심이 있는 탐욕스런 사람이었나 보오."

그 말에 오디세우스가 그를 노려보며 말했다.

"친구여, 그대의 말은 기분 좋게 들리지 않는군요. 신들은 분명 건강한 신체와 지혜로움, 언변과 같은 모든 것을 한 사람에게 다 주지는 않는 것 같습니다. 외모가 빈약한 사람에게는 사람들을 기쁘게 할 수 있는 우아한 말솜씨를 준다거나, 영원불멸의 신과 같이 아름다운 사람에게는 지혜로움을 주지 않는 것이지요. 그대의 모습은 신들이 더 이상 훌륭하게 만들 수 없을 정도로 뛰어나고 돋보이나, 그 대신 지혜는 부족해 보입니다. 도리에 맞지 않는 그대의 말은 내 마음을 상하게 하는군요. 나는 인간들이 일으킨 전쟁과 격렬한 파도를 헤쳐 나오느라 완전히 지쳐 있소. 하지만 경쟁을 해보겠습니다."

오디세우스는 벌떡 일어나 아주 큼직하고 두꺼운 원반을 집어 들었다. 그가 억센 손으로 빙글빙글 돌려 내던지자 원반은 표시 너머로 멀리 날아갔다. 돌이 날아가는 기세에 눌려 뛰어난 뱃사람인 파이아케스 인들은 땅에 엎드려야 했다. 오디세우스가 파이아케스 인들 사이에서 말했다.

"젊은이들이여, 누구든지 나와서 겨루어 보시오. 권투, 레슬링, 달리기 어떤 경기든 거절하지 않겠소. 하지만 라오다마스만은 제외입니다. 그는 나의 주인입니다. 어느 누가 자신을 환영해 준 사람과 다투겠습니까? 그러나 그 외에는 어떤 사람이든 대결할 수 있습니다.

나는 활도 잘 다룹니다. 수많은 전우들과 함께 적들을 겨냥했을 때 언제나 내가 제일 먼저 적의 무리를 쏘아 맞혔지요. 트로이에서 아카이아 인들이 활을 쏠 때 오직 한 사람 필록테테스*만을 제외하곤 모든 인간들 중에서는 내가 가장 뛰어났습니다. 영웅들 중에서는 헤라클레스*와 오이칼리아의 에우리토스*와는 견줄 수 없습니다. 그들은 불사신들과 활 솜씨를 겨루었으니까요. 위대한 에우리토스는 아폴론에게 활쏘기 시합을 하자고 도전했다가 그의 화를 돋워 죽임을 당했지요.

창도 다른 사람이 쏜 화살보다 더 멀리 던질 수 있습니다. 그러나 달리기는 파이아케스 인들 중에서 나를 앞지를 자가 있을지도 모르겠군요. 엄청난 파도에 휩쓸리는 통에 체력이 많이 떨어졌기 때문입니다."

그러자 모두들 아무 말도 하지 못했다. 오직 알키노오스만이 대답했다.

"나그네여, 저 사람이 당신을 비난한 것이 오히려 그대의 우아한 말솜씨를 보여 주는 계기가 되었군요. 우리는 권투나 레슬링은 잘하지 못하지만, 날랜 달리기 선수들이며 뛰어난 뱃사람들입니다. 자, 파이아케스 인들의 무용수들이여! 지금부터 저 나그네가 고향으로 돌아갔을 때 우리가 항해술과 달리기 그리고 춤과 노래에 얼마나 뛰어난 종족인지 친구들에게 말해 줄 수 있도록 보여 주어라. 그러니 누가 가서 데모도코스를 데려오고 그를 위해 소리가 낭랑한 수금을 가져오도록 하라."

무도장이 반반하게 다져지고 경기를 위한 널찍한 원이 보기 좋게 만들어졌다. 데모도코스가 한가운데로 나서자 젊은 무용수들이 그를 에워싸고 발로 바닥을 쳤다. 그들의 발놀림이 얼마나 현란한지 오디세우스는 감탄하지 않을 수 없었다. 그리고 가인은 수금을 연주하며 아레스*와 아프로디테의 사랑을 노래하기 시작했다.

아레스는 수많은 선물로 아프로디테를 유혹했다. 그런데 그들이 사랑의 동침을 하며 헤파이스토스*의 침상을 더럽히는 것을 헬리오스가 보았다. 헤파이스토스는 이 소식을 전해 듣고 가슴이 아팠다. 그는 마음속으로 재앙을 궁리하여 대장간에서 그들을 꼼짝 못하게 묶어 버릴 사슬을 만든 후 자신의 침상 주위를 온통 사슬로 드리웠다. 그것은 거미줄처럼 섬세하여 신들이라 해도 볼 수 없었다. 그리고 그는 렘노스로 떠나는 척했다. 헤파이스토스를 지켜보고 있던 아레스는 그가 멀리 떠나는 것을 보고 그의 집으로 가 아프로디테를 유혹했다.

마침내 그들이 침상으로 가 사랑을 나누려고 했으나 헤파이스토스가 만든 정교한 그물이 그들을 옭아매 팔다리를 들 수도, 벗어날 수도 없게 되어 버렸다.

이때 망을 보고 있던 헬리오스가 헤파이스토스에게 이 사실을 알려 주었다. 렘노스로 떠나는 척했던 헤파이스토스는 괴로운 마음으로 다시 집에 돌아왔다. 그는 무시무시한 노여움에 사로잡혀 신들에게 소리쳤다.

"아버지 제우스여, 그리고 영원불멸의 신들이여! 와서 이 가증스러운 짓을 한 이들을 구경하세요. 제우스의 딸 아프로디테가 절름발이인 나를 업신여기면서 난폭한 아레스를 사랑하고 있었답니다. 그는 잘생겼고 다리도 늘씬하지요. 그대들은 이들이 내 침상에 올라가 사랑을 나누는 것을 보게 될 것입니다. 나는 차마 이들을 바라볼 수 없을 정도로 괴롭습니다."

헤파이스토스가 이렇게 외치자 신들이 청동으로 만들어진 그의 집으로 달려왔다. 대지를 떠받치고 있는 포세이돈과 행운의 전령 헤르메스, 명궁의 신 아폴론도 왔다. 그러나 여신들은 부끄러움에 각자의 집에 머물며 오지 않았다.

신들은 영리한 헤파이스토스의 솜씨를 보고 웃음을 그칠 줄 몰랐다. 신들 중에서 누군가가 말했다.

"가장 느린 절름발이 헤파이스토스가 올림포스의 신 중에서 가장 날랜 아레스를 사로잡았군요. 그의 솜씨는 정말 아무도 따를 자가 없습니다. 아레스는 마땅히 간통한 죗값을 치러야 합니다."

이때 아폴론이 헤르메스에게 말했다.

"그대 같으면 이런 강력한 쇠사슬에 묶인다 해도 아프로디테 옆이라면 눕고 싶지 않겠소?"

그러자 신들의 전령, 아르고스의 살해자 헤르메스가 말했다.

"지금보다 세 배나 더 많은 사슬이 나를 옭아맨다 할지라도, 그리고 신과 여신들이 그 광경을 다 들여다본다 하더라도 황금의 아프로디테 옆에 누울 수만 있다면 얼마나 좋을까!"

그러자 불멸의 신들 사이에서 웃음이 퍼져 나갔다. 그러나 포세이돈은 웃지 않고 뛰어난 솜씨를 가진 헤파이스토스에게 아레스를 풀어 달라고 청했다. 그는 책임지고 반드시 아레스가 이에 합당한 벌을 받도록 할 것이며, 그가 도망쳐 버린다면 그에 대한 벌금을 자신이 물겠다고 큰소리쳤다.

헤파이스토스는 포세이돈의 요구를 거절할 수가 없어 그들을 풀어 주었다. 사슬에서 풀려나자 아레스는 트라케로 달려갔으며, 아프로디테는 그녀의 신전이 있는 키프로스 섬의 파포스로 갔다. 그곳에서 카리테스 여신들이 그녀를 깨끗이 씻겨 주고, 신들이 바르는 불멸의 올리브기름을 발라 준 후 아름다운 옷을 입혀 주었다.

이렇게 가인의 노래가 끝이 났다. 가인의 노래에 오디세우스와 파이아케스 인들 모두가 즐거워했다. 알키노오스는 할리오스와 라오다마스에게 춤을 추도록 했다. 이들은 아름다운 자줏빛 공을 높이 던지며 주고받았다. 그들이 춤을 추기 시작하자 다른 젊은이들이 거기에 맞추어 박수를 쳤다. 어느새 박수소리가 경기장을 가득 메웠다.

오디세우스가 일어나 감탄의 말을 건네자 알키노오스는 영주들에게 이 나그네는 아주 현명한 사람이 틀림없으니 그에게 선물을 주어 돌려보내는 것이 마땅하다고 말했다. 이에 에우리알로스가 화해의 뜻으로 청동 칼을 선물했다. 해가 질 때까지 오디세우스 앞에는 수많은 선물들이 쌓였다. 알키노오스는 그가 받은 선물을 옮기고, 오디세우스와 함께 그의 집으로 향했다.

아레테는 시녀들을 시켜 나그네를 목욕시키는 동안 방 안에서 아름다운 궤짝 하나를 들고 나왔다. 그리고 선물과 여러 벌의 옷 그리고 황금을 그 안에 넣었다. 아레테가 오디세우스를 향해 말했다.

"궤짝 뚜껑을 살펴보고 잘 묶어 두세요. 검은 배를 타고 가는 도중에 달콤한 잠에 빠져들어도 아무도 그대의 재물을 훔쳐 가지 못하도록 말입니다."

인내력이 많은 고결한 오디세우스는 얼른 뚜껑을 잘 닫았다. 그리고 예전에 키르케 여왕*이 가르쳐 주었던 절대 풀리지 않는 매듭으로 단단히 묶었다. 그런 다음 하녀들이 그를 목욕시키고 올리브기름을 발라 주었다. 목욕을 마친 오디세우스는 매끄러운 겉옷과 망토를 걸치고 밖으로 나왔다. 이때 아름다운 나우시카가 튼튼한 궁전의 기둥 곁을 지나가다 말끔하게 변한 오디세우스를 보고 놀란 표정으로 말을 건넸다.

"나그네여, 이제 걱정하지 않으셔도 됩니다. 그리고 고향으로 돌아가시더라도 절 잊지는 않으시겠지요. 제게 목숨을 빚지셨으니까요."

현명한 오디세우스가 그녀에게 대답했다.

"고결한 알키노오스의 따님이신 나우시카여. 헤라의 남편이자 우레 치기를 좋아하는 제우스께서 내가 무사히 귀향할 수 있도록 해주신다면 나는 신께 기도하듯 당신에게도 매일 기도를 할 것입니다. 당신은 절 구해 주신 분이니까요."

이렇게 말하고 오디세우스가 알키노오스 옆에 앉자 음식과 포도주가 나오고 전령이 가인을 데려와 잔치는 더욱 흥겨워졌다. 이때 현명한 오디세우스는 가인 앞에 큼직한 고기 한 토막을 내려 주며 말했다.

"데모도코스여, 나는 모든 인간들 중에서 그대를 찬양합니다. 그대는 아카이아 인들이 당한 불행과 어려움을 사실대로 노래해 주기 때문입니다. 그러니 이번에는 다른 이야기, 목마에 대해 노래해 주세요.

에페이오스가 아테나의 도움을 받아 목마를 만들었지요. 그리고 오디세우스는 일리오스(트로이)를 함락시킬 수많은 용사들을 목마 안으로 들어가게 한 다음 그것을 트로이 성벽으로 끌고 갔었지요. 만약 그대가 이것을 노래해 준다면, 모든 사람들에게 신께서 주신 당신의 재능을 칭송하겠소."

그러자 가인이 노래하기 시작했다. 그는 아르고스 용사들 중에서 일부는 그리스군 막사를 불태워 버리고 함선을 타고 출항해 버렸으나, 나머지 다른 용사들은 목마 안으로 숨어들어서 오디세우스와 함께하기 위해 기다리고 있었던 때를 노래하기 시작했다.

아르고스 인들이 남겨 놓은 거대한 목마를 트로이 인들은 자신들의 성안으로 끌고 갔다. 트로이 인들은 목마를 바라보며 여러 가지 의견들을 내놓았다. 의견은 세 가지로 정리되었다. 목마를 청동으로 쪼개어 부수어 버리거나, 아니면 산꼭대기로 끌고 가 바위에서 내던져 버리거나, 그도 아니면 신들을 기쁘게 하기 위해 제물로 바치자고 했다.

그러나 트로이 인들에게 죽음을 가져다줄 아르고스 인들이 숨어 있는 그 목마를 받아들이자마자 도시는 파멸할 운명이었다. 가인은 아카이아 인들이 속이 빈 목마에서 쏟아져 나와 어떻게 도시를 함락시키고 파괴했는지를 노래했다. 그리고 오디세우스가 가장 격렬하게 전투를 벌였으나 결국에는 위풍당당한 아테나의 도움으로 승리를 이루었다고 노래했다.

이때 오디세우스의 눈에서 눈물이 쏟아져 내렸다. 다른 사람들은 아무도 눈치채지 못했으나 가까이에 앉아 있던 알키노오스는 볼 수 있었다. 그는 즉시 사람들에게 말했다.

"가인의 노래가 모든 사람을 다 즐겁게 해주는 것은 아닌 것 같소. 나그네의 마음이 슬픔으로 가득 찬 듯, 노래가 시작되자 비통해 하고 있습니다. 이 자리는 나그네를 위해 마련한 자리이니 수금을 그만 그치도록 합시다. 그리고 그대는 내가 묻는 것에 대답해 주세요. 그대의 이름이 무엇인지, 그리고 그대의 나라와 백성 그리고 그대의 도시는 어디인지. 우리의 배가 그곳으로 그대를 데려다 줄 수 있게 말입니다.

사실 우리의 배에는 다른 배들처럼 키가 있거나 키를 잡고 배를 조종하는 사람이 없습니다. 배가 사람의 마음과 생각을 읽고 있지요. 그래서 우리는 모든 인간들의 도시와 기름진 들판을 알고 있으며 어둠과 안개에 싸여도 가장 빨리 깊은 바다를 건널 수 있습니다. 또한 배가 파손되거나 부서져 버린 일 역시 전혀 없지요.

그래서 예전에 나의 아버지 나우시토오스께서 이렇게 말씀하신 적이 있습니다. 우리가 모든 사람들을 안전하게 데려다 주기 때문에 포세이돈이 우리에게 화를 내고 계신다고 말입니다. 그래서 언젠가는 그분께서 우리의 배를 부수어 버릴지도 모른다고 하셨습니다. 그러나 선왕께서는 신께서 하시는 일이니 그분 뜻대로 되기를 기도할 뿐이라고 하셨습니다. 그러니 그대가 아르고스의 다나오스 인들과 일리오스의 운명을 듣고 왜 눈물을 흘리며 슬퍼하는지를 말해 주세요. 그 운명들은 모두 신들께서 만드신 것 아닙니까. 신들은 인간들에게 파멸의 실을 자아내고 있으니까요!"

제9권

외눈박이 거인 키클롭스의 동굴

지혜로운 오디세우스가 알키노오스에게 대답했다.

"통치자여! 모든 백성들 중에서 가장 뛰어난 자, 알키노오스여. 하늘의 신께서는 내게 너무나 많은 고통을 주셔서 무엇을 먼저 이야기해야 할지 모르겠습니다. 나는 라에르테스의 아들 오디세우스입니다. 지혜로움에 대한 나의 명성이 하늘에 닿아 있어 많은 사람들의 존경을 받고 있었지요.

나는 멀리서 보면 온통 바위투성이인 섬 이타케에 삽니다. 그런데 머릿결이 우아한 요정 칼립소가 나를 남편으로 삼고 싶어 속이 빈 동굴에 붙들어 두었지요. 또 아이아이에 섬의 여왕 매혹적인 키르케도 나를 그녀의 궁전에 붙들어 두고 싶어 했습니다. 그러나 아무리 풍요로운 궁전이라 할지라도 고향과 부모님보다 더 편안한 곳은 없는 법. 그래서 그들은 내 마음을 바꿀 수 없었습니다. 자, 이제 내가 트로이를 떠났을 때 제우스께서 내게 내린 고난의 귀향길에 대해 이야기해 드리겠습니다.

일리오스에서 바람은 나를 키코네스 인(트로이의 동맹국)들의 나라 이스마로스로 가게 해주었습니다. 우리는 도시를 약탈하고 전리품을 나누어 가졌습니다. 나는 그 도시를 빨리 도망쳐 나와야 한다고 말했으나 동료들은 술을 마시고 바닷가에서 작은 가축들과 구부러진 뿔이 달린, 걸음걸이가 느린 소들을 잡아먹으며 즐거워했습니다.

그동안 달아난 키코네스 인들이 다른 동맹국의 군사들을 모아 다시 공격해 왔습니다. 그들은 수도 많고 우리보다 더 용맹했으며 전차도 다룰 줄 알았습니다. 그렇게 제우스의 사악한 운명이 우리들 곁으로 다가왔지요. 우리는 청동 칼을 내던지며 싸웠으나 전우들은 속절없이 죽어 갔습니다. 겨우 살아남은 자들만이 죽음의 운명에서 벗어날 수 있었습니다.

그 후 우리는 그나마 죽음에서 벗어난 것을 기뻐하여 항해를 시작했습니다. 그러나 제우스가 무서운 폭풍을 몰고 와 육지와 바다를 한꺼번에 구름으로 덮어 버리고, 하늘은 밤으로 가려 버렸습니다. 배들이 곤두박질치자 우리는 두려워 돛을 내리고 노를 저어 뭍을 향해 갔습니다. 그리고 그곳에서 우리는 피로와 슬픔을 못 이겨 이틀 낮과 밤을 죽은 듯이 누워 있었습니다.

셋째 날이 되어 우리는 다시 돛을 올렸습니다. 나는 그때 이제는 고향땅에 닿을 것이라 생각했습니다. 그러나 말레아를 돌아서 가고 있을 때 파도와 북풍이 배를 떠밀어 키테라까지 표류하게 되었지요.

키테라에서는 아흐레 동안 물고기가 엄청나게 많은 바다 위를 밀려다녔지요. 그리고 열흘째 되는 날 육지에 올랐는데, 채식을 하는 로토파고이 족의 나라[1]였습니다.

나는 동료들 중 두 명을 뽑아 이곳에 어떤 사람들이 사는지 알아오게 했습니다. 그러나 그들은 로토파고이 족이 주는 꿀처럼 달콤한 로토스를 먹고 귀향에 대해 완전히 잊어버렸지요. 나는 그들을 억지로 데려와 속이 빈 배 안에 묶었습니다. 그리고 다른 동료들도 서둘러 배에 오르게 했지요.

우리는 참담한 마음으로 항해를 계속했고 키클롭스 족의 나라에 닿았습니다. 그들은 무례한 자들이었습니다. 그러나 제우스는 그곳에 밀과 보리, 포도나무를 가꾸지 않아도 자라게 해주었습니다. 그곳에는 회의장도 없었고 질서도 없었습니다. 또 그곳에서 멀지도 가깝지도 않은 섬에는 야생의 염소들이 살고 있었지요. 섬에는 계절에 따라

---

1) 북아프리카 해안으로 추측되는 곳.

모든 것이 풍성하게 열렸습니다. 촉촉한 풀밭이 있고 시들 줄 모르는 포도나무가 있으며 기름진 땅이 있어 철따라 곡식을 별다른 수고 없이 거두어들일 수 있었습니다. 우리는 그곳에 돛을 내리고 바닷가에 들어섰습니다.

이른 아침에 새벽의 여신이 나타나자 우리는 일어나 섬 여기저기를 돌아다녔습니다. 아이기스를 가진 제우스의 딸(요정)들이 산에 사는 염소들을 몰아 주자 우리는 금세 넉넉히 그것들을 잡을 수 있었습니다. 열두 척의 배가 나를 따라왔는데 각각의 배에 여덟 마리씩 염소가 분배되었고, 나는 특별히 혼자 열 마리를 골랐습니다. 그날 우리는 해가 질 때까지 고기와 달콤한 술을 풍족하게 즐길 수 있었습니다. 배 안에는 붉은 포도주가 아직도 충분히 남아 있었습니다. 나는 식사를 즐기며 다음 날 직접 키클롭스 족에게 건너가 그들이 오만하고 야만스러운 종족인지, 친절하고 상냥한 종족인지 시험해 보리라 작정했습니다.

나는 몇몇 동료들과 함께 배에 올라타고 노를 저어 섬 끝 쪽의 바닷가로 다가갔습니다. 그곳에 월계수 잎으로 덮인 커다란 동굴이 하나 보였습니다. 그곳에는 양 떼와 염소 떼가 잠들어 있었으며, 커다란 나무 담장이 있는 곳에 엄청나게 큰 사내인 폴리페모스*가 잠을 자고 있었습니다.

그 자는 아주 거대한 괴물 같았으며, 도저히 빵을 먹고 사는 인간으로는 보이지 않았습니다. 나는 가장 용감한 부하 12명을 뽑았습니다. 그리고 감미로운 향이 나는 포도주가 든 염소 가죽 자루를 들고 동굴로 갔습니다. 동굴에 닿았을 때 거인은 보이지 않았습니다. 동굴 안에는 치즈로 가득 찬 광주리, 우리에 갇혀 있는 새끼양과 새끼염소들이 있었습니다. 그릇마다 양과 염소의 젖이 가득 차 있었습니다. 동료들은 그것들을 가지고 배로 돌아가자고 했습니다. 그렇지만 나는 그가 어떤 접대 선물을 줄지 궁금해 그들의 말을 듣지 않았습니다. 아아, 그때 그들의 말을 들었더라면 좋았을 것을.

우리는 불을 피우고 제물을 바쳤습니다. 그리고 치즈를 먹으며 그가 돌아오기를 기다렸습니다. 마침내 그가 저녁을 짓기 위해 쓸 마른 장작을 한 아름 안아 들고 동굴로 들어왔습니다. 그가 장작들을 내던지자 동굴 안에는 쿵하는 소리가 시끄럽게 울렸습니다. 놀란 우리는 동굴 안쪽으로 마구 달아났습니다. 그는 엄청나게 큰 돌로 동굴 입구를 막아 버리고 부지런히 젖을 짜고 불을 피웠습니다. 그러다 우리를 발견하게 되었지요.

'너희들은 누구냐? 장사치들이냐, 아니면 해적들이냐?'

우리는 거인의 모습과 우렁우렁한 목소리에 그만 겁을 집어먹었습니다.

'우리는 아카이아 인들이며 트로이에서 오는 길입니다. 우리는 온갖 바람에 시달리며 바다 위를 떠다니다 이곳으로 오게 되었습니다.

아트레우스의 아들, 위대한 아가멤논의 백성임을 자랑스럽게 밝혀도 되겠지요. 왜냐하면 그의 명성은 지금 하늘 아래에서 가장 높기 때문입니다. 그만큼 그는 제일 강력한 도시를 함락시키고 적들을 물리쳤으니까요. 그러니 그대가 우리를 손님으로 맞아도 될 것입니다. 그대는 신을 두려워하는 분일 테지요.'

그러나 그는 차갑게 대답했습니다.

'나그네여, 키클롭스 족은 아이기스를 가진 제우스도, 다른 어떤 신도 두려워하지 않는다. 왜냐하면 우리가 훨씬 더 강력하기 때문이지. 그러니 그대도, 그대의 동료들도 무사히 내버려둘 수는 없지!'

그는 두 손으로 동료 두 명을 움켜쥐고는 마치 강아지처럼 땅바닥에 내려친 후 토막 내어 그들을 남김없이 먹어 치워 버렸습니다. 우리는 그 끔찍한 광경을 보고 제우스를 향해 울면서 소리쳤습니다. 그가 젖을 마시고 배를 채운 다음 대자로 드러눕자 나는 마음속으로 여러 가지 생각을 하기 시작했습니다. 내 넓적다리에 있는 날카로운 칼을 꺼내어 그의 가슴을 찔러 버릴까 생각했으나 곧 다른 생각이 떠올라 실행에 옮기지 않았습니다. 동굴을 막고 있는 저 엄청나게 큰 돌을 도저히 밀어낼 수 없다는 생각 때문이었습니다. 그래서 우리는 불안에 떨며 새벽의 여신을 기다렸습니다.

다음 날 거인은 새로 불을 피우고 젖을 짜고 나서 또 동료 두 명을 식사로 해치웠습니다. 그리고 살찐 어린 가축들을 동굴 밖으로 몰아

낸 뒤 마치 화살통의 뚜껑을 닫듯이 그리 힘들이지 않고 동굴 문을 막아 버렸습니다.

나는 마음속으로 이 상황을 벗어날 궁리를 했습니다. 마침 가축 우리 옆에 거대한 올리브나무 막대기가 하나 있었습니다. 그것은 스무 개의 노가 달린 넓고 검은 배의 돛대만큼이나 길고 굵은 것이었습니다. 나는 그것을 두 팔을 벌린 길이만큼 잘라 내어 동료들에게 주고 날카롭게 다듬게 했습니다. 그리고 활활 타오르는 불에 그 끝을 달구고 동굴 안에 쌓여 있는 배설물 더미 속에 감추어 두었습니다. 그리고 그 막대기로 거인의 눈을 찌를 때 함께할 동료를 제비뽑기로 가리자고 했습니다.

저녁이 되어 거인이 동굴로 돌아왔을 때 나는 용기를 내어 검은 포도주가 가득 든 자루를 들고 그에게 다가갔습니다.

'인육을 먹었으니 이 포도주를 마셔 보십시오. 그러면 우리 배에 얼마나 맛있는 음료가 감춰져 있는지 알게 될 것입니다. 이것은 혹시 그대가 나를 가엾게 여겨 고향으로 돌려보내줄까 해서 그대에게 바치려고 갖고 온 것입니다. 그대는 찾아온 손님에게 너무 함부로 대하는 것 같소이다. 그렇게 되면 수많은 인간들 중에서 누가 다음에 또 그대에게 오고 싶겠습니까?'

그는 향긋한 포도주를 받아 마시고는 기분이 좋아져서 한 잔 더 청하며 말했습니다.

'한 잔 더 따르고 그대의 이름을 말하면 그 답례로 선물을 줄 수도 있다.'

나는 반짝이는 포도주를 세 번이나 더 주고 포도주가 그의 마음을 취하게 했을 때 아주 달콤하게 속삭였습니다.

'키클롭스여, 내 이름은 낫싱(Nothing: 아무것도 아닌)입니다.'

그러자 그는 비정하게 대답했습니다.

'다른 자들을 먼저 먹어 치우고 그대를 제일 마지막으로 먹겠다. 이것이 내가 주는 선물이다.'

그때 모든 것을 제압하는 잠이 그를 사로잡았습니다. 나는 막대기를 잿더미 속에 집어넣고 무섭게 달구어졌을 때 끄집어냈습니다. 그리고 동료들이 내 주위에 둘러섰습니다. 그때 신이 우리에게 용기를 불어넣어 주었습니다. 나는 벌겋게 달아오른 막대기를 움켜잡고 키클롭스의 눈에 힘껏 찔러 넣고서는 마구 돌렸습니다. 그의 눈 주위에서 쉬익쉬익 소리가 나면서 커다란 비명소리가 들려왔습니다. 바위에 부딪혀 울려 나오는 소리에 우리는 겁을 먹고 급히 달아났습니다. 그는 눈에서 피투성이가 된 막대기를 뽑아내며 괴로움에 버둥거렸습니다. 그리고 주위 동굴에 사는 다른 키클롭스 족을 큰소리로 불렀습니다. 그러자 그들이 사방에서 몰려들었고, 누가 그를 괴롭혔는지를 물었습니다. 그러자 강력한 폴리페모스가 동굴 안에서 그들을 향해 말했습니다.

'낫싱!'

그러자 그의 동료들은 이렇게 대답했습니다.

'그대를 괴롭히는 것이 아무도 아니라니. 그렇다면 혼자 있다가 그렇게 된 것이란 말인데, 아마도 위대한 제우스가 내려보내신 병인 것 같네. 신께서 내리신 병이니 자네가 회복되기는 힘들 것이오. 그러니 그대의 아버지 포세이돈에게 도와달라고 하는 편이 낫겠네.'

그리곤 그의 동료들은 모두 떠나 버렸습니다. 내 이름과 나무랄 데 없는 계략에 그들이 속아 넘어가자 내 마음은 흐뭇해졌습니다.

키클롭스는 괴로워하며 두 손으로 천천히 더듬거리면서 동굴 밖으로 나갔습니다. 그리고 두 팔을 벌리고 앉아 동굴 문을 지켰습니다. 양들과 우리들이 밖으로 나오면 잡으려는 것이었습니다. 그는 내가 그렇게 우둔하기를 바랐던 것입니다. 하지만 나는 동료들과 어떻게 하면 죽음에서 벗어날지 궁리하고 있었습니다.

동굴에는 그동안 그가 잘 먹이고 기르던 커다란 숫양들이 있었습니다. 나는 그 양들을 세 마리씩 조용히 묶었습니다. 가운데 양에는 동료를 매달리게 하고 좌우 양쪽의 양 두 마리는 걸어가게 하여 숫양 세 마리가 동료를 한 명씩 나르게 했습니다. 나는 그곳 양 중에서 가장 훌륭한 숫양의 배 밑에 있는 힘을 다해 매달렸습니다. 그리고 새벽의 여신을 기다렸습니다.

이른 아침 새벽의 여신이 나타나자 어린 가축들이 풀밭으로 달려

나갔습니다. 양들의 주인인 키클롭스는 여전히 고통스러워하며 털이 곱슬곱슬한 양들의 등을 더듬었습니다. 하지만 양들의 배 밑에 동료들이 묶여 있다는 것을 알아차리지 못했습니다. 그리고 맨 마지막으로 내가 매달린 양이 나의 몸무게를 힘겨워하며 느릿느릿 입구 쪽으로 걸어 나갔습니다.

그러자 힘이 센 폴리페모스가 숫양을 더듬으며 말했습니다.

'너는 어째서 이렇게 늦게 나오느냐? 전에는 가장 먼저 강가에 도착하지 않았느냐! 혹시 주인의 눈 때문에 슬퍼하고 있는 것이냐! 낫싱이라는 사악한 놈이 포도주로 나를 취하게 만들어 놓고 형편없는 그의 동료들과 함께 내 눈을 멀게 만들어 버렸구나. 아아, 네가 그 놈이 어디에서 내 노여움을 피하고 있는지 말해 줄 수 있다면 좋을 텐데.'

이렇게 말하며 그는 숫양을 동굴 밖으로 내보냈습니다. 동굴에서 벗어나자 우리들은 어린 가축들을 서둘러 몰며 배가 있는 곳으로 향했습니다. 배에 남아 있던 동료들과 다시 만나게 된 우리들은 반가워 울음을 터뜨렸습니다.

나는 눈짓으로 울음을 멈추게 하고 보송보송한 어린 가축들을 배에 싣고 얼른 배를 띄우라고 명령했습니다. 모두들 배에 올라 잿빛 바닷물을 노로 저었습니다. 그리고 사람이 외치는 소리가 겨우 들릴 만한 정도로 멀어져 갔을 때 나는 키클롭스를 향해 조롱 섞인 투로 외쳤습니다.

'키클롭스여, 그대가 강력한 힘으로 잡아먹으려 했던 우리가 그렇게 허약한 자들이 아니란 말이다. 무례한 자여, 자신의 손님들을 거침없이 잡아먹으려 하다니. 제우스와 다른 여러 신들이 그대에게 벌을 내리신 것이다!'

화가 난 키클롭스는 큰 산봉우리 하나를 떼어 내 우리에게 내던졌습니다. 그것이 우리를 맞추지는 못했지만 우리의 검은 배 바로 앞쪽으로 떨어졌고 바닷물이 솟구치며 파도가 배를 육지 쪽으로 밀어냈습니다. 그러나 우리는 힘껏 노를 저으며 바다 쪽으로 나아갔습니다. 동료들의 만류에도 나는 다시 그에게 소리쳤습니다.

'키클롭스여, 죽을 운명인 인간들 중에서 누가 그대의 눈을 멀게 했는지 묻거든 이타케에 사는 라에르테스의 아들, 도시의 파멸자 오디세우스라고 말해라!'

그러자 그는 별이 총총히 뜬 하늘을 향해 두 손을 모아 기도를 올렸습니다.

'대지를 떠받치고 있는 검푸른 머리의 포세이돈이시여! 내가 그대의 아들임을 자랑스럽게 여기신다면 오디세우스가 집으로 돌아가지 못하게 해주십시오. 그러나 만일 그의 운명이 고향땅에 닿는 것이라면 동료들을 모두 잃고 남의 배를 타고서 온갖 고초를 겪으며 비참하게 돌아갈 수 있도록 해주십시오.'

키클롭스는 다시 더 큰 돌을 집어서 우리에게 던졌으나 그것은 우리를 바다 쪽으로 밀어냈고, 무사히 맞은편 해안에 도착했습니다. 그곳에서 우리는 어린 가축들을 골고루 나누었습니다. 나는 특별히 숫양 한 마리를 더 받았는데, 만물을 지배하고 검은 구름을 다스리는 크로노스의 아들 제우스께 제물로 바쳤습니다. 그리고 고기와 술을 실컷 나누어 먹으며 즐겼습니다.

다음 날 비록 사랑하는 많은 동료들을 잃기는 했으나 죽음에서 벗어난 것에 감사하며 나는 항해를 계속했습니다."

126

제10권

아이아이에 섬의 여왕,
매혹적인 키르케

"우리 일행이 다음에 도착한 곳은 아이올리아 섬이었습니다. 그곳은 영원불멸의 신들의 사랑을 받는 히포타스의 아들 아이올로스*가 사는 곳입니다. 항상 온갖 산해진미로 잔치가 벌어지고 있는 곳이었습니다.

아이올로스는 나를 환대하여 한 달 동안 머무르게 했으며, 아르고스 인들의 항해와 그들의 귀향에 대해 세심하게 캐물었습니다. 나는 모든 것을 이야기해 주고 나의 여행길을 도와달라고 간청했습니다. 그 역시 거절하지 않고 여행을 준비해 주었습니다. 그는 내게 아홉 해가 된 황소의 가죽을 벗겨 자루 하나를 만들고 그 안에 울부짖는 바람을 묶어 넣었습니다. 크로노스의 아들께서 그에게 어떤 바람이든 조종할 수 있는 능력을 주었기 때문입니다. 아이올로스는 바람이 조금도 새어 나가지 않도록 그 자루를 은으로 만든 번쩍이는 끈으로 묶고 속이 빈 배 안에 단단히 묶어 주었습니다. 그리고 우리가 순항할 수 있도록 서풍을 불어 주었지요. 그러나 일행들의 어리석음으로 인해 그 항해는 곧 파멸의 길이 되어 버렸습니다.

바다를 달린 지 아흐레가 지나고 열흘째가 되는 날이었습니다. 저 멀리 화톳불이 보일 정도로 고향땅이 가까이에 있었습니다. 그때 갑자기 달콤한 잠이 나를 덮쳤습니다. 나는 고향땅을 빨리 밟고 싶은 마음에 다른 동료들에게는 돛 아래 부분을 조정하는 일을 맡기지 않고 줄곧 혼자 도맡아 했습니다. 그래서 완전히 지쳐 있었지요.

내가 잠이 든 동안 동료들은 서로 속삭였습니다. 그들은 내가 아이올로스에게서 황금과 은을 선물로 받았다고 생각한 것입니다.

'아, 저분은 어떤 나라에 가도 사랑과 존경을 받는구나! 그는 트로이에서도 수많은 전리품을 가져가고 있소. 그런데 우리들은 그와 함께했지만 빈손으로 돌아가고 있습니다. 게다가 아이올로스까지 환대와 우정의 선물로 그에게 이것을 주었습니다. 여기에 얼마나 많은 황금과 은이 들어 있는지 한번 꺼내 봅시다!'

그들이 자루를 풀어내자 온갖 바람이 풀려나와 버렸습니다. 그 즉시 폭풍이 몰아치며 우리를 고향땅에서 더 멀리 떨어진 바다로 날려 버렸습니다. 잠에서 깨어난 나는 바다에 빠져서 죽어 버릴까, 아니면 화를 참고 아직 살아 있는 자들과 함께할 것인가 고민에 고민을 거듭했습니다. 결국 나는 참기로 했습니다. 그러나 끔찍한 폭풍에 배는 다시 아이올리아 섬으로 되돌아가고 말았습니다. 나는 전령과 동료 한 명을 데리고 아이올로스의 궁전으로 다시 갔습니다. 그들은 연회를 즐기고 있다가 다시 돌아온 나를 보고 깜짝 놀랐습니다. 나는 비참한 심정으로 그들에게 말했습니다.

'고약한 동료들과 졸음이 나를 다시 불행에 빠뜨렸습니다. 친구여, 다시 한 번만 더 도와주십시오.'

그러나 아이올로스는 신들에게 미움을 받고 있는 인간은 보살펴 줄 수 없다며 내쫓아 버렸습니다.

우리는 지친 마음으로 다시 항해를 시작했고, 밤낮없이 노를 저어 이레째 되던 날 라모스 왕의 도시 라이스트리곤 족*의 텔레필로스에 닿았습니다. 그곳은 잠이 없는 사람이면 한 번은 소를 치고, 또 한 번은 양 떼를 쳐서 두 배로 돈을 벌 수 있을 정도로 밤과 낮이 잘 구별되지 않는 곳입니다.

포구 좌우는 가파른 암벽들로 빽빽하게 둘러싸여 있었으며 통로에는 돌출한 갑岬이 서로 마주 보며 솟아 있어서 입구는 아주 좁았습니다. 그래서 포구 안쪽은 파도가 없어 잔잔했습니다.

나는 포구 맨 끝 쪽에 검은 배를 세우고 밧줄로 바위에 맸습니다. 그리고 동료 두 명과 전령을 보내 살펴보게 했습니다. 그들은 도시 앞에서 물을 긷고 있는 한 소녀를 만났습니다. 그녀는 안티파테스의 딸이었습니다. 그들은 그녀에게 다가가 이곳을 누가 통치하고 있는지 물었습니다.

그녀는 즉시 지붕이 높은 자기 아버지의 집을 가리켰습니다. 그들은 그녀를 따라 그 집으로 가서 안티파테스의 아내를 만났는데, 그녀는 산만큼이나 덩치가 큰 아주 흉측한 거인이었습니다. 그녀는 회의장에 나가 있는 남편 안티파테스를 불러냈습니다. 하지만 그 자는 내 동료 한 명을 점심으로 먹어 치우려 했습니다. 나머지 두 명의 동료들이 급히 달아나 다시 배가 있는 곳으로 왔습니다. 그러나 안티파테스가 고함을 내지르자 강력한 라이스트리곤 족이 사방에서 수없이 몰려들었습니다. 그들은 마치 기간테스* 같았습니다.

그들은 우리를 향해 커다란 바위들을 내던지며 덤벼들었고, 쓰러진 동료들을 그들의 만찬을 위해 잡아갔습니다. 나는 즉시 동료들에게 노를 저으라고 명령했습니다. 우리는 재앙에서 벗어나려고 열심히 노를 저었습니다. 그리하여 내가 탄 배는 간신히 바다로 달아날 수 있었지만 다른 배는 전부 부서져 버리고 말았습니다.

비록 사랑하는 동료들을 잃은 것은 마음이 아팠으나 죽음에서 벗어난 것만도 다행이라고 생각하며 우리는 항해를 계속했습니다. 그리고 아이아이에 섬에 닿았습니다. 그곳에는 머리를 곱게 땋은 키르케가 살고 있었습니다. 그녀는 목소리가 인간 같았지만, 엄청난 힘을 가진 여신이었습니다. 그녀는 파멸의 여신 아이에테스의 동생으로, 인간에게 빛을 가져다주는 헬리오스의 자식들입니다. 그들의 어머니는 오케아노스*의 딸 페르세입니다.

우리는 안전한 포구에 배를 대고 이틀 낮과 밤을 쉬었습니다. 셋째 날 나는 창과 날카로운 칼을 들고 험악한 언덕을 올라 주변을 살폈습니다. 저 멀리 키르케의 궁전에서 연기가 피어오르는 것이 보였습니다. 내가 먼저 그리로 가서 망을 보아야 할지 잠시 망설였습니다만, 점심을 먹은 다음 동료들을 내보내는 것이 더 좋겠다고 생각했습니다.

그때 어떤 신이 내가 지나가는 길 위로 뿔이 훌륭한 큰 사슴 한 마리를 보내 주셨습니다. 나는 청동 창으로 그놈을 잡아 검은 배로 가져갔습니다. 동료들은 사슴을 보고 놀라며 즐거워했습니다. 우리는 그날 해가 질 때까지 고기와 달콤한 술로 잔치를 벌였습니다.

그리고 다음 날 새벽의 여신이 나타나자 나는 회의를 열고 동료들에게 말했습니다.

'동료들이여, 우리는 지금 낮과 밤을 알 수 없습니다. 이곳에서는 인간들에게 빛을 가져다주는 태양신 헬리오스가 어디서 대지 밑으로 사라졌다가 어디서 떠오르는지를 알 수 없습니다. 내가 언덕에 올라가 살펴보니 이곳은 끝없는 바다로 둘러싸인 섬입니다. 그러나 이 섬 한 가운데 짙은 덤불과 숲 사이로 연기가 피어오르는 것을 보았습니다.'

이렇게 말하자 그들은 그만 실망하여 눈물을 흘렸습니다. 안티파 테스와 키클롭스의 끔찍한 악행을 떠올렸기 때문입니다.

나는 훌륭한 정강이받이를 댄 동료들을 두 무리로 나누었습니다. 하나는 내가 통솔하고 나머지는 에우릴로코스가 통솔하게 했습니다. 그리고 청동 투구로 제비뽑기를 했습니다. 고결한 에우릴로코스의 제 비가 나와 그가 먼저 정찰을 떠났습니다. 22명의 동료들은 두려움에 떨며 그의 뒤를 따랐습니다. 나머지는 뒤에 남아 있었습니다.

그들은 계곡 사이 아주 전망이 좋은 곳에서 잘 깎인 돌로 쌓은 키 르케의 궁전을 발견했습니다. 궁전 주위에는 야생 늑대와 사자들이 돌아다니고 있었는데, 모두 키르케의 마법에 걸려든 것이었습니다. 그래서 우리 동료들이 다가가도 덤벼들기는커녕 꼬리를 흔들며 좋아 했습니다. 마치 먹이를 기다리던 개가 주인이 돌아오면 재롱을 피우 는 것 같았습니다.

마침내 키르케의 궁전 가까이에 도착했을 때 그녀가 노래하는 소 리가 들렸습니다. 키르케는 커다란 베틀 앞을 오가며 아름다운 베를 짜고 있었습니다. 그때 폴리테스가 말문을 열었습니다.

'친구들이여, 안에서 누가 고운 목소리로 노래하고 있는데, 여신인 지 여인인지 한번 큰소리로 불러 봅시다.'

그들은 모두 큰소리로 그녀를 불렀습니다. 그러자 키르케가 얼른 문을 열고 나와 그들을 안으로 안내했습니다. 모두들 영문도 모른 채 그녀를 따라 들어갔지만, 어떤 속임수가 있을지도 모른다고 생각한 에우릴로코스는 뒤따라가지 않고 밖에 남았습니다.

키르케는 치즈와 보릿가루, 노란 꿀과 프람네산 포도주를 섞고 거기에 마법의 약을 섞어 그들에게 주었습니다. 이것은 고향을 망각하게 하는 것이었습니다. 그들이 그것을 다 받아 마시자 그녀는 그들을 지팡이로 내리쳐 돼지로 변하게 했습니다. 그리곤 돼지우리에 가두어 버렸습니다.

에우릴로코스는 동료들의 끔찍한 운명을 전하기 위해 검은 배가 있는 곳으로 돌아왔습니다. 그는 두 눈에 눈물이 가득 고인 채 동료들의 파멸을 이야기했습니다.

'오디세우스여, 그대의 명령에 따라 우리는 아름다운 궁전을 발견하고 그녀의 부름에 따라 안으로 들어갔습니다. 그러나 나는 불길한 느낌이 들어 따라가지 않고 밖에서 망을 봤소. 하지만 시간이 흘러도 동료들 중 누구도 다시 나타나지 않았습니다.'

그리고 그는 내 무릎을 잡고 재앙을 피해 달아나자고 애원했습니다. 그러나 나는 그를 남겨 두고 바다에서 나와 계곡으로 향했습니다. 그렇게 키르케의 궁전에 막 도착하려 할 때쯤 황금 지팡이를 든 헤르메스가 젊은이의 모습으로 나타나 말했습니다.

'불운을 타고난 자여, 내가 그대를 재앙에서 구해 주겠습니다. 내가 준 이 약을 가지고 키르케의 궁전으로 가세요. 이것이 그대에게 마법을 걸지 못하게 해줄 것입니다. 키르케가 음식을 준 다음 지팡이로 그대를 치려고 할 때 날카로운 칼로 그녀를 죽일 듯이 덤벼드세요. 그러면 겁이 난 그녀가 그대를 유혹하려 할 것입니다. 그러면 키르케에게 그대의 동료들을 풀어 주겠다는 것과 다른 재앙과 고통을 주지 않겠다는 것을 축복받은 신들 앞에 맹세하라고 하세요.'

이렇게 말하고 아르고스의 살해자 헤르메스는 '몰리'라고 하는 신들의 약초를 대지에서 뽑아 나에게 주었습니다.

그러고 나서 헤르메스는 높은 올림포스로 떠났으며, 나는 키르케의 궁전으로 갔습니다. 심장이 마구 두근거렸지만 난 여신의 집 앞에서 큰소리로 그녀를 불렀습니다. 여신이 즉시 번쩍이는 문을 열고 나왔습니다. 나는 비장한 마음으로 그녀를 따라 들어갔습니다. 그녀는 나를 높은 의자에 앉히고 황금 잔을 주었습니다. 나는 재빨리 약을 집어넣고 그것을 마셨습니다. 내가 마법에 걸리지 않자 그녀는 지팡이로 나를 치려고 했습니다. 나는 그것을 놓치지 않고 넓적다리에서 칼을 끄집어내어 키르케에게 덤벼들었습니다. 그녀는 비명을 지르며 울음 섞인 목소리로 말을 이어 나갔습니다.

'그대는 누구길래 내 마법에 걸리지 않는 것입니까? 이 약을 이겨낸 남자는 아무도 없었는데. 아무래도 그대는 놀라운 능력을 가진 오디세우스가 틀림없는 것 같군요. 황금 지팡이를 가진 아르고스의 살해자가 오디세우스가 트로이에서 돌아갈 때 이곳으로 오게 될 것이라고 늘 내게 말해 주었답니다. 그러니 제발 칼은 집어넣고 우리 함께 침상에 들어가 사랑을 나누어요.'

난 그녀에게 이렇게 대답했습니다.

'키르케여, 어떻게 당신은 아무렇지도 않게 나에게 사랑을 나누자고 말할 수 있습니까? 내 동료들을 돼지로 만들어 버리고 나를 이곳에 붙잡아 두려는 속셈이 아니오? 그대의 침실로 나를 끌어들여 비겁자로 만들어 버리려는 것이겠지요. 나에게 다른 고통과 재앙을 만들지 않겠다고 맹세하지 않는 한 나는 그대의 침상에 들지 않을 것이오.'

그녀는 즉시 맹세를 했고, 나는 더없이 아름다운 키르케의 침상으로 올라갔습니다. 키르케의 궁전에는 네 명의 시녀들이 부지런히 시중을 들고 있었습니다. 그녀들은 청동 세발솥에 물을 끓여 적당한 온도로 맞춘 뒤 내 머리와 어깨에 물을 붓고 목욕을 시켜 주었습니다. 온몸의 피로가 말끔히 사라지도록 말이지요. 또한 내 앞에 반짝이는 식탁을 놓고 빵과 음식을 아낌없이 내놓았습니다. 그러나 나는 불길한 생각이 들어 음식에 손도 대지 않았습니다. 그러자 키르케가 말했습니다.

'오디세우스여, 두려워하지 마세요. 내가 진실로 맹세하지 않았습니까?'

나는 동료들을 풀어주기 전에는 음식에 절대 손을 댈 수 없다고 말했습니다. 키르케는 즉시 돼지우리로 가서 내 동료들에게 마법의 약을 발라 주었습니다. 그러자 그들은 다시 남자의 모습으로, 더 젊고 훌륭한 모습으로 되돌아왔습니다. 그녀는 내게 다가와 말했습니다.

'바닷가에 있는 동료들을 데리고 다시 오세요.'

나는 즉시 그녀의 말에 따라 자신 있게 날랜 배가 있는 바닷가로 갔습니다. 동료들은 나를 보고 눈물을 흘리며 슬프게 울었습니다. 나는 그들에게 말했습니다.

'배들을 모두 육지로 끌어 올리고 우리의 재물과 선구들은 동굴에 갖다 놓도록 합시다. 그리고 나를 따라오시오. 그러면 우리 동료들이 키르케의 신성한 궁에서 편안하게 먹고 마시고 있는 것을 볼 수 있습니다.'

모두들 내 말에 복종을 했습니다. 그러나 에우릴로코스만은 동료들을 말리며 숨 가쁘게 소리쳤습니다.

'어리석게도 어디로 간다는 말입니까? 키르케의 궁전으로 가다니 그대들은 재앙에 빠지려는 것입니다! 키클롭스가 그들을 가두어 버렸을 때도 오디세우스가 함께 가지 않았습니까? 그들은 그의 어리석은 행동으로 죽고 말았습니다.'

그와 나는 가까운 사이였지만 나는 그를 칼로 내리칠까 생각했습니다. 그러나 동료들이 부드럽게 말렸습니다. 그들이 모두 배와 바다를 떠나 키르케의 궁전으로 가자 에우릴로코스도 따라왔습니다.

그동안 키르케는 내 동료들을 목욕시키고 올리브기름도 발라 주고 아름다운 옷까지 입혀 잔치를 벌이고 있었습니다. 우리들은 서로 얼굴을 알아보고 궁전이 떠나가도록 슬피 울었습니다.

그리하여 나와 동료들은 일 년 동안이나 날마다 고기와 달콤한 술을 즐기며 지냈습니다. 계절이 바뀌고 달이 지나고 일 년이 되자 동료들이 나를 불러 말했습니다.

'대장, 이것은 미친 짓이오! 신의 도움으로 고향에 돌아갈 운명이라면 이제 제발 고향을 떠올려 보십시오.'

나 역시 그의 말이 맞다고 생각했습니다. 그날 어둠이 다가왔을 때 나는 키르케의 아름다운 침상에 올라 그녀에게 말했습니다.

'키르케여, 나를 집으로 보내 주겠다던 약속을 지킬 때가 되었소. 내 마음 역시 고향으로 돌아가길 간절히 원하고 있다오. 동료들도 하나둘 나를 원망하고 있소.'

그러자 고귀한 그녀가 즉시 대답을 해주었습니다.

'그대들의 생각이 그렇다면 내 궁전에서 떠나세요. 더 이상 머물 필요가 없습니다. 그러나 그대들은 먼저 다른 곳에 들렀다 가야만 합니다. 하데스*와 페르세포네*의 궁전으로 가서 테베의 장님 예언자 테이레시아스*의 영혼을 만나 보아야 합니다. 페르세포네는 오직 그에게만 죽은 뒤에도 분별력을 갖도록 해주었지요.'

키르케의 말을 듣고 나는 그만 혼이 나가 버렸습니다. 아무런 의욕도 나지 않아 침대에 쓰러진 채 한없이 슬퍼하고 나서 그녀에게 말했습니다.

'키르케여, 그 험난한 길에 누가 나를 좀 데려다 줄 수는 없습니까? 검은 배를 타고 하데스의 집으로 내려간 사람은 아직까지 단 한 명도 없으니까요.'

그러자 고귀한 여신 키르케는 북풍을 불어 우리의 배를 바다의 끝 오케아노스까지 데려다 주겠다고 했습니다. 그리고 하데스의 집으로 내려가기 전에 그곳에 사방 1척 크기의 구멍을 파고 죽은 자를 위로하라고 했습니다. 꿀을 섞은 우유와 달콤한 포도주를 붓고 물과 흰 보릿가루를 뿌린 다음 죽은 자들에게 간절하게 맹세를 하라고 했지요. 고향 이타케로 무사히 돌아가게 되면 신성한 암소 한 마리를 제물로 바칠 것이며, 테이레시아스에게는 따로 가장 훌륭하고 검은 수컷 한 마리를 바치겠다는 맹세였습니다. 그러면 죽은 자들의 수많은 혼백이 나타날 것이며, 예언자 테이레시아스가 다가와 어떻게 하면 물고기가 많은 바닷길을 무사히 건너 귀향할 수 있을지 말해 줄 것이라고 했습니다.

키르케가 말을 잇는 동안 어느덧 새벽의 여신이 다가왔습니다. 나는 동료들에게 다가가 떠나자고 격려했습니다. 그들은 모두 내 말에 복종했습니다. 그런데 일행 가운데 젊지만 전쟁에서 별로 용맹하지 못한 엘페노르란 자가 동료들과 따로 떨어져 지붕에서 술을 마시다가 떨어져서 그만 하데스의 집으로 내려가고 말았습니다.

나는 함께 길을 떠난 동료들에게 말했습니다.

'그대들은 지금 우리가 고향으로 간다고 생각할 테지만, 키르케는 우리에게 다른 여정을 정해 주었습니다. 우리는 무시무시한 하데스와 페르세포네의 집으로 내려가 테베의 예언자 테이레시아스의 영혼을 만나야 합니다.'

그러자 모두들 머리를 쥐어뜯으며 비통해 했습니다. 그동안 키르케는 바닷가의 검은 배에 숫양과 검은 암양 한 마리씩을 묶어 두었습니다."

제11권

하데스의 궁이 있는
지하세계로 내려가다

"우리는 바닷가로 내려가 그곳에 매여 있는 배를 바닷물로 끌어 내렸습니다. 그리고 돛대와 돛, 어린 가축들을 실었지만 마음은 착잡하기 그지없었습니다.

목소리는 인간 같으나 엄청난 힘을 가진 여신 키르케가 검은 배 뒤쪽에서 순풍을 보내 주었습니다. 배가 바다를 항해하는 동안 돛은 활짝 펼쳐져 있었습니다. 마침내 해가 지고 모든 바닷길이 어둠에 잠겼을 때 물결이 소용돌이치는 오케아노스의 끝에 닿았습니다. 그곳은 어둠과 안개에 싸인 채 사는 킴네리오이 인들이 사는 곳이지요. 그러나 그곳에는 사악한 밤이 내려앉아 빛을 가지고 있는 헬리오스조차도 그들을 볼 수 없습니다.

우리는 육지에 배를 대고 작은 가축들을 내려놓았습니다. 그리고 키르케가 가르쳐 준 곳까지 오케아노스의 물길을 따라 걸어갔습니다. 마침내 그곳에 이르자 우리는 구멍을 파고 죽은 이들을 위로하는 제례를 올렸습니다. 기도를 올린 다음 어린 가축들의 목을 잘라 구덩이 위로 검은 피를 흘려보냈더니 죽은 자들의 영혼이 에레보스에서 모여들었습니다.

결혼을 할 신부와 젊은 남자, 인내의 세월을 보낸 노인, 태어나 처음으로 실연을 당한 소녀에서부터 청동 창에 찔려 죽은 용사와 전쟁에서 살해된 남자들까지 수많은 영혼들이 피를 향해 모여들자 난 무시무시한 공포에 사로잡히고 말았습니다. 나는 동료들에게 제물로 바칠 가축을 불에 태우고 강력한 하데스와 페르세포네에게 기도를 하라고 명했습니다. 그리고 칼을 빼어 들고 테이레시아스의 예언을 들을 수 있을 때까지 죽은 자의 머리가 피에 가까이 다가오지 못하도록 휘둘렀습니다.

가장 먼저 나타난 영혼은 나의 동료 엘페노르였습니다. 엘페노르는 자신이 아직 대지 위에 묻히지 못했다며 슬퍼했습니다. 나는 그의 소원대로 아이아이에 섬에 무구와 함께 그를 화장하여 잿빛 바닷가 언덕에 무덤을 쌓아 주겠다고 약속했습니다.

그때 저세상 사람이 되신 내 어머니 안티클레이아의 혼이 다가왔습니다. 어머니는 내가 일리오스로 떠날 때까지만 해도 살아 계셨습니다. 나는 어머니의 모습에 눈물이 나고 힘들었지만 테이레시아스의 말을 듣기 전까지 가까이 오시지 못하게 했습니다.

이윽고 테이레시아스의 영혼이 황금 홀을 들고 나타났습니다.

'제우스의 후손인 라에르테스의 아들, 지혜로운 오디세우스여! 어찌하여 그대는 햇빛 찬란한 곳을 떠나 기쁨이라고는 없는 이곳에 와서 죽은 이들을 만나려고 하는 것입니까? 내가 피를 마시고 거짓 없는 진실만을 말해 줄 터이니 그 날카로운 칼부터 치우시오.'

내가 뒤로 물러서며 칼을 집어넣자 예언자는 검은 피를 마신 뒤 이렇게 말했습니다.

'영광의 오디세우스여, 그대는 꿈처럼 달콤한 귀향을 바라겠지만 대지를 흔드는 신이 그의 사랑하는 아들 폴리페모스의 눈을 멀게 한 것에 원한을 품고 그대가 온갖 고초를 겪으며 돌아가게 만들 것입니다. 그러나 갖은 고초를 겪더라도 고향에 돌아갈 수는 있을 것입니다. 그 대신 그대 자신과 동료들이 지켜야 할 일이 있습니다.

그대들이 트리나키아 섬에 들렀을 때 세상 만물을 헤아려 보살피는 헬리오스의 소 떼와 어린 가축들을 보게 될 것입니다. 그것들을 해치게 된다면 파멸을 면치 못할 것입니다. 혹 그대는 벗어날지라도 동료들과 배를 다 잃고 다른 사람의 배를 타고 돌아가게 될 것이며, 집에 이르러서도 무수한 고통을 당하게 될 것입니다. 당신의 아내에게 구혼하고 있는 무례한 자들과 맞서야 하기 때문이지요.

그들을 모두 죽인 다음에는 다시 노를 잡고 떠나야 합니다. 바다라는 것을 전혀 알지 못하며 소금이 든 음식을 먹지 않는 사람들이 사는 곳에 이를 때까지 말입니다. 즉 어떤 나그네가 당신과 마주쳤을 때, 당신 어깨에 얹고 있는 무거운 노를 키질하는 도구로 알아보는 곳에 이르렀을 때, 바로 그곳에 당신의 그 훌륭한 노를 땅에 박아 넣고 바다의 신 포세이돈에게 제물을 바치세요. 그리고 다시 고향으로 돌아와 다른 모든 신들에게 경배를 올리면, 비로소 당신은 바다에서 벗어나 편안하게 나이를 먹게 될 것이며 부드러운 죽음이 그대를 찾아올 것입니다. 그대의 다스림을 받는 백성들도 행복하게 살게 될 것입니다.'

테이레시아스는 예언을 다 말하고 다시 하데스의 집으로 돌아갔습니다. 그리고 어머니가 다가와 검은 피를 마셨습니다. 어머니는 나를 알아보시고 아직도 이타케로 돌아가지 못했느냐며 우셨습니다.

나는 어머니에게 대답했습니다.

'테베의 테이레시아스의 영혼이 저를 하데스로 이끌었습니다. 아직 고향땅에는 가보지 못했습니다. 저는 고귀한 아가멤논을 따라 말의 나라, 일리오스로 떠나는 날부터 늘 고난 속을 떠돌았지요. 그런데 어떻게 죽음의 운명이 어머니에게 닥친 것입니까? 병에 걸리신 것입니까, 아니면 활의 여신 아르테미스가 부드러운 화살로 어머니를 죽인 것입니까? 아버지와 제 아들은 잘 있는지 말씀해 주세요. 그리고 제 아내는 아들과 함께 머물며 모든 것을 변함없이 지키고 있습니까? 아니면 혹시 다른 훌륭한 아카이아 인과 결혼을 했나요?'

그러자 어머니께서 조금도 지체하지 않고 대답해 주었습니다.

'그녀는 아주 군세게 마음을 먹고 네 궁전에 머물고 있지만 눈물로 하루하루를 보내고 있단다. 너의 명예로운 위치를 아직 다른 사람이 차지하지는 않았다. 텔레마코스가 너의 땅을 여전히 잘 지키고 있기 때문이지. 아버지는 시골에 머물며 소박한 생활을 하면서 네가 돌아오기만을 간절히 바라고 있단다. 그분도 벌써 힘겨운 나이에 접어들었으며 나 역시 노쇠하여 죽을 운명에 이르게 된 것이다.'

나는 어머니의 영혼을 붙잡으려 했으나 마치 그림자처럼, 꿈이었다는 듯이 날아가 버렸습니다. 그래서 나는 슬퍼하며 외쳤습니다.

'내가 어머니를 붙잡고자 하는데 어찌하여 나를 기다려 주시지 않는 것입니까? 아니면 나를 더욱더 고통스럽게 하려고 페르세포네가 보낸 환영입니까?'

그러자 존경스러운 어머니께서 대답했습니다.

'아아, 아들아 페르세포네가 너를 속이는 것이 아니라 인간이 죽으면 당연히 그렇게 되는 것이다. 생명이 하얀 뼈를 떠나게 되면 활활 타오르는 불이 육신을 모두 태워 버리지. 그러면 영혼은 꿈처럼 날아가 배회하게 된단다. 그러니 너는 빛이 있는 곳으로 서둘러 떠나야 한다.

144

그리고 이 모든 것을 기억해 두었다가 네 아내에게 이야기해 주어라.'

　이렇게 어머니와 이야기를 주고받는 사이에 여자들이 다가왔습니다. 그들은 모두 훌륭한 남자들의 아내이거나 딸이었습니다.

　제일 먼저 본 것은 티로였습니다. 대지를 흔드는 신(포세이돈)은 그녀와 사랑을 나눈 뒤 한 해가 지나면 영광스러운 아이를 낳게 될 것이라고 했습니다. 그녀는 펠리아스와 넬레우스를 낳았는데 둘 다 위대한 제우스의 후손이 되었습니다.

　티로 다음으로 만난 것은 암피트리온의 아내 알크메네*였습니다. 그녀는 제우스의 품에서 사자처럼 용감한 헤라클레스를 낳았습니다. 그리고 오이디푸스*의 어머니 이오카스테를 만났습니다. 그녀는 자신의 운명을 모르고 아들과 결혼하여 엄청난 짓을 저질렀고, 결국 하데스의 집으로 내려오게 되었습니다.

　나는 또 틴다레오스의 아내 레다*도 만났습니다. 그녀는 말을 잘 타는 카스토르와 권투를 잘하는 폴리데우케스를 낳았습니다. 그리고 알로에우스의 아내 이피메데이아를 만났습니다. 그녀는 포세이돈과 몸을 섞어 오토스와 에피알테스를 낳았습니다. 그들은 키도 크고 몸집도 커서 올림포스의 불사신들에게 전쟁을 하겠다고 위협을 하기도 했습니다만 제우스와 머릿결 고운 레토*가 낳은 아들(아폴론)이 그들이 성년이 되기 전에 죽여 버렸습니다.

　그리고 파이드라*와 프로크리스, 아름다운 아리아드네*도 만났습니다. 흉악한 미노스의 딸 아리아드네는 테세우스*가 크레타에서 아테네로 데려갔으나 도중에 바다로 둘러싸인 섬에 버려졌습니다. 또 마이라와 클리메네, 에리필레도 만났는데 에리필레는 값비싼 황금을 받고 남편을 팔았지요.

그외 내가 만난 용사들의 아내와 딸들을 다 이야기하려면 이 밤이 다 지나게 될 것입니다."

알키노오스가 말했다.

"오디세우스여, 그대는 정녕 거짓말을 하거나 허튼 소리를 지껄이는 사람 같지는 않습니다. 그대는 아름답고, 지혜로운 이야기들을 마치 가인이 노래하듯이 들려주었소. 그런데 혹시 그곳에서 일리오스에서 운명을 맞은 동료들도 만나 보셨는지요?"

그러자 오디세우스가 대답했다.

"그대가 듣기를 원하신다면 더 눈물겨운 이야기, 죽은 내 전우들의 고통을 이야기해 줄 수 있습니다. 페르세포네가 여인들의 영혼을 사방으로 쫓아 버리자 아트레우스의 아들 아가멤논의 영혼이 괴로워하며 다가왔습니다. 그는 검은 피를 마시고 나를 알아보자 눈물을 뚝뚝 흘리며 말했습니다.

'오디세우스여, 나는 포세이돈의 역풍에 휩쓸려 내 함선에서 죽임을 당한 것이 아니라 육지에서 적이 나를 해쳤습니다. 아이기스토스

146

가 잔혹한 내 아내와 함께 나를 그자의 집으로 초대하여 잔치를 베푼 다음 죽여 버렸습니다. 그리고 내 전우들도 모두 살해되었지요.

우리들이 술동이와 음식이 쌓인 식탁 주위에서 온통 피바다를 이루며 죽어가는 것을 보았더라면 당신의 마음도 더없이 괴로웠을 것입니다. 또한 난 프리아모스의 딸 카산드라*가 처절하게 내뱉은 목소리를 들었는데 교활한 클리타임네스트라*는 그녀를 바로 내 곁에서 죽였습니다. 또한 자신의 남편에게 죽음을 가져다준 그녀의 끔찍한 악행은 모든 여인들에게 치욕을 준 것이나 다름없습니다.'

그래서 나는 아가멤논에게 이렇게 대답했습니다.

'제우스께서는 전부터 여인의 말에 속아 아트레우스 가문[1]을 무척이나 괴롭혔지요. 헬레네 때문에 얼마나 많은 용사들이 죽었는데, 이번에는 클리타임네스트라가 그대에게 덫을 놓았군요.'

이렇게 슬픈 대화를 나누고 있을 때 펠레우스의 아들 아킬레우스와 파트로클로스, 나무랄 데 없는 안틸로코스와 아이아스의 영혼이 다가왔습니다. 나는 아킬레우스에게 물었습니다.

'아카이아 인들 중에서 가장 용맹한 자여, 나는 테이레시아스에게 어떻게 하면 이타케로 돌아갈 수 있는지를 묻고자 이곳으로 내려왔습니다. 나는 아직도 아카이아 땅에 가까이 가지 못한 채 고통만 당하고

---

1) 헬레네로 인해 트로이 전쟁을 일으킨 아가멤논과 메넬라오스.

있습니다. 아킬레우스여, 어느 누구도 그대처럼 행복할 수는 없을 것입니다. 살아 있는 동안 모든 아카이아 인들이 그대를 신처럼 존경했으며 이곳 죽은 자들 사이에서도 그대는 강력한 통치자입니다. 그러니 저세상 사람이 되었다고 너무 슬퍼하지 마세요.'

그러자 그는 조금도 주저함이 없이 대답했습니다.

'영광의 오디세우스여, 죽은 자를 통치하기보다는 시골뜨기 하인배가 되어도 좋으니 살아 있었으면 좋겠습니다. 그대는 늠름한 내 아들 소식을 알면 좀 전해 주세요. 최고의 용사가 되기 위해 전쟁터로 달려갔나요, 아니면 그렇게 하지 않았나요? 또한 펠레우스[2]는 아직도 수많은 미르미돈 인들 사이에서 명예를 누리고 있나요? 헬라스와 프티아에서 혹시 그분을 업신여기지는 않나요? 나는 전에 넓은 트로이에서 뛰어난 그곳 백성들을 죽이며 아르고스 인들을 지켜 주었을 때처럼 강력하지 못합니다. 이제 더 이상 지상에서 그분들을 지켜 줄 수 있는 보호자가 아닙니다.'

나는 그에게 이렇게 대답했습니다.

'펠레우스에 대해서는 모르겠으나 그대의 사랑하는 아들 네오프톨레모스*에 관해서는 진실을 말할 수 있습니다. 내가 그를 배에 태워 훌륭한 정강이받이를 댄 아카이아 인들에게 데려갔기 때문입니다. 회

---

2) 프티아의 왕, 아킬레우스의 아버지.

의를 할 때면 언제나 제일 먼저 의견을 냈고 한마디도 틀린 말은 하지 않았습니다. 들판에서 싸울 때는 남들보다 훨씬 앞으로 나아갔습니다. 용기도 누구에게 뒤지지 않았으며, 무시무시한 전투에서 수많은 남자들을 죽였습니다. 또한 우리가 에페이오스가 만든 목마에 들어갈 때도 다나오스 인들의 수많은 용사들이 다리를 벌벌 떨었으나 그는 얼굴도 창백해지지 않고 울지도 않았습니다. 프리아모스의 가파른 성벽을 함락시켰을 때도 전리품과 훌륭한 명예의 선물을 가지고 무사히 배에 올랐습니다.'

이렇게 말을 하자, 아킬레우스의 영혼은 기뻐하며 수선화가 피어 있는 풀밭으로 성큼성큼 걸어갔습니다. 그 외에도 많은 영혼들이 마음을 괴롭히는 것들을 묻곤 했는데 오직 텔라몬의 아들 아이아스의 영혼만은 홀로 떨어져 있었습니다. 그는 함선들 옆에서 아킬레우스의 무구를 차지하기 위해 경합이 벌어졌을 때[3] 내가 이긴 것에 대해 아직도 원한을 갖고 있었던 것입니다. 아킬레우스의 어머니는 무구들을 상으로 내놓았으며 트로이의 여인들과 팔라스 아테나가 판정을 내렸습니다. 그때 내가 이기지 않았더라면 좋았을 것을. 나는 그에게 다가가 아주 상냥하게 말을 건넸습니다.

---

3) 트로이 전쟁 중 아킬레우스는 자신의 무구들을 가장 용감한 전사에게 주라는 유언을 남겼다. 이때 아이아스와 오디세우스가 경쟁을 했는데, 그것이 오디세우스에게 돌아가자 아이아스는 자살을 해버렸다.

'아이아스여, 텔라몬의 아들이여! 그대는 저주받을 그 무구들 때문에 나에 대한 원한을 버리지 않을 것입니까? 그 무구들은 아르고스 인들에게는 재앙이 되었습니다. 그대를 잃었기 때문입니다. 아카이아 인들은 아킬레우스 못지않게 그대를 잃은 것을 슬퍼했습니다. 그것은 오직 제우스 때문입니다. 그분께서 다나오스 인들을 미워하여 그대에게 그런 운명을 내리신 것입니다. 그러니 더 이상 노여워 마십시오.'

그러나 그는 한마디도 하지 않고 에레보스로 들어가 버렸습니다.

그곳에서 나는 제우스의 뛰어난 아들 미노스*가 황금 홀을 쥐고 죽은 이들에게 판결을 내리고 있는 것을 보았으며, 거대한 오리온이 청동으로 된 막대기를 들고 수선화가 피어 있는 들판에서 사나운 동물들을 몰고 있는 것을 보았습니다. 또한 명성이 자자한 가이아의 아들 티티오스*가 대지 위에 쓰러져 있었으며, 탄탈로스*가 심한 고통을 당하고 있었습니다.

그리고 나는 가장 강력한 헤라클레스의 환영을 보았습니다. 그는 영원불멸의 신들 사이에서 주연을 즐기고 있었습니다. 그는 위대한 제우스와 헤라의 딸인 아름다운 헤베를 아내로 삼고 있었습니다. 죽은 자들은 그를 보고 놀라서 사방으로 달아났습니다. 그가 활집에서 활을 꺼내어 시위에 화살을 얹은 채 금방이라도 쏠 듯이 노려보는 모습은 마치 어두운 밤과도 같았습니다. 그가 가슴에 매고 있는 황금 띠에는 곰, 멧돼지, 사자들과 싸우는 모습을 비롯해 헤라클레스의 용맹한 싸움들이 새겨져 있었습니다. 그는 나를 알아보고 말했습니다.

'가련한 자여, 그대도 내가 햇볕 아래 있을 때 당했던 것과 같은 시련을 겪고 있군요. 나는 제우스의 아들이었음에도 끝없는 시련을 당했습니다. 그것은 내가 나보다 훨씬 못한 자를 섬겨야 했기 때문입니다.[4] 그자는 내게 힘든 노역*을 시켰으며 그중 한 가지는 지옥의 개(케르베로스)를 잡아오라는 것이었습니다. 그러나 나는 하데스의 집으로 내려가 그 개를 잡아 무사히 밖으로 가지고 나갔지요.'

말을 마친 헤라클레스는 다시 하데스의 집으로 돌아갔습니다. 그 외에도 나는 테세우스나 페이리토오스* 같은 명성이 자자한 신들의 아들들을 만나 보고 싶었으나 죽은 이들이 마구 소리를 지르며 몰려들었습니다. 고귀한 페르세포네가 하데스의 집에서 무서운 괴물 고르고*를 보내는 것 같은 두려움에 휩싸인 나는 얼른 배에 올라 동료들에게 밧줄을 풀라고 했습니다. 그리하여 우리들은 다시 노를 저었고, 파도에 밀리고 순풍에 이끌려 오케아노스 강 쪽으로 흘러갔습니다."

---

4) 제우스의 아내인 헤라는 헤라클레스보다 에우리스테우스를 먼저 태어나게 했다. 그래서 헤라클레스는 에우리스테우스를 섬겨야 했다.

제12권

태양신의 소 떼

"오케아노스 강을 따라가던 배는 다시 아이아이에 섬에 닿았습니다. 그곳에서 우리는 고귀한 새벽의 여신이 오기를 기다렸습니다.

마침내 새벽의 여신이 나타나자 동료들을 요정 키르케의 집으로 보내 죽은 엘페노르의 시신을 가져오게 했습니다. 그리고 바닷가 끝에 있는 언덕에 장작을 쌓고 그의 시신과 무구들을 쌓아 올린 다음 불을 피웠습니다. 그것들이 다 탄 후에는 무덤을 쌓고 돌기둥을 끌어 올리고는 그 꼭대기에 그가 평소에 쓰던 노를 꽂았습니다. 그때 키르케가 다가와 우리에게 말했습니다.

'살아서 하데스의 집으로 내려간 대담한 자들이여, 오늘은 이곳에서 하루 종일 맛있는 음식과 포도주를 즐기고 날이 밝으면 배를 타고 떠나세요. 나는 그대들이 바다와 육지에서 불행과 고통을 당하지 않도록 길을 안내하고 여러 가지 것들을 일러 줄 것입니다.'

우리는 그녀의 말을 감사히 받아들이고 넘쳐 나는 고기와 포도주를 즐기며 하루를 쉬었습니다. 마침내 해가 지고 어둠이 밀려오자 모두들 배 위에 잠자리를 마련하고 누웠습니다. 하지만 키르케는 나를 동료들과 떨어진 곳에 데려다 놓고 그동안의 일을 물었습니다. 여왕 키르케는 내 말을 다 듣고 나서 말했습니다.

'이제 그대는 제일 먼저 세이렌 자매*를 만나게 될 것입니다. 그들은 자신들에게 다가오는 모든 인간을 유혹하지요. 무심코 그들의 목소리를 듣게 된 사람은 아내와 자식들을 영원히 만날 수 없게 될 것입니다. 세이렌 자매는 풀숲에 앉아 낭랑한 목소리로 당신을 유혹할 텐데, 자세히 보면 그들 주위엔 썩어 가는 남자들의 뼈가 무수히 흩어져 있을 것입니다. 그대는 재빨리 그들의 곁을 지나가야 합니다. 그리고 꿀처럼 달콤한 밀랍을 잘 이겨서 동료들의 귀를 막아 아무 소리도 듣지 못하게 하세요.

그러나 그대는 원한다면 그들의 목소리를 들을 수 있습니다. 그 대신 돛대에 기대어 손발과 몸을 밧줄로 단단히 묶어야 합니다. 그대가 세이렌 자매의 목소리를 듣고 동료들에게 풀어 달라고 애원을 하게 되면 더 많은 밧줄로 동여매라고 얘기해 두세요.

그대의 동료들이 무사히 배를 몰아 그곳을 통과하고 나면 양 갈래 길이 나올 것입니다. 어느 쪽 길로 가야 할지는 그대가 스스로 결정해야 합니다. 한쪽 길에는 검푸른 눈을 가진 암피트리테의 성난 파도가 요동치고 있을 것입니다. 튀어나온 가파른 바위들 때문에 그곳을 빠져나온 배는 지금까지 단 한 척도 없었지요. 부서진 배의 잔해들과 남자들의 시신만이 파도와 폭풍에 휩쓸려 다닐 뿐입니다. 다만 아르고 호의 영웅 이아손*만이 그곳을 통과하였는데, 그것은 헤라가 이아손을 사랑하여 그곳을 무사히 빠져나갈 수 있게 해주었기 때문입니다.

다른 길에는 뾰족하고 가파른 바위들이 보일 텐데 그 바위들 사이에 있는 동굴에 무시무시한 소리를 내지르는 스킬라가 살고 있습니다. 그녀는 열두 개의 발을 가지고 있으며 길게 늘어뜨린 여섯 개의 목에 이빨이 세 줄이나 되는 무서운 괴물입니다. 그녀는 몸 아래쪽은 동굴 속에 숨기고 머리는 바다 쪽으로 내밀어 돌고래나 물개 또는 암피트리테가 기르는 물짐승들을 잡아들이곤 합니다. 그래서 그 옆을 무사히 빠져나온 뱃사람은 아직까지 한 명도 없었지요. 그녀가 머리 하나에 한 명씩, 검은 배에 타고 있는 사람들을 낚아채 가기 때문입니다.

그러나 오디세우스여, 그중 무화과나무가 한 그루 있는 야트막한 바위 하나가 있을 것입니다. 그 나무 밑에서 고귀한 카립디스가 검은 물을 하루에 세 번씩 내뱉고 다시 빨아들입니다. 그녀가 바닷물을 빨

아들일 때는 대지를 흔드는 신도 그대를 구해 낼 수 없습니다. 그러니 그대는 그곳으로 가지 말고 스킬라의 동굴 쪽으로 배를 몰아 얼른 빠져나가세요. 동료들을 전부 잃는 것보다는 여섯 명을 잃는 것이 나을 테니까요.'

그때 나는 그녀에게 간절히 물었습니다.

'그 끔찍한 스킬라와 카립디스*에게서 벗어날 수 있는 방법은 없습니까?'

그러자 그녀가 지체 없이 대답했습니다.

'아, 대담한 자여, 그대는 불사신들 앞에서도 물러서지 않을 작정인가요? 그들은 대적할 수 없는 불사의 재앙입니다. 그들을 막을 방법은 없어요. 무장을 하고 그곳에서 시간을 지체하다가는 더 많은 동료들을 잃을 뿐입니다. 그냥 도망치는 것이 최선이에요.

그곳을 무사히 통과하게 되면 트리나키아 섬에 닿게 될 것입니다. 그곳은 태양신 헬리오스가 많은 암소들과 어린 가축들을 기르고 있는 곳입니다. 그대들이 안전한 귀향을 바란다면 그 가축들을 해치지 않고 그대로 내버려 두어야 합니다. 그러면 비록 고초를 겪기는 하겠지만 무사히 집으로 돌아갈 수 있을 것입니다. 그러나 만약 그것들을 해친다면 그대의 배는 물론 동료들까지도 모두 잃게 될 것입니다. 혹 그대가 파멸에서 벗어난다 하더라도 비참한 모습으로 고향에 돌아가게 될 것입니다.'

그녀는 말을 마친 뒤 섬으로 돌아갔습니다. 나는 동료들이 있는 배로 가서 비통한 심정으로 그녀가 말해 준 것들을 세세히 일러 주었습니다. 그 사이 우리 배는 순풍에 이끌려 세이렌 자매가 있는 섬에 이르렀습니다. 바람이 멈추고 바다가 잠잠해지자 동료들은 다시 힘차게 노를 저어 나갔습니다.

그동안 나는 날카로운 청동으로 밀랍 덩어리를 잘게 자른 다음 두 손으로 세게 짓이겨 그것을 동료들의 귀에 발랐습니다. 그리고 그들은 나를 돛대에 단단히 붙들어 맸습니다.

세이렌 자매가 자신들을 향해 달려오는 날랜 배들을 못 볼 리 없었습니다. 어느새 낭랑한 노랫소리가 울려 나왔습니다.

'아카이아 인들의 위대한 영웅이여, 모든 이들의 우러름을 받는 오디세우스여, 우리의 노랫소리를 들으러 오세요. 우리의 감미로운 노래를 듣지 않고 이곳을 지나간 배는 없습니다. 이곳에 들러 풍악도 즐기고 많은 선물도 가져가세요. 우리는 아르고스 인과 트로이 인들이 신들의 뜻에 따라 겪은 모든 일들을 알고 있답니다. 그대가 원한다면 대지 위에서 일어나는 모든 일들을 들려줄 수 있습니다.'

그들은 고운 목소리로 내 마음을 유혹했습니다. 내가 동료들에게 눈짓으로 풀어 달라고 명령하자 페리메데스와 에우릴로코스가 일어나 더 많은 밧줄로 나를 더 세게 묶었습니다. 마침내 우리는 그들 옆을 무사히 지나갔고, 세이렌 자매의 목소리가 더 이상 들리지 않자 동료들은 밀랍을 떼어 내고 나를 풀어 주었습니다.

그러나 그 섬을 뒤로 하고 빠져나오자마자 우리는 커다란 파도와 휘몰아치는 물결에 부딪혔습니다. 바다가 울부짖는 소리에 겁을 먹은 동료들이 노를 놓치는 바람에 배가 멈추었습니다. 나는 동료들에게 다가가 격려의 말을 건넸습니다.

'친구들이여, 이번 재앙은 키클롭스가 우리를 동굴에 가두었을 때보다 더 무서운 것이 아닙니다. 제우스께서 우리를 반드시 도와주실 것입니다. 키잡이여, 배를 큰 파도와 휘몰아치는 물결 곁으로 나아가게 하지 말고 바위 옆으로 바짝 붙어 지나가게 하시오.'

그러자 동료들은 내 말을 따랐습니다. 나는 동료들이 겁을 먹을까 봐 무시무시한 재앙인 스킬라에 대해서는 아무 말도 해주지 않았습니다. 그러나 나는 절대 무장을 하면 안 된다는 키르케의 당부를 잊어버렸습니다.

나는 무구들을 갖춰 입고 두 자루의 긴 창을 들고 배의 갑판으로 걸어갔습니다. 바위들 사이에 있는 스킬라를 만나게 될 것이라 생각했기 때문입니다. 그러나 그녀는 쉽게 나타나지 않았습니다.

마침내 우리는 고귀한 카립디스가 바다의 짠물을 무시무시하게 빨아들이는 것을 보았습니다. 그녀가 물을 내뿜을 때는 바닥에서부터 위로 소용돌이치듯 끓어오르며 높은 바위 꼭대기까지 솟구쳤습니다. 그리고 다시 빨아들일 때는 주변의 바위들이 무섭게 울려 대며 바닥의 시커먼 모래땅이 드러났습니다. 두려워하며 그쪽을 보고 있는 사이 창백한 공포가 동료들을 휩쓸었고 두려워할 새도 없이 스킬라는 6명의 동료들을 순식간에 낚아채 갔습니다. 그들은 버둥거리며 비명을 지르는 내 동료들을 눈앞에서 먹어 치웠습니다. 그것은 내 눈으로 본 가장 참혹한 광경이었습니다.

그 바위들과 무시무시한 카립디스, 스킬라를 벗어나자 우리는 나무랄 데 없이 아름다운 신의 섬에 도착했습니다. 그곳에는 헬리오스 히페리온*의 소들과 어린 가축들이 있었습니다. 아직 검은 배를 타고 바다 위에 있는데도 소 떼와 양 떼의 울음소리가 들렸습니다. 나는 눈먼 예언자 테이레시아스와 아이아이에 섬의 키르케의 당부를 떠올렸습니다. 그녀는 인간들을 기쁘게 해주는 헬리오스의 섬을 피해야 한다고 말했습니다. 나는 침통한 마음으로 동료들에게 말했습니다.

'동료들이여, 헬리오스 섬에서 끔찍한 재앙이 일어날 것이라고 키르케가 예언했습니다. 그러니 저 섬을 지나가도록 합시다.'

내 말을 듣고 동료들이 절망하자 에우릴로코스가 분개하며 외쳤습니다.

'그대는 피로와 졸음에 지쳐 있는 동료들이 육지를 밟는 것을 정말 허용하지 않을 작정이신가요? 지친 우리에게 지금 날랜 밤을 헤치며 안갯빛 바다 위를 헤매라고 명령하시는군요. 배를 파멸시키는 힘센 바람은 밤에 일어나는 법입니다. 그러니 지금은 밤의 명령에 따라 배

옆에 머물며 저녁을 준비하고, 아침이 되면 넓은 바다로 나갑시다.'

그의 말에 동료들이 찬성을 했습니다. 그래서 나는 재빨리 대답했습니다.

'그렇다면 부디 내게 맹세해 주시오. 그대들이 소 떼나 양 떼를 보더라도 절대로 해치지 않겠다고 말입니다.'

그들은 내 명령대로 하겠다고 했습니다. 그래서 우리의 배를 포구 옆에 있는 달콤한 샘물 근처에 세우고 배에서 내려 저녁 준비를 했습니다. 그러나 그 이후로 한 달 내내 남풍이 쉬지 않고 불었고, 동풍과 남풍이 아닌 바람은 불지 않았습니다. 동료들은 음식과 포도주가 남아 있는 동안에는 소들로부터 멀리 떨어져 있었습니다. 그러나 양식이 떨어지자 결국 사냥감을 찾아 나섰고 물고기와 새, 그 밖에 손에 닿는 것이라면 닥치는 대로 잡았습니다. 굶주림이 그들의 창자를 갉아먹었기 때문입니다.

나는 신에게 기도하기 위해 섬으로 올라갔습니다. 그 사이에 에우릴로코스가 동료들을 부추겼습니다.

'우리 인간들은 어차피 죽을 테지만 굶어서 죽는다면 그보다 더 비참한 죽음은 없을 것이오. 그러니 헬리오스의 소 중에서 가장 훌륭한 것을 끌고 와 신께 제물로 바치도록 합시다. 그리고 무사히 귀향을 하게 되면 그분을 위해 아름다운 신전을 지어 드립시다. 그분이 소 때문에 노하여 우리의 배를 파멸시킨다면 차라리 파도를 향해 뛰어내려

목숨을 버리는 것이 나을 것 같습니다.'

그러자 그들은 지체 없이 헬리오스의 소들 중에서 가장 크고 훌륭한 것을 잡아와 신께 기도를 드린 다음 구워서 잡아먹어 버렸습니다. 나는 그때 달콤한 잠 속에 빠져들어 있었지요. 잠에서 깨어 배가 있는 바닷가로 나갔더니 고기 냄새가 나를 에워쌌습니다. 나는 고통스러운 마음을 추스르며 불사신들에게 외쳤습니다.

'아, 아버지 제우스여, 그리고 축복받은 영원불멸의 신들이여. 그대들은 어찌하여 나를 달콤한 잠에 빠져들게 한 것입니까? 그동안 내 동료들이 엄청난 일들을 저지르고 말았단 말입니다!'

이때 아름다운 망토를 걸친 람페티에(태양신 헬리오스의 딸)가 헬리오스에게 우리가 그의 소를 죽였다는 소식을 알렸습니다. 그는 마음속으로 화를 내며 신들에게 말했습니다.

'내 소들을 죽인 라에르테스의 아들 오디세우스의 동료들을 벌주세요. 그 소들은 언제나 나를 기쁘게 해주었습니다. 만약 그들을 벌하지 않는다면 나는 하데스의 집으로 내려가 죽은 자들 사이에 빛을 내릴 것이오.'

그러자 구름을 모으는 제우스가 대답했습니다.

'헬리오스여, 그대는 부디 영원불멸의 신들 사이에서 인간들에게 그리고 곡식을 키우는 대지 위에 빛을 내리시오. 내가 포도줏빛 바다로 나가 그들의 배 위로 번쩍이는 번개를 내리쳐 산산이 부수어 버릴

것이오.'

그 후로도 내 동료들은 엿새 동안이나 헬리오스의 소들을 죽이고 잔치를 벌였습니다. 일곱째 되는 날 마침내 바람이 멈추었고, 우리는 바다로 나아갔습니다. 한동안 보이는 것이라곤 하늘과 바다뿐이었습니다. 그때 크로노스의 아들 제우스가 갑자기 세찬 서풍을 일으켰습니다. 돛대가 쓰러지면서 키잡이의 머리를 내리쳐 그의 두개골을 부수어 버렸습니다. 또한 제우스가 던진 번개에 맞아 배 안은 유황냄새로 가득 찼으며, 동료들은 전부 배에서 떨어져 검은 배 주위를 떠다녔습니다. 신들은 마침내 그들에게서 귀향을 빼앗아 가버린 것이지요.

나는 파도에 떨어져 나간 뱃조각에 겨우 앉은 채 바람에 휩쓸려 떠다녔습니다. 밤새도록 떠밀려 간 나는 다시 스킬라의 동굴과 카립디스가 있는 곳에 이르렀습니다. 마침 그때 카립디스가 바닷물을 빨아들이고 있었지요. 나는 키 큰 무화과나무에 뛰어올라 박쥐처럼 매달려 있었습니다. 그리고 카립디스가 부서진 돛대와 뱃조각들을 토해낼 때까지 끈기 있게 기다렸습니다.

꽤 오랜 시간이 지나서야 뱃조각들이 보이기 시작했고, 나는 손발을 놓고 그 위에 떨어져 내렸습니다. 그리고 그것들 위에 앉아 두 손으로 힘껏 노를 저었습니다. 다행히 인간과 신들의 아버지께서 내가 스킬라를 만나지 않도록 해주셨습니다. 그렇지 않았다면 나는 갑작스러운 파멸에서 또 벗어나지 못했을 것입니다.

그 후 나는 아흐레 동안 바다 위를 떠다녔으며 열흘째 되는 날 밤 신들은 나를 오기기아 섬에 닿게 해주셨습니다. 그곳에는 목소리는 인간 같지만 엄청난 힘을 가진, 머리를 곱게 딿은 칼립소가 살고 있었습니다. 그녀는 나를 따뜻하게 보살펴 주었습니다. 그 일에 대해서는 앞에서 이미 이야기해 드렸지요."

제13권

마침내 이타케에 도착하다

파이아케스 인들은 오디세우스의 이야기에 흠뻑 빠져 쥐 죽은 듯 고요히 앉아 있었다. 이때 알키노오스가 대답했다.

"오디세우스여, 그대는 청동으로 된 문과 높은 지붕이 있는 내 궁전에 왔으니 이제부터는 고초를 겪는 일도 없을 것이며, 바다에서 표류하는 일 없이 무사히 귀향할 수 있을 것입니다. 그리고 우리의 원로들이 황금과 갈아입을 옷 그리고 큰 세발솥과 가마솥을 선물로 드릴 것입니다."

알키노오스는 이렇게 말하고 만물을 통치하는 먹구름의 신이자 크로노스의 아들 제우스에게 황소 한 마리를 제물로 바치고 오디세우스를 위해 잔치를 열어 주었다. 오디세우스는 찬란히 빛나는 태양을 외면하고 빨리 해가 지기를 열망했다. 그만큼 서둘러 집으로 돌아가고 싶었기 때문이었다. 오디세우스가 왕과 왕비 그리고 모든 사람들에게 신의 축복이 내려지기를 기원하고 궁을 나서자 알키노오스는 전령을 보내어 오디세우스를 바닷가로 인도하게 했다.

바닷가에 이르자 건장한 선원들이 마실 것과 먹을 것을 배 안에 실었다. 그리고 그들은 오디세우스를 위해 선미 쪽 갑판 위에 리넨 천을 깔아 주고 그곳에 누워서 잘 수 있게 해주었다. 선원들이 질서 정연하게 노 젓는 자리에 앉아 몸을 뒤로 젖히며 바닷물을 쳐올리기 시작하자 오디세우스의 눈까풀 위로 죽음과도 같은 부드러운 잠이 쏟아져 내렸다. 마치 들판에서 힘껏 앞으로 내달리는 말처럼 배의 선미가 움직였으며, 배 뒤쪽으로는 자줏빛 파도가 거품을 일으키며 뒤따랐다. 오디세우스는 그동안 겪었던 전쟁과 바다에서의 고초를 모두 잊고 잠이 들었다.

이른 새벽 가장 밝은 별이 떠오를 즈음, 바다를 항해하던 그 배는 섬에 다가가고 있었다. 이타케 섬에는 바다노인 포르키스의 포구가 있었다. 포구 양쪽으로 가파른 갑이 돌출되어 있어 포구 바깥에서 사나운 바람이 일으키는 파도를 막아 주었다. 따라서 훌륭한 갑판으로 덮인 배들이 밧줄로 매지 않고도 포구 안쪽에 안전하게 정박할 수 있었다.

그들은 그곳으로 배를 몰아 뭍으로 올라서게 했다. 그리고 잠 속으로 빠져든 오디세우스를 담요를 덮은 상태 그대로 밖으로 들어내어 모래 위에 눕혔다. 그에게 준 선물들도 모두 내려 길에서 조금 떨어진 무화과나무 아래에 쌓아 놓았다. 그러고 나서 건장한 선원들은 다시 자신들의 집으로 출발했다.

그러나 대지를 흔드는 신 포세이돈은 오디세우스를 위협하기 위해 자신이 계획한 일들을 잊지 않고 있었다. 그래서 제우스에게 장차 이 일을 어떻게 하려는지 물었다.

"제우스여, 나는 영원불멸의 신들 사이에서 존경을 받을 수 없을 것 같습니다. 나는 분명 그의 순탄치 않은 귀향을 명했습니다. 그런데 나와 피를 나눈 형제인 파이아케스 인들은 외려 잠들어 있는 그를 날랜 배에 싣고 이타케에 데려다 놓았을 뿐만 아니라, 청동과 황금 그리고 훌륭한 의복까지 선물로 주었습니다. 오디세우스가 트로이에서 자기 몫의 전리품을 챙겼다 해도 그렇게 많지는 않았을 것입니다."

그러자 구름을 모으는 제우스가 대답했다.

"오오, 대지를 흔드는 가장 강력한 신께서 무슨 그런 말씀을 하시는 것입니까? 우리 가운데 가장 연장자이며, 가장 최고의 신인 그대를 누가 함부로 무시한다는 말씀입니까? 그대를 무서워하지 않은 인간이 있다면 반드시 벌을 주었던 분이 아닙니까? 그러니 언제라도 그대의 마음이 내키는 대로 하세요."

그러자 포세이돈이 대답했다.

"파이아케스 인들의 배가 항해를 끝내고 돌아오면 나는 안갯빛 바다에서 그것들을 부수어 버릴 것입니다. 그들이 앞으로 다시는 바다를 마음껏 항해하지 못하게 하려는 것입니다. 그리고 그들의 도시를 높은 산으로 가두어 버릴 것입니다."

그러자 제우스가 다시 이렇게 말했다.

"그렇다면 차라리 모든 백성들이 뭍으로 가까이 다가오는 배를 보고 있을 때, 그 자리에서 그 배를 돌로 바꾸어 버리시오. 그러면 그들의 도시를 큰 산으로 둘러싸는 셈이 되잖소?"

이 말을 듣자마자 포세이돈은 파이아케스 인들이 사는 스케리아로 달려갔다. 그리고 배가 뭍에 가까이 다가오자 그는 그것을 돌로 변하게 하고 손바닥으로 내리쳐 깊이 박히도록 했다.

그러자 긴 노를 잘 다루는 파이아케스 인들이 말했다.

"아아, 배가 달려오는 것이 보였는데 도대체 누가 그 배들을 바다에 묶어 버린 것일까?"

그때 알키노오스가 놀란 목소리로 외쳤다.

"아아, 아버지의 신탁이 내게 일어나고 있는 것이로구나. 우리들이 바다에서 사람들을 안전하게 나르고 있는 것에 대해 포세이돈께서 화를 내고 있다고 아버지께서 말씀하셨지요. 그래서 언젠가는 신이 바다에서 우리의 배를 부수어 버리고 도시를 큰 산으로 둘러싸 버릴 것이라고 말씀하셨습니다. 그런데 지금 그 일이 일어나고 있군요. 그러니 포세이돈께 황소 열두 마리를 제물로 바쳐야겠습니다."

겁이 난 파이아케스 인들은 황소를 끌고 와 포세이돈께 기도를 올렸다.

그때 고향땅에서 여전히 잠들어 있던 오디세우스가 잠에서 깼다. 그러나 그는 이타케를 알아보지 못했다. 오랫동안 그곳을 떠나 있었던 탓도 있지만, 아테나 여신이 그의 주변을 안개로 감싸 놓았기 때문이었다. 그것은 오디세우스의 아내도, 시민도, 친구도 그를 알아보지 못하도록 여신이 미리 계획했기 때문이다. 여신은 이제 이 모든 것을 세세히 일러 줄 참이었다. 그래서 똑바로 뻗어 있는 길과 포구, 가파른 바위와 나무들 등 모든 것이 오디세우스의 눈에는 낯설게 보였던 것이다.

그는 자리에서 일어나 주위를 둘러보며 탄식하듯 소리쳤다.

"아아, 나는 또 어떤 인간들이 사는 나라에 온 것일까? 야만적이며 거칠고 무례한 자들일까 아니면 신을 두려워하는 인간들로 이방인에게 친절한 사람들일까? 파이아케스 인들은 나를 이타케로 데려다 주겠다고 약속하고선 왜 이런 낯선 곳에 내려놓은 것일까. 재물들은 그대로 잘 있는지 살펴보아야겠구나."

오디세우스는 이렇게 중얼거리곤 아름다운 세발솥과 가마솥 그리고 황금과 곱게 만들어진 옷들을 세어 보았다. 없어진 것은 없었다.

그는 파도치는 바닷가로 내려가 고향을 그리워하며 슬퍼했다. 이때 아테나 여신이 귀여운 젊은 양치기의 모습을 하고 그에게 다가갔다. 그녀는 어깨 위에 두 겹으로 된 겉옷을 두르고 발에는 황금 샌들을 신고 있었다. 오디세우스는 그녀를 보자 반가워하며 말을 건넸다.

"친구여, 그대는 내가 이곳에서 처음으로 만난 사람이니 제발 나를 도와주세요. 이곳은 어떤 곳인가요? 멀리서도 바라보이는 섬인가요, 아니면 바다를 향하고 있는 풍요로운 육지인가요?"

그러자 눈빛을 반짝이며 아테나 여신이 대답했다.

"이 나라를 내게 묻다니 당신은 바보이거나 먼 곳에서 이제 막 이곳으로 온 이방인이 틀림없군요. 이곳은 많은 사람들이 알고 있는 곳입니다. 바위가 많아 말을 몰기에 적당치 않고 그다지 넓지도 않지만 곡식이 풍부하고 포도주도 있습니다. 비와 신선한 이슬이 항상 대지를 적셔 주며, 가축을 기를 수 있고 나무도 풍부하답니다. 그래서 이타케라는 이 도시의 이름이 멀리 트로이에까지 알려졌지요."

이타케. 아이기스를 가진 제우스의 딸 팔라스 아테나의 말에 오디세우스의 가슴은 기쁨으로 가득 찼다. 그러나 그는 영리하게도 마음속으로 생각하고 있던 말이 아닌 다른 거짓말로 대답했다.

"나는 저 멀리 크레타에서 이타케에 대해서는 들은 적이 있습니다. 나는 그곳에서 전리품들을 가지고 이곳으로 도망쳐 왔지요. 그것은 이도메네우스*의 사랑하는 아들인 오르실로코스를 죽였기 때문입니다. 그는 내게서 전쟁과 힘든 파도를 헤치며 가져온 트로이의 전리품을 빼앗으려고 했습니다. 그래서 나는 날카로운 청동으로 그를 죽이고, 포이니케 인들에게 달려가 전리품을 맡기고서 나를 필로스나 신성한 엘리스로 데려다 달라고 했습니다. 그러나 바람이 우리를 목적지에서 밀어냈고, 우리는 떠밀려 다니다가 캄캄한 밤에 이곳에 닿았습니다. 나는 지칠 대로 지쳐 잠에 빠져들었고, 그들은 모래 위에 많은 선물과 함께 나를 내려놓고는 시돈으로 떠났습니다."

그러자 아테나 여신이 큰 눈을 반짝이며 미소를 지었습니다. 그리고 한 손으로 그를 쓰다듬으며 말했습니다.

"영리한 자여, 신조차도 그대를 이길 수 없을 것입니다. 그대는 자신의 나라에 왔다는 것을 알면서도 거짓말을 그만두지 않는군요. 그대의 지혜로움은 모든 인간들 중에서 가장 뛰어나며, 나는 모든 신들 사이에서 명성을 얻고 있으니 우리 둘 다 쓸데없는 이야기는 그만합시다. 그대는 있는 힘을 다해 그대를 지켜 주고 있는 나, 제우스의 딸 아테나를 알아보지 못하는군요."

그러자 지혜로운 오디세우스가 대답했다.

"여신이여, 인간이 아무리 아는 것이 많다 하더라도 그대를 알아보기는 어려울 것입니다. 여신께서는 다양한 모습으로 나타나시니까요. 우리 아카이아 인들이 트로이에서 전쟁을 할 때 그대가 내게 얼마나 친절했는지는 잘 알고 있습니다. 그러나 우리가 프리아모스의 험난한 성벽을 함락시키고 귀향하는 배에 오른 이후 어떤 신이 우리를 흩어 버린 후로는 그대를 볼 수가 없었습니다. 그래서 나는 신들이 재앙에서 나를 구해 줄 때까지 내 생각대로 항해를 했습니다. 그러나 파이아케스 인들의 나라에서도 그대는 친히 나를 인도해 주셨지요. 그런데 정말 제가 그토록 그리던 고향 이타케에 온 것입니까? 혹시 나를 놀리려 하시는 것은 아닙니까?"

아테나 여신이 대답했다.

"그대는 마음속으로 항상 그런 생각을 품고 있었군. 누군가가 방랑의 길에서 집으로 돌아왔다면 서둘러 자식과 아내를 보러 갈 테지만, 당신은 영리하고 신중하기 때문에 아내를 직접 시험해 보고 싶은 것이겠지. 나는 그대가 동료들을 다 잃고 돌아오리라는 것을 알고 있었다. 하지만 나는 내 형제인 포세이돈과 싸울 수는 없었다. 그는 자신의 사랑하는 아들을 눈멀게 한 그대에게 화를 내고 있었으니까. 그러나 이제 나는 그대에게 이타케로 들어가는 길을 가르쳐 줄 것이다."

이렇게 말하고 여신은 안개를 걷어 냈다. 땅이 드러나자 오디세우스는 자신의 고향에 돌아온 것이 너무도 기뻐서 연신 대지에 입을 맞추었다. 여신이 그늘진 동굴을 일러 주자 오디세우스는 파이아케스 인들이 준 선물들을 그 동굴 안으로 옮겼다. 그리고 신성한 올리브나무에 기대어 앉아 무례한 구혼자들을 처리할 계책을 생각했다.

아테나가 먼저 말문을 열었다.

"오디세우스여, 그들은 3년 동안이나 그대의 궁전에서 마치 주인인 양 행세하며 신과 같은 그대의 아내에게 선물을 바치고 구혼을 계속했다. 그러나 그녀는 그런 소란에는 아랑곳 않고 그대가 돌아오기만을 애타게 기다렸지."

오디세우스가 말했다.

"아아, 여신이여, 그대가 모든 일들을 샅샅이 일러 주지 않았다면, 아트레우스의 아들 아가멤논처럼 내 궁전에서 비참하게 살해될 뻔했습니다. 이제 어떻게 하면 그들을 몰아낼지 계책을 알려 주십시오. 그리고 내게 용기를 불어넣어 주세요. 그대만 내 편이 되어 주신다면 어떤 일이 닥쳐도 두렵지 않습니다."

그러자 아테나가 대답했다.

"자, 나는 그대를 어떤 인간도 알아보지 못하게 할 것이다. 그대의 고운 피부를 거칠게 만들 것이며 금발의 머리도 사라지게 하고 누더기 옷으로 그대를 감쌀 것이다. 가장 아름다운 두 눈도 흐릿하게 만들어 모든 구혼자들과 그대의 아내와 아들에게조차도 그대가 누추해 보이도록 할 것이다. 그러니 그대는 궁의 돼지를 치는 그대의 하인을 먼저 찾아가라. 그는 그대의 아들과 페넬로페를 진심으로 돌보고 있기 때문이다. 그대가 돼지치기를 찾아가 모든 것을 물어보는 동안 나는 아름다운 헬레네의 왕국 스파르타에 가서 그대의 사랑하는 아들 텔레마코스를 불러 올 것이다. 그 아이는 그대의 소식을 듣기 위해 라케다이몬으로 메넬라오스를 찾아갔지."

그러자 오디세우스가 물었다.

"왜 신께서는 모든 것을 다 알고 있으면서 그 아이에게 모든 사실을 말해 주지 않은 것입니까? 혹시 그 애도 바다를 떠돌며 고통을 받게 하고, 다른 놈들이 그의 재산을 먹어 치우게 하시려는 것인지요?"

아테나가 대답했다.

"너무 염려하지 말아라. 나는 텔레마코스가 무사히 그곳에 갈 수 있도록 보호해 주었다. 그 아이는 아트레우스의 아들 메넬라오스의 궁에서 좋은 대접을 받았다. 비록 이타케의 젊은이들이 그를 죽이려고 매복하여 그 아이가 탄 배가 돌아오길 기다리고 있기는 하지만 그렇게 되기 전에 그대의 재산을 탕진하고 있는 그 무례한 구혼자들의 대부분은 땅속에 묻히게 될 것이다."

아테나는 말을 마친 뒤 지팡이로 오디세우스를 살짝 내리쳤다. 그녀는 그의 고운 피부를 쭈글쭈글하게 만들고 금발도 없애 버렸으며 아름다운 두 눈도 흐릿하게 만들었다. 그러고 나서 찢어지고 때가 묻고 연기에 그을린 더러운 웃옷을 걸쳐 주었다. 그녀는 그에게 지팡이와 누더기 같은 바랑 하나를 주었다. 그 둘은 그렇게 의논한 후에 각자의 길을 떠났다.

제14권

돼지치기
에우마이오스

오디세우스는 포구를 뒤로 하고 울퉁불퉁한 산길을 따라 깊숙한 숲속으로 올라갔다. 오디세우스의 하인들 중에서 그의 가축들을 충실하게 보살피고 있는 돼지치기를 만날 수 있을 것이라고 아테나가 일러 준 곳이었다.

전망이 좋은 높은 곳에 사방이 탁 트인 대지를 다듬어 야생 배나무로 울타리를 쳐 놓았으며, 안쪽에는 참나무 말뚝을 박은 열두 개의 돼지우리가 있었다. 그 안에 360여 마리의 돼지들이 있었고 야수처럼 사나운 네 마리의 개가 지키고 있었다. 그 개들은 돼지치기가 기르는 것이었다.

오디세우스가 도착했을 때 그는 부드러운 돼지가죽으로 신발을 만들고 있었고, 세 명의 돼지치기들은 돼지 떼에게 먹이를 주려고 밖에 나가고 없었다. 그리고 다른 동료 한 명은 무례한 구혼자들의 강요에 못이겨 그들에게 바칠 돼지를 마을로 끌고 내려갔다. 구혼자들은 그것을 제물로 바치고, 고기로 그들의 배를 채웠다.

오디세우스를 보고 개들이 요란하게 짖으며 덤벼들자 그는 살짝 주저앉으며 지팡이를 놓쳐 버렸다. 자신의 농장에서 봉변을 당할 뻔했으나 돼지치기가 그를 발견하고 손에 들고 있던 가죽을 내려놓고 바깥문을 지나 잽싸게 달려왔다. 돌멩이로 개들을 쫓아낸 그는 오디세우스에게 말을 건넸다.

"노인이여, 하마터면 개들이 그대를 물어 죽일 뻔했군요. 지금 난 신들께서 내린 고통과 슬픔 때문에 괴로워 죽을 지경입니다. 신과 같은 내 주인이 다른 말을 쓰는 사람들의 나라와 도시를 떠돌고 있기 때문입니다. 그분께서 배를 주릴지도 모르는데, 나는 다른 사람들이 먹을 돼지를 기르고 있으니 마음이 괴롭소. 노인이시여, 일단 안채로 들어가 빵과 포도주를 배불리 먹고 나서 이야기를 나눕시다."

오디세우스는 그가 자신을 환대해 주는 것에 기뻐하며 말했다.

"주인장이여, 그대에게 신의 보살핌이 있기를 기원합니다."

그러자 돼지치기 에우마이오스가 대답했다.

"나그네여, 그대보다 더 누추한 자가 올지라도 업신여기는 것은 도리가 아니지요. 게다가 하인인 우리로서는 마땅히 해야 할 일입니다. 나의 주인이신 그분은 언제나 나를 잘 돌보아 주셨습니다. 내게 집도 주고 농사지을 땅과 아내를 주셨습니다. 아아, 그러나 내게 그렇게 친절하시던 그분은 돌아가신 것이 틀림없습니다. 아아, 헬레네와 그녀의 용사들이 무릎을 꿇고 쓰러져 버린다면 얼마나 좋을까요? 그들이야말로 정말 많은 남자들의 무릎을 꺾어 버렸으니까요. 그분께서는 아가멤논의 명예를 위하여 트로이 인들과 싸우기 위해 말의 나라 일리오스로 가셨지요."

에우마이오스는 새끼돼지 우리로 가서 돼지 두 마리를 꺼내 왔다. 그는 그것을 잘게 썰어 꼬챙이에 꿰고 불에 구었다. 그리고 충분히 익은 것들을 오디세우스 앞에 가져다주고서는 그 위에 흰 보릿가루를 뿌려 주었다. 그리고 꿀처럼 달콤한 포도주를 권하며 말했다.

"새끼돼지입니다. 하인이 내놓을 수 있는 것이라곤 이것뿐입니다. 살찐 돼지들은 신들의 노여움도 두려워하지 않고 동정심이라고는 찾아 볼 수 없는, 저 무례한 구혼자들이 모두 먹어 치우기 때문입니다. 저들은 마치 어떤 신의 음성을 듣고 우리 주인인 그분의 비참한 죽음을 알게 된 것 같습니다. 그래서 저들은 오만불손하게 그분의 재산을 먹어 치우고 있습니다.

사실 이곳 이타케에 그분의 재물은 상당히 많습니다. 스무 명의 재산을 합쳐도 그분의 재산에는 비할 바가 못 되지요. 그분이 가진 소 떼는 스무 무리나 되고, 양 떼와 돼지 떼와 염소 떼가 모두 그만큼 있소. 또 섬 끝 쪽에 풀을 뜯는 열한 무리의 염소 떼가 흩어져 있는데 저 무례한 구혼자들은 그것들 중에서 매일 한 마리씩 살찐 염소를 가져가고 있습니다. 나는 돼지들을 키우며 수퇘지 중에서 가장 훌륭한 것을 골라 저들에게 보낸답니다."

에우마이오스가 말하는 동안 오디세우스는 허겁지겁 고기와 포도주를 먹으며 구혼자들에게 줄 재앙을 궁리하고 있었다. 그러고 나서 돼지치기에게 물었다.

"친구여, 그대를 고용하고 있는, 재산이 그렇게 많은 그분이 대체 누구요? 그대는 그가 아가멤논의 명예를 위해 죽었다고 했던가요? 나도 이곳저곳 떠돌아다녔기 때문에 혹시 내가 그분 소식을 전할 수 있을지 모르겠군요."

그러자 돼지치기가 대답했다.

"그동안 이타케에 나그네들이 오면 그분의 아내는 그네들을 반갑게 맞이하고 이것저것 물어보셨습니다. 그러나 결국에는 눈물을 흘리시고 말지요. 노인이여, 그대도 누군가가 외투와 옷가지들을 준다면 당장 되는 대로 거짓말을 지어내겠지요. 그러나 개와 새들이 그분의 뼈와 살을 뜯어 이미 오래전에 혼백이 그분을 떠났을 것입니다. 아니면 바다에서 물고기들에게 뜯어 먹혀 앙상한 뼈만 바닷가 모래밭에 묻혀 있을지도 모르지요. 내게 그토록 상냥했던 주인을 다시는 못 본다 생각하니 그리움으로 미칠 것 같습니다. 그분께서는 누구보다도 나를 진심으로 아껴 주셨지요. 그래서 그분의 이름을 부르는 것조차 조심스러워 나는 그분을 '자애로운 분'이라고 부릅니다."

그러자 고귀한 오디세우스가 말했다.

"친구여, 나는 가난에 찌들어 거짓말을 늘어놓는 자를 하데스의 문만큼이나 경멸합니다. 그대의 마음이 불신으로 가득 차 있으니 신들 중에서 가장 첫 번째 신인 제우스 앞에 맹세하겠소. 지금부터 내가 하는 말은 반드시 이루어질 것이오. 올해 안에 오디세우스는 이곳으로 돌아올 것입니다. 그분은 집으로 돌아와서 아내와 아들을 괴롭힌 모든 자들에게 복수를 하게 될 것입니다."

그러자 돼지치기 에우마이오스가 대답했다.

"노인이여, 누군가가 내게 주인님을 생각나게 할 때마다 마음속 괴로움은 커지기만 합니다. 그대의 맹세는 없었던 것으로 하고 싶군요. 그렇다 하더라도 오디세우스께서 돌아오시기만 한다면 얼마나 좋을까요? 나도, 페넬로페도, 라에르테스 노인도, 신과 같은 텔레마코스도 그분께서 돌아오시기만을 간절히 바라고 있습니다.

그런데 지금은 그분의 아드님인 텔레마코스 때문에 한없이 슬프답니다. 신들께서는 그를 어린 가지처럼 보살펴 주셨습니다. 나는 그가 건장하고 훌륭하게 자라나 아버지 못지않은 용사가 될 것이라고 생각하고 있었습니다. 그런데 어떤 신이 그의 마음을 흔들었는지 어느 날 갑자기 그는 아버지의 소식을 찾아 모래가 많은 필로스로 떠났습니다. 그러자 그 무례한 구혼자들은 이타케에서 그의 가문을 완전히 없애 버리려는 듯이 매복하여 그가 돌아오기만을 기다리고 있습니다. 그러니 그들의 손에 잡혀서 죽게 되거나 아니면 크로노스의 아드님께서 구원해 주시겠지요.

그 이야기는 그만둡시다. 이제 그대의 이야기나 좀 들려주시오. 그대가 누구인지, 어디서 왔는지, 어떤 배를 타고 왔는지, 누가 이타케로 그대를 데려다 주었는지를 말이오."

그러자 영리한 오디세우스는 이렇게 말했다.

"모든 것을 솔직하게 다 말하겠습니다. 나는 넓은 크레타 출신이라는 것을 자랑스럽게 말할 수 있습니다. 부유한 집에서 태어났으나 첩의 자식이었습니다. 아버지는 크레타에서 신처럼 존경을 받으셨으나 죽음의 운명이 그분을 하데스의 집으로 데려가 버렸습니다. 그러자 그분의 아들들은 제비를 뽑아 재산을 나누어 가지고 내게는 집 한 채만을 주었습니다. 그러나 나는 유능했으며 전쟁을 피하려 하지 않는 용감한 자였기 때문에 부유한 집안의 딸을 아내로 맞이했습니다.

내가 적군들을 향해 돌진할 때면 아레스와 아테나가 용기를 주었습니다. 그래서 나는 죽음을 두려워하지 않았으며, 가장 먼저 달려 나가 적군들을 창으로 죽였습니다. 나는 가사를 돌보거나 농사를 짓는 것보다 노를 갖춘 배와 전쟁 그리고 반짝반짝 빛나는 창과 화살을 좋아했습니다. 그러나 그것들은 다른 사람들이 무서워하는 섬뜩한 것이지요. 하지만 나는 신들께서 내게 주신 그런 일들을 사랑했습니다.

나는 아카이아 인들이 트로이에 상륙할 때까지 배와 전우들을 지휘했습니다. 그러면서 재산을 꾸준히 늘려 나갔고, 크레타 인들 사이에서 존경과 두려움의 대상이 되었소. 크레타 인들은 유명한 이도메네우스와 나에게 일리오스까지 배를 인솔해 달라고 청했습니다. 우리는 9년 동안 전쟁을 벌였고 10년째 되던 해에 프리아모스의 도시를 함락시켰습니다. 그리고 집으로 귀향을 시작했는데, 어떤 신이 아카이아 인들을 흩어지게 해버렸지요.

나는 겨우 한 달 동안만 집에 머물렀습니다. 내 마음은 끊임없이 신과 같은 동료들과 함께 배를 타고 아이깁토스로 떠나야 한다고 속삭였습니다. 내가 아홉 척의 배를 준비하자 금세 사람들이 몰려들었습니다. 나는 신들께 제물을 바치고 6일 동안 잔치를 벌인 다음 7일째 되는 날 크레타를 떠났습니다.[1] 그 뒤로 참 많은 불행한 일들을 겪었습니다.

마침내 테스프로토이 인들의 나라에 이르렀을 때, 그곳의 왕은 표류한 나를 자신의 궁전으로 데리고 가 환대해 주었습니다. 그곳에서

---

1) 오디세우스는 자신이 바다에서 실제로 겪은 경험담을 섞어 포이니케를 비롯하여 리비아 등 여러 나라를 떠돌았다는 이야기를 꾸며 낸다.

나는 오디세우스의 소식을 들었지요. 왕은 고향땅으로 돌아가는 그분을 잘 접대했으며, 청동과 황금 등 오디세우스가 모은 수많은 재물들을 내게 보여 주었습니다. 그리고 지금 그분은 이타케로 돌아가기 전 높은 곳에 잎사귀가 달린 참나무에게서 제우스의 신탁을 듣기 위해 도도네²로 갔다고 했습니다. 그러면서 그분이 타고 갈 배와 그를 호위해 줄 선원들이 이미 준비되어 있다고 했습니다. 그러나 마침 출발하는 배가 있어 그분보다 먼저 나를 호송해 주었지요.

그런데 배가 육지에서 멀어지자 배에 탄 사람들은 내 옷을 벗기고 더러운 옷으로 갈아입혔소. 그리곤 나를 배 안에 꽁꽁 묶어 놓았지만 신들께서 도와주신 덕분에 나는 그 배에서 탈출할 수 있었소. 그리하여 이곳까지 오게 된 것이라오."

이때 에우마이오스가 대답했다.

"아아, 그대도 온갖 고난을 겪은 가련한 분이군요. 당신의 이야기도 정말 감동적입니다. 그런데 오디세우스에 대한 부분은 믿기 어려운 이야기인 것 같습니다. 무엇 때문에 당신이 거짓을 말하는지 모르겠지만 내 주인님의 귀향에 대해서는 나도 잘 알고 있습니다. 그분이 신께 미움을 샀다고 하더군요. 그분은 트로이에서도 제압을 당하지 않으신 분입니다. 그런데 폭풍의 정령들이 그분을 채어 갔다고 하더

---

2) 제우스의 신탁소가 있는 에페이로스 지방. 참나무 잎사귀들이 바람에 흔들리면서 신의 소리를 전했다고 한다.

군요.

나는 도시에서 멀리 떨어진 이곳에서 돼지들을 키우며 살고 있지만 누군가가 주인님의 소식을 가져와서 페넬로페가 나를 궁으로 오라고 부르시면 갑니다. 우리는 그 사람에게 여러 가지 소식을 자세하게 묻습니다. 그런데 어떤 아이톨리아 인이 거짓 이야기로 우리를 속였습니다. 그는 우리 주인님이 크레타의 이도메네우스의 집에서 폭풍에 부서진 배들을 수리하고 있었다고 했습니다. 그리고 여름 아니면 추수의 계절에 수많은 재물을 가지고 돌아오실 것이라고 말했습니다. 그러니 그대도 거짓말로 내 환심을 사려 하거나 나를 농락하려 들지 말아 주시오. 내가 그대를 환대하는 것은 나그네의 보호자이신 제우스를 두려워하기 때문입니다."

오디세우스가 다시 그에게 말했다.

"그대는 좀처럼 내 말을 믿으려 하지 않는구려. 올림포스에 사시는 신들을 증인으로 맹세하겠소."

그들이 이야기를 주고받는 동안 돼지치기의 동료들이 돼지를 몰며 가까이 다가왔다. 그들이 우리에 돼지들을 가두자 커다란 소음이 일었다. 그때 고귀한 돼지치기가 동료들에게 소리쳤다.

"먼 데서 온 나그네를 위해 돼지를 한 마리 잡고자 하니 수퇘지들 중에서 가장 훌륭한 것을 가져오시오! 아무런 보상도 하지 않고 우리의 노고를 먹어 치우는 놈들도 있는데 오늘은 그동안 고생을 한 우리도 좀 즐겨 봅시다!"

그들이 수퇘지를 불가에 갖다 놓자 돼지치기는 먼저 지혜로운 오디세우스가 집으로 돌아올 수 있게 해달라고 모든 신들께 기도를 올렸다. 그리고 돼지를 부위별로 잘 나누어 굽고 그것을 일곱 사람 몫으로 나누었다. 그중 일부는 신들에게 바칠 것으로 제쳐 놓았다. 그리고 등심 부위는 오디세우스에게 명예의 선물로 주니 주인의 마음이 기쁘지 않을 수 없었다.

그래서 오디세우스가 말했다.

"에우마이오스여, 이렇게 누추한 자에게 가장 좋은 것을 주시다니. 그대가 아버지 제우스의 은총을 받게 되기를 진심으로 빌겠습니다!"

돼지치기는 영원불멸의 신들에게 고기를 구워 올린 다음 포도주를 헌주하고 그 잔을 오디세우스에게 주었다. 그러자 돼지치기의 하인 메사울리오스가 빵을 나누어 주었다. 그들은 빵과 고기를 충분히 먹은 다음 잠자리에 들었다.

마침내 달빛 한 점 없는 어두운 밤이 찾아왔다. 제우스는 밤새도록 비를 뿌렸으며 서풍을 세차게 불어 댔다. 오디세우스는 돼지치기의 마음을 시험해 보려는 듯 이렇게 말했다.

"에우마이오스여, 그리고 여러 동료들이여. 포도주는 때때로 사려 깊은 사람으로 하여금 노래하고, 웃고, 춤추게 하면서 또 말하지 않아야 할 말들을 내뱉게 만드나 봅니다. 그래서 그런지 자꾸 떠들고 싶군요. 내가 트로이의 성벽 밑으로 매복조를 이끌고 갔을 때처럼 아직도 젊고 강력한 힘을 가지고 있으면 얼마나 좋을까요? 그때 오디세우스와 아트레우스의 아들 메넬라오스가 지휘자였고 나는 세 번째 인솔자였습니다. 우리가 가파른 성벽에 도착했을 때 모든 것이 꽁꽁 얼어붙는 밤이어서 방패 위에 쌓인 눈도 두껍게 얼어붙었습니다. 다른 동료들은 모두 외투와 웃옷을 입고 방패로 덮고 편히 잠을 잤습니다. 하지만 나는 떠날 때 어리석게도 외투를 동료에게 맡기고 갔지요. 그때 나는 옆에 있던 오디세우스를 팔꿈치로 살짝 치며 말했습니다.

'아아, 지혜로운 오디세우스여, 나는 살아 있는 사람들과 더 이상 함께하지 못할 것 같습니다. 이 겨울 추위가 나를 꼼짝 못하게 만들어 버리는군요.'

이때 오디세우스가 팔을 머리에 괴며 이렇게 말했습니다.

'동료들이여, 신께서 꿈에 나를 찾아와 우리가 함선에서 너무 멀리 떨어져 있다고 했습니다. 누가 아가멤논에게 가서 혹시 동료들을 더 보내 줄 수 있는지를 물어봐 주면 좋으련만!'

그가 중얼거리자 안드라이몬의 아들 토아스가 재빨리 일어나 자줏빛 외투를 벗어 놓고 함선을 향해 뛰어갔습니다. 그래서 나는 새벽의 여신이 올 때까지 그의 옷을 입고 있을 수 있었습니다. 그러니 지금 이 농장 안에서 누군가가 훌륭한 전사에 대한 애정과 존경심으로 외투를 벗어 주면 좋으련만. 지금 난 남루한 옷을 걸치고 있을 뿐이니 그들이 나를 업신여길 테지요."

에우마이오스가 대답했다.

"노인이여, 그대가 그분을 칭찬하는 이야기는 듣기에 조금도 거북하지 않습니다. 그러니 오늘 밤은 옷뿐만 아니라 다른 것도 드릴 수 있습니다. 그러나 내일은 다시 그대의 남루한 옷을 입어야 합니다. 이곳은 각자에게 한 벌의 외투밖에 없기 때문입니다. 그러나 오디세우스의 아들 텔레마코스가 돌아온다면 그대에게 외투와 웃옷을 마련해 주고 그대가 원하는 곳까지 호송해 주실 것이오."

에우마이오스는 말을 마친 뒤 일어나서 불 옆에 침상을 가져다 놓고 양가죽과 염소 가죽을 깐 다음 두툼하고 큼직한 외투로 오디세우스를 덮어 주었다.

그의 동료들은 오디세우스 옆에서 잠을 잤다. 그러나 돼지치기는 돼지들과 멀리 떨어져 잠을 자는 것이 걱정이 되었는지 나갈 채비를 하고 밖으로 나갔다. 그리고 북풍을 막아 주는 속이 빈 바위 밑, 돼지들이 자고 있는 곳으로 갔다.

멀리 떠나고 없는 주인의 살림살이를 돼지치기가 꼼꼼하게 챙기고 있는 것을 알고 오디세우스는 매우 기뻐했다.

제15권

텔레마코스가
집으로 돌아오다

팔라스 아테나는 넓은 무도장이 있는 라케다이몬으로 갔다. 오디세우스의 영광스러운 아들에게 귀향을 재촉하기 위해서였다.

그녀는 텔레마코스와 네스토르의 아들이 메넬라오스의 궁전에서 자고 있는 것을 발견했다. 네스토르의 아들 페이시스트라토스는 깊은 잠에 빠져 있었으나 텔레마코스는 아버지에 대한 걱정으로 잠들지 못하고 깨어 있었다. 아테나가 눈빛을 반짝이며 그에게 다가갔다.

"텔레마코스여, 저 무례한 구혼자들이 그대의 재산을 나누어 갖고 모두 탕진해 버릴까 두렵구나. 그 때문에 그대의 여행이 아무 쓸모가 없게 될지도 모르니 목소리가 큰 메넬라오스에게 그대의 어머니가 있는 집으로 보내 달라고 청하여라. 에우리마코스가 더 많은 구혼 선물을 제시해 다른 모든 구혼자들보다 유력한 위치에 있게 되었다. 그러니 혹시 그대의 어머니가 그대의 깊은 마음을 헤아리지 못하고 그대의 재산을 가지고 나가지 않을까 걱정이 되는구나. 여인들이란 죽은 남편과 그 사이에 얻은 자식들은 더 이상 기억하지 않기 때문이지. 그러니 그대는 돌아가서 가장 훌륭한 여인을 아내로 삼고 재산을 관리하게 해야 한다.

그리고 이 한 가지를 꼭 명심하도록 해라. 구혼자들 중에서 몇몇 힘센 자들이 이타케와 사모스 섬 사이에 숨어 그대를 기다리고 있으니 밤에 항해를 해라. 이타케의 가까운 해안에 닿으면 배와 다른 동료들을 먼저 보내고 그대는 돼지치기에게 가서 그와 함께 하룻밤을 보내라. 그리고 다음 날 그를 페넬로페에게 보내 그대가 돌아왔다는 것을 알리도록 해라."

텔레마코스는 네스토르의 아들을 발끝으로 흔들어 깨우고 말했다.

"페이시스트라토스여, 일어나게. 길을 떠나야 하니 말들을 마차에 매어 주게."

그러자 그가 대답했다.

"이렇게 캄캄한 밤에는 떠날 수 없소. 곧 새벽이 될 것이니 기다립시다."

마침내 새벽의 여신이 나타나자 머릿결 고운 헬레네 옆에서 잠을 자던 메넬라오스가 일어나 그들에게로 왔다. 오디세우스의 아들은 옷을 차려입고 그에게로 다가가 말했다.

"제우스께서 사랑하시는 메넬라오스여, 백성들의 지도자여! 나를 지금 당장 고향으로 보내 주십시오."

그러자 메넬라오스가 대답했다.

"텔레마코스여, 나도 그대를 이곳에 오래 붙잡아 두지 않을 것입니다. 오는 손님은 환대하고 가고 싶어 하는 손님은 보내 드려야 마땅하지요. 그러나 내가 준비한 선물들을 마차에 실을 때까진 기다려 주세요. 그리고 그대가 헬라스에서 아르고스의 중심부까지 두루 여행하고 싶다면 기꺼이 동행하겠습니다. 나는 그대를 위해 말들에 멍에를 얹고 여러 인간들이 사는 도시를 보여 드릴 수 있습니다. 그들은 우리를 환영할 것이며, 또한 훌륭한 청동 세발솥에서부터 가마솥, 노예, 황금 잔 등을 선물로 바칠 것입니다."

그러나 슬기로운 텔레마코스가 대답했다.

"나는 집으로 돌아가야 합니다. 내가 이곳으로 여행을 떠나올 때 내 재산을 지켜 줄 사람을 남겨 두지 않았습니다. 내가 신과 같은 아버지를 찾아다니는 동안 목숨을 잃거나 아니면 내 궁전의 재물들을 전부 잃게 되지는 않을까 두렵습니다."

그러자 메넬라오스가 그에게 대답했다.

"텔레마코스여, 헤라의 남편이자 우레 치는 것을 좋아하는 제우스께 그대의 귀향이 이루어지길 간절히 빌겠습니다. 그리고 내 집에 있는 많은 보물 중에서 가장 아름답고 비싼 것을 그대에게 선물하고 싶습니다. 그것은 술을 섞는 항아리인데 매우 정교하게 만들어졌지요. 헤파이스토스의 작품으로 시돈 인들의 왕이 내게 준 것입니다. 그리고 이 잔도 함께 드리겠습니다."

영웅 아트레우스의 아들은 양쪽에 손잡이가 있는 잔을 텔레마코스의 손에 쥐어 주었다. 그리고 헬레네가 더없이 정교한 바느질로 만든 옷을 들고 오며 말했다.

"내가 만든 이 옷을 선물로 드리겠습니다. 이 기념품은 그대의 결혼식 날 신부에게 입혀 주세요. 그리고 그대가 고향에 무사히 도착하기를 빌겠습니다."

네스토르의 아들 페이시스트라토스는 선물을 받아 들고 감탄하며 마차에 실었다.

식사를 마친 후 텔레마코스는 말등에 멍에를 얹고 마차에 올랐다. 채찍으로 말을 내리치자 말들은 바람처럼 달려 나가 도시를 빠져나갔다. 말의 멍에는 하루 종일 흔들렸다. 그들은 곧 필로스의 가파른 성채 앞에 도착했다. 그때 텔레마코스가 말했다.

"네스토르의 아들이여, 내 청을 하나 들어주게. 우리는 아버지들의 우정을 통해 진정으로 자랑스러운 친구 사이가 되었네. 또한 우리는 서로 나이도 같아 이번 여행을 함께하며 더욱 친해질 수 있었지. 부탁이니 제발 나를 배가 있는 곳으로 데려다 주게. 그렇지 않으면 네스토르께서 환대하며 내가 그대의 집에 머물기를 바랄 것이야. 그러나 나는 빨리 집으로 돌아가야 하는 처지가 아닌가."

네스토르의 아들은 그의 청을 들어주고 싶은 마음에 곰곰이 생각을 정리했다. 그래서 그는 날랜 배가 있는 바닷가로 말 머리를 돌렸다. 그리고 메넬라오스의 선물들을 배에 싣고 말했다.

"내가 집에 도착하여 그분께 알리기 전에 그대는 어서 배에 올라 동료들에게 떠나도록 명령하게."

이렇게 하여 페이시스트라토스는 갈기 고운 말들을 모아 필로스로 돌아갔고, 텔레마코스는 동료들에게 배를 띄우라고 명했다. 그리고 아테나에게 제물을 바치고 기도를 올렸다. 이때 한 남자가 다가왔다. 그는 텔레마코스에게 말을 걸며 말했다.

"친구여, 당신은 어디에서 오신 분입니까?"

그러자 슬기로운 텔레마코스가 대답했다.

"나그네여, 나는 사실 이타케 출신으로, 내 아버지는 오디세우스입니다. 오랫동안 소식이 없는 아버지를 찾아 동료들과 함께 검은 배를 타고 나서는 찰나였습니다."

그러자 나그네가 대답했다.

"그대처럼 나도 고향을 떠나왔소이다. 친척 한 명을 죽였기 때문입니다. 아르고스에는 그의 형제들과 친척들이 많이 있어서 그들에게서 도망치는 중입니다. 부디 그들이 나를 죽이지 못하도록 배에 태워 주실 수는 없겠습니까?"

텔레마코스가 대답했다.

"그대가 떠나고 싶어 한다면 굳이 밀어낼 필요는 없지요. 자, 어서 따라오시오."

텔레마코스는 배에 오르고 나그네를 자신 옆에 앉게 했다. 그리고 동료들에게 배를 띄우라고 명했다. 그들은 전나무 돛대를 세우고 단단히 묶은 다음 잘 꼬아 만든 쇠가죽 끈으로 흰 돛을 달아 올렸다. 빛나는 눈을 가진 아테나 여신이 대기 사이로 순풍을 불어 주었다. 배는 짠 바닷물 위를 유유히 지나갔다. 텔레마코스는 죽음을 피할 수 있을지, 아니면 매복하여 그를 기다리고 있는 구혼자들에게 사로잡히게 될지 염려하면서 섬들을 항해하며 나아갔다.

한편 오디세우스와 충실한 돼지치기는 농장 안채에서 저녁을 먹고 있었다. 그들 옆에는 다른 동료들도 식사를 하고 있었다.

오디세우스는 돼지치기가 자신을 농장에 머물게 할 것인지, 아니면 도시로 가라고 할 것인지 떠보고자 이렇게 말했다.

"에우마이오스와 동료들이여, 내일 아침은 도시에서 얻어먹든지 해야 할 것 같습니다. 그러니 누가 나를 그곳까지만 안내해 줄 수 없습니까? 신과 같은 오디세우스의 궁에 가서 페넬로페에게 그의 소식을 전하면 음식 대접을 받을 수 있을 테니까요. 그리고 저 거만한 구혼자들을 염탐해 보렵니다. 그들이 시중을 들라고 하면 하겠습니다. 모든 인간들에게 우아함과 영광을 주는 신들의 사자 헤르메스가 내게 은총을 베풀어 주신 덕에 불을 피우고 장작을 패는 일, 또 고기를 썰고 포도주를 따르는 일을 나보다 잘할 사람은 없을 것입니다."

그러자 에우마이오스가 화를 내며 말했다.

"아아, 나그네여, 어찌 그런 생각을 하게 되었습니까? 구혼자들의 오만방자함이 하늘을 찌를 듯한데, 그자들에게 섞일 생각을 하다니 정말로 죽을 작정이라도 한 것입니까? 그자들의 하인들은 하나같이 젊을 뿐만 아니라 옷도 잘 차려입고 머리도 단정하게 빗어 넘기고 얼굴도 깨끗합니다. 그대의 몰골로는 어림도 없는 일입니다. 그러니 이곳에 머물도록 하세요. 오디세우스의 사랑하는 아들이 돌아오면 그대가 어디를 가든지 함께 동행해 주실 것입니다."

참을성 많은 오디세우스가 그에게 대답했다.

"방랑과 고통 속에서 나를 구해 준 에우마이오스여, 그대에게 아버지 제우스의 가호를 빕니다. 그대가 지금 나를 붙잡으며 텔레마코스가 돌아올 때까지 기다리라고 하는데, 그동안 신과 같은 오디세우스의 어머니와 나이 든 아버지에 대해 이야기해 주세요. 그분들은 지금 태양 아래 살아 있습니까? 아니면 죽어서 하데스의 집으로 가버렸나요?"

그에게 돼지치기가 대답했다.

"나그네여, 솔직하게 다 말씀해 드리지요. 라에르테스는 아직 살아 계시지만 제우스께 빨리 죽게 해달라고 늘 기도하고 있답니다. 그분은 멀리 떠나 소식을 알 수 없는 아들 때문에, 또 현명했던 아내 때문에 비탄에 빠져 있습니다. 무엇보다도 그녀의 죽음이 그분을 슬프게 했고 더욱 늙게 만들어 버렸지요. 그녀는 소중한 아들을 너무 걱정한 나머지 병이 들어 돌아가셨습니다.

그분은 막내딸과 함께 저를 손수 길러 주시기도 했지요. 친딸 못지않게 제게도 잘 대해 주셨습니다. 그리고 청년이 된 제게 좋은 옷과 신발을 주고 시골 농장으로 보내 주셨습니다. 그녀는 나를 진심으로 잘 보살펴 주셨던 것이지요. 지금은 물론 그런 보살핌을 받을 수 없지만, 축복받은 신들께서 내가 맡은 일이 번창하도록 해주셔서 나는 잘 먹고 마시며 살고 있습니다."

두 사람은 이야기를 나누다 잠시 잠이 들었다.

그러나 얼마 지나지 않아 새벽의 여신이 다가왔다. 이때 텔레마코스 일행이 육지 가까이에서 돛을 풀어내고 노를 저어 포구 안으로 들어섰다. 그리고 바닷가에 내려 점심과 함께 포도주를 마셨다. 배고픔을 채우고 나자 현명한 텔레마코스가 먼저 말문을 열었다.

"그대들은 배를 몰고 도시로 가라. 나는 시골에 있는 농장으로 가서 그곳을 둘러본 다음 저녁에 도시로 들어갈 것이다. 내일 아침이면

192

나와 함께 항해를 해준 대가를 지불하고 고기와 달콤한 포도주로 잔치를 열어 줄 것이다."

그러자 필로스에서 텔레마코스가 동행을 허락한 이방인 나그네 테오클리메노스가 말했다.

"사랑스런 왕자여, 나는 어디로 가면 좋겠습니까? 이타케의 많은 지도자들 중에서 누구의 집에 가야 할까요? 그대의 궁전에 있는 그대의 어머니에게로 가야 할까요?"

그에게 슬기로운 텔레마코스가 대답했다.

"평상시라면 나는 궁으로 가라고 했을 것입니다. 그곳은 손님을 접대하기에 부족한 점이 없는 곳이지요. 그러나 지금은 내가 그곳을 떠나 있고, 어머니 역시 그대를 만나 보시지 않을 것이오. 내 어머니는 궁 안에서 모습을 자주 드러내지 않고 구혼자들에게서 떨어져 이층 방에서 베를 짜고 있기 때문이오. 그러니 내가 다른 사람을 일러 주겠습니다.

현명한 폴리보스의 아들 에우리마코스를 찾아가세요. 지금 이타케인들은 그를 신처럼 모시며 내 어머니와 그가 결혼하여 내 아버지의 영광스러운 지위를 차지하기를 바라고 있기 때문입니다. 그러나 올림포스의 제우스께서는 알고 있을 것입니다. 그가 결혼을 하기 전에 파멸의 날을 맞게 되리라는 것을 말입니다."

그때 오른쪽으로 한 마리의 새가 날아왔다. 그것은 아폴론의 전령

인 독수리였다. 독수리는 발톱 사이에 비둘기를 차고 깃털을 뽑아 배와 텔레마코스 사이에 뿌려 댔다. 그러자 테오클리메노스가 텔레마코스를 동료들 사이에서 따로 불러내어 그의 손을 꼭 붙잡고 말했다.

"텔레마코스여, 저것은 전조의 새가 틀림없는 것 같습니다. 이타케의 왕이 될 만한 가문은 그대의 가문밖에 없는 것 같습니다. 그대들이 이곳을 영원히 통치할 것입니다."

그러자 슬기로운 텔레마코스가 대답했다.

"나그네여, 제발 그대의 말처럼 되면 얼마나 좋겠습니까?"

이렇게 말하고 텔레마코스는 가장 충실한 동료 페이라이오스에게 그를 집으로 데리고 가 정성껏 접대하라고 일렀다. 그리고 텔레마코스는 아름다운 신발을 신고, 배 갑판에서 날카로운 청동으로 마무리된 창을 집어 들었다. 동료들은 배의 밧줄을 풀어내어 바다에 띄운 뒤 도시를 향해 갔다.

한편 텔레마코스는 바삐 앞으로 걸어 나갔으며 마침내 농장에 다다랐다. 그곳에는 그의 수많은 돼지들이 자라고 있었으며 주인에게 충성하는 착한 돼지치기가 돼지들 틈에서 자고 있었다.

▍제16권

아버지와 아들

오디세우스와 충실한 돼지치기는 날이 새자 불을 피우고 아침 식사를 준비했다. 그리고 다른 일꾼들은 돼지 떼와 함께 방목을 하러 나갔다.

텔레마코스가 가까이 다가오자 개들은 짖지 않고 그의 곁으로 다가가 꼬리를 흔들었다. 고결한 오디세우스는 개들이 꼬리를 치는 것을 알아챘다. 발소리가 들리자 그는 에우마이오스를 향해 말했다.

"틀림없이 그대와 친한 누군가가 오고 있습니다. 발소리가 들립니다. 개들이 짖어 대지 않고 꼬리를 흔들며 반가워하는군요."

그의 말이 채 끝나기도 전에 오디세우스의 사랑하는 아들이 벌써 문 앞에 와 있었다. 돼지치기는 깜짝 놀라 포도주 잔을 떨어뜨리며 벌떡 일어섰다. 그는 주인에게 다가가 그의 머리와 아름다운 두 눈과 두 손에 입을 맞추며 하염없이 눈물을 흘렸다. 돼지치기는 마치 죽음에서 살아난 사람을 만난 것처럼 텔레마코스를 얼싸안고 울면서 외쳤다.

"텔레마코스여, 오셨군요! 그대가 배를 타고 필로스로 떠났을 때 다시는 못 볼 줄 알았습니다. 어서 안으로 들어가세요."

슬기로운 텔레마코스가 그에게 대답했다.

"내가 그대에게 먼저 온 것은 어머니께서 아직 궁에 있는지, 아니면 다른 남자와 결혼해서 빈 아버지의 침상이 더러운 거미줄로 덮여 있는지 알고 싶어서입니다."

그러자 돼지치기가 대답했다.

"어머니께서는 마음을 굳게 먹고 궁을 지키고 계십니다. 그리고 눈물로 괴로운 낮과 밤을 보내고 계시지요."

이렇게 말하며 그는 텔레마코스에게서 청동 창을 받아 들었다. 텔레마코스가 문턱을 넘어 안으로 들어섰다. 오디세우스는 일어나 그에게 자리를 내주었다. 그러나 텔레마코스는 만류하며 말했다.

"나그네여, 그대로 앉아 있으십시오. 다른 곳에 내가 앉을 자리가 있을 것입니다."

오디세우스는 자리에 다시 앉았다. 돼지치기는 텔레마코스를 위해 자리를 마련하고 구운 고기와 빵 그리고 꿀처럼 달콤한 포도주를 내놓았다. 식사를 마치고 나자 텔레마코스가 충직한 돼지치기에게 물었다.

"그런데 여기 이 나그네는 어디에서 오셨습니까? 육지로 오지는 못했을 것이고 뱃사람들이 데려다 주었을 텐데 어디에서 왔다고 하던 가요?"

돼지치기 에우마이오스가 대답했다.

"사랑하는 주인님, 사실대로 말씀드리겠습니다. 그는 자신이 넓은 크레타 출신이라고 했습니다. 그리고 수많은 인간들의 도시를 두루 돌아다니고 있다고 했지요. 어떤 신이 그의 운명의 실을 그렇게 짜 놓았다고 합니다. 지금 그는 테스프로토이 인들의 배에서 도망쳐 이곳으로 왔다고 합니다. 그러니 주인님이 마음대로 하십시오."

슬기로운 텔레마코스가 대답했다.

"에우마이오스여, 내가 지금 우리 집으로 나그네를 환대할 처지가 아니라 실로 유감입니다. 내게 지금 누군가가 힘으로 부딪쳐 온다면 막아 낼 수 있는 힘이 없답니다. 그래서 어머니께서도 망설이고 계신 것입니다. 시민들의 평판도 있으니 남편의 침실을 지키며 나와 함께 우리 집을 지켜 나갈 것인지, 아니면 구혼하고 있는 남자들 중에서 가장 훌륭하고 예물을 많이 가지고 올 새 남편을 따라갈 것인지를 말입니다.

그러나 이 나그네는 일단 그대의 집에 왔으니 그에게 훌륭한 옷과 신발과 칼을 주고 그가 가고 싶은 곳이라면 어디든 데려다 주겠습니다. 그대만 괜찮다면 이 농장에 계속 머물게 해도 좋습니다. 하지만 이 나그네가 무례한 구혼자들에게로 가는 것은 절대 허락하지 않겠습니다."

그러자 참을성 많은 오디세우스가 대답했다.

"친구여, 내가 한마디 해도 되겠지요. 궁에서 구혼자들이 그대의 뜻을 무시하고 무례한 일들을 벌이고 있다니 참으로 가슴이 아픕니다. 그대 스스로 저들에게 굴복한 것입니까, 아니면 신의 뜻에 따라 시민들이 그대를 내치고 있는 것입니까? 내 목을 걸고 말하지만 내가 라에르테스의 궁에 가서 저들 모두에게 재앙을 내리겠습니다. 그렇게 하지 못할 바에야 차라리 내가 죽임을 당하겠습니다."

그에게 슬기로운 텔레마코스가 대답했다.

"나그네여, 그대에게 모든 것을 다 털어놓겠습니다. 모든 시민들이 나에게 화를 내거나 나를 미워하고 있는 것은 아닙니다. 지금 우리 궁에는 헤아릴 수 없이 많은 적들이 와 있답니다. 어머니는 그들의 가증스러운 구혼을 거절하지도 못하고, 또 그들을 쫓아내지도 못하고 있습니다. 그 자들은 내 재산을 먹어 치우면서 언젠가 나를 갈기갈기 찢어 놓을 것입니다. 그 모든 일들이 신들의 무릎 위에 놓여 있는 것이지요. 그러니 아저씨, 얼른 내 어머니 페넬로페에게 가서 내가 필로스에서 무사히 돌아왔다고 전해 주세요. 단, 다른 아카이아 인들이 눈치채지 못하게 해야 합니다."

그러자 돼지치기가 대답했다.

"알겠습니다. 그런데 라에르테스 님께도 이 소식을 전할까요? 그분은 왕자님이 배를 타고 필로스로 떠난 다음부터 식음을 전폐하고 농장 일에도 전혀 손을 대지 못하고 계십니다. 왕자님을 기다리며 슬픔과 고통의 나날들을 보내고 계시지요."

그러나 텔레마코스는 먼저 어머니에게만 소식을 전하라고 격려했다. 에우마이오스가 농장을 떠나는 것을 모를 리 없는 아테나는 아름다운 여인의 모습을 하고 농장 가까이로 다가가 오디세우스 앞에 모습을 나타냈다. 그리고 오디세우스를 향해 말했다.

"제우스의 후손 라에르테스의 아들이여, 지혜로움에 따를 자가 없는 오디세우스여! 이제 그대의 아들에게 말할 때가 되었다. 그대가 누구인지 숨김없이 말하고 두 사람은 구혼자들에게 줄 죽음과 운명을 궁리하여 도시로 들어가도록 해라. 난 그대들에게서 멀리 떨어져 있지 않을 것이다. 나 역시 너희들과 함께 싸우기를 열망하고 있다."

아테나는 말을 마친 뒤 황금 지팡이로 그를 툭 내리쳤다. 그러자 그가 걸치고 있던 더러운 옷이 빛나는 의복으로 바뀌고 원래의 체격으로 돌아왔다. 검게 그을린 피부와 팽팽한 두 볼은 더욱 젊고 건장해졌으며 턱 주위에는 턱수염이 더욱 무성해졌다.

오디세우스가 다시 농장 안으로 들어가자 그의 모습을 본 아들은 혹시 그가 신이 아닐까 놀라며 똑바로 쳐다보지 못한 채 황급히 말문을 열었다.

"나그네여, 방금 전의 모습과 많이 다르군요. 옷도 달라졌고 피부색도 달라졌습니다. 혹시 그대가 신이라면 부디 자비를 베풀어 저희들을 살려 주십시오."

고결한 오디세우스가 그에게 대답했다.

"왜 너는 나를 영원불멸의 신이라고 생각하느냐? 내가 바로 네게 무뢰한들의 폭행을 감수하게 만들었으며, 시름을 겪게 하고, 수많은 고통을 당하게 만든 네 아버지이다."

이렇게 말하며 그는 아들에게 입을 맞추었다. 그의 두 눈에서는 그동안 참고 있던 눈물이 흘러내렸다. 텔레마코스는 훌륭한 아버지의 목을 끌어안고 슬피 울었다. 두 사람은 해가 기울 때까지 펑펑 울며 해후를 나누었다.

그러고 나서 텔레마코스가 아버지에게 물었다.

"사랑하는 아버지, 어떤 뱃사람들이 당신을 이곳 이타케로 데려다 주신 것입니까?"

그러자 고결한 오디세우스가 대답했다.

"내 아들아, 모든 것을 다 이야기해 주마. 뱃사람으로 이름난 파이아케스 인들이 나를 데려다 주었다. 그들은 그들에게 오는 사람은 누구든지 바다를 건너 실어 나른다. 그들은 잠든 나를 날랜 배에 태워 이곳으로 데려다 주었으며, 수많은 청동과 황금 그리고 손수 짠 옷들을 선물로 주었다. 그것은 지금 신의 뜻에 따라 동굴 속에 숨겨져 있다. 나는 너와 함께 적들을 물리칠 계책을 세우라는 아테나의 계시를 받고 이곳으로 온 것이다. 그러니 너는 그들이 누구인지 그리고 얼마나 많은지 내게 낱낱이 말해 보거라. 그래야 그들을 물리칠 수 있는 방법을 강구할 수 있을 것이다."

그러자 슬기로운 텔레마코스가 대답했다.

"누구보다도 뛰어난 용맹과 지성을 겸비했다는 아버님의 명성은 익히 들어 알고 있었습니다. 그러나 지금 하신 말씀은 그저 놀라울 따름입니다. 오로지 우리 둘이서 저 강력한 자들과 싸우는 것은 무리일 것 같습니다. 사실대로 이야기하자면 구혼자들의 수는 10명, 20명 정도가 아닙니다.

그들이 과연 몇 명이나 되는지 말씀드리겠습니다. 사메에서 24명, 자킨토스에서는 20명의 젊은 아카이아 인들이 와 있으며, 이타케 전체에서 12명의 왕자들이 와 있습니다. 또한 그들은 전령 메돈과, 신과 같은 가인과, 고기를 써는 시종들도 함께 데리고 왔지요. 만약 우리 둘이서 궁 안에 있는 그들 모두에게 맞선다면 얼마나 끔찍한 일이 벌어질지 모르겠습니다. 그러니 우리를 도울 사람들이 있는지 곰곰이 생각해 보셔야 합니다."

고결한 오디세우스가 대답했다.

"아테나와 제우스라면 충분하지 않겠느냐. 그 외의 다른 협력자가 필요한지는 좀 더 생각해 보아야 할 것이다.”

그러자 슬기로운 텔레마코스가 대답했다.

“그 두 분이라면 아주 훌륭한 협력자가 되어 주실 것입니다. 두 분은 높은 구름 위에 앉아 인간은 물론이고 다른 영원불멸의 신들을 다스리는 분들이 아닙니까?”

그러자 오디세우스는 텔레마코스에게 이렇게 일렀다.

“날이 밝으면 너는 어서 궁으로 가거라. 그리고 그 무례한 구혼자들과 어울리고 있거라. 나는 돼지치기가 그곳으로 인도해 줄 것이다. 그때 나는 불쌍한 거지 노인처럼 보일 것이다. 그들이 나를 모욕하며 치욕을 준다 해도 너는 꾹 참고 있어야 한다. 그들이 나를 끌어내고 밖으로 내쫓아 돌을 던질 수도 있다. 그러면 너는 무례한 짓을 하지 말라고 그들에게 공손하게 말해라. 아마 그들은 네 말을 들은 척도 하지 않을 것이다.

또 한 가지 명심할 것이 있다. 내가 네게 머리를 끄덕여 신호를 보내면 홀 안에 있는 전쟁 무기들을 전부 지붕 꼭대기 안쪽에 들여다 놓아라. 그리고 구혼자들이 무기가 안 보인다고 네게 묻거든 이렇게 대답해라.

‘그대들이 술에 취해 말다툼이 벌어지면 혹시라도 서로 큰 부상을 당할 수도 있으니 축제와 구혼을 망칠까봐 치워 두었습니다.’

하지만 우리 두 사람만을 위한 창과 칼, 쇠가죽 방패만은 남겨 두

202

어라. 그리고 한 가지 더 명심해야 할 것은 어느 누구도, 심지어 페넬로페까지도 내가 궁에 와 있다는 것을 알지 못해야 한다. 그래야 나중에 누가 우리 두 사람을 진심으로 존경하고 있는지 시험해 볼 수 있을 것이다."

한편 두 사람이 이야기를 나누는 동안 텔레마코스의 동료들은 이타케로 들어가고 있었다. 그들은 배를 뭍으로 끌어 올리고 전쟁 무구들을 밖으로 들어냈다. 온갖 선물들은 클리티오스의 집으로 날랐다. 그리고 오디세우스의 궁에 전령을 보내 페넬로페에게 텔레마코스가 도착했으며 그는 농장으로 향했고 배는 이타케로 먼저 들어가라고 명령했다는 소식을 전했다. 이 소식을 듣고 마음이 착잡해진 구혼자들은 홀 밖으로 나가 회의를 열었다. 에우리마코스가 제일 먼저 입을 열었다.

"친구들이여, 텔레마코스가 겁도 없이 큰일을 해냈습니다. 바로 이 여행을 말입니다. 그가 결코 해내지 못할 것이라 믿었는데 우리의 예상이 빗나가고 말았소. 이제 우리가 가진 것 중에서 가장 좋은 검은 배 한 척을 바다에 띄워 그를 기다리고 있는 동료들에게 빨리 돌아오라고 알려야 합니다."

그러나 그의 말이 끝나기도 전에 수심이 깊은 포구 안쪽에 벌써 배가 돌아와 있었고 사람들이 돛을 내리고 있는 모습이 보였다. 그들은 모두 일어나 바닷가로 내려갔다. 그리고 배를 뭍으로 끌어 올리고 무구들을 들어낸 뒤 한 명도 빠짐없이 회의장 안에 모였다. 그들 가운데에서 안티노오스가 말했다.

"아아, 신이 그를 파멸에서 구해 주셨군요. 파수꾼들이 하루 종일 바람 부는 언덕에 앉아 있었고 부지런히 교대하며 그를 기다렸다가 죽이고자 했으나 결국 어떤 신이 그를 집에 데려다 주고 말았습니다. 이제 우리는 이곳에서 텔레마코스를 파멸시킬 궁리를 해야 합니다. 그가 살아 있는 한 우리는 결코 목적을 이룰 수 없을 것입니다. 텔레마코스 역시 지혜로울 뿐만 아니라, 언변도 뛰어나 시민들은 우리에게 전혀 애정을 보이지 않고 있습니다.

그가 돌아오면 아카이아 인들을 회의장에 모이게 할 것입니다. 그는 결코 늦장을 부릴 사람이 아닙니다. 그가 그들 앞에 서서 우리의 악행을 들려주면 우리는 모두 낯선 곳으로 쫓겨날지도 모릅니다. 그러기 전에 우리가 먼저 선수를 쳐서 시골 농장에 있는 그를 사로잡아야 합니다. 그리고 그의 재산을 나누어 갖고, 누구든 그의 어머니와 결혼하는 사람에게 궁을 가지라고 합시다."

그러나 모두들 잠자코 말이 없었다. 이때 아레토스의 아들인 니소스 왕의 훌륭한 아들 암피노모스가 그들 사이에서 외쳤다.

"친구들이여, 나는 텔레마코스를 죽이고 싶지 않습니다. 왕가의 혈통을 끊는 것은 할 짓이 못 되오. 그러니 먼저 신의 뜻을 물어보는 것이 좋겠습니다. 제우스의 뜻이 그렇다면 내가 그를 죽이겠소."

그들은 암피노모스의 말에 일리가 있다고 생각했다. 그래서 모두 일어나 오디세우스의 집으로 돌아갔다. 한편 사려 깊은 페넬로페는 무엇인가를 궁리한 끝에 무례한 구혼자들 앞에 모습을 드러냈다. 전령 메돈에게서 그들이 자신의 아들을 죽이려 한다는 말을 들었던 것이다. 그녀는 안티노오스를 꾸짖으며 말했다.

　　"안티노오스여, 교만하고 재앙을 꾸미는 자여. 그대는 이타케의 젊은이들 중에서 말솜씨와 토론이 가장 뛰어난 사람이라고 하더군요. 그러나 그대는 결코 그런 사람이 아닌 것이 분명합니다. 어째서 그대는 광분하며 텔레마코스에게 죽음의 운명을 꾀하는 것인가요?

　　그대는 그대의 아버지가 시민들에게서 도망쳐 이곳으로 피신해 왔던 일을 모르지는 않겠지요. 그대의 아버지는 해적들인 타피오이 인들과 함께 테스프로토이 인들을 괴롭힌 일로 시민들의 분노를 샀습니다. 시민들은 그대의 아버지의 심장을 도려내고 그의 재산을 몰수하려고 했습니다. 시민들의 열망에도 불구하고 오디세우스는 시민들을 말리고 나섰습니다. 그런데 그대는 보답을 하기는커녕 그의 재산을 탐내고, 그의 아내에게 구혼을 하고, 그의 아들까지 죽이려 하며 나를 괴롭히고 있군요. 제발 그만두세요. 그리고 다른 사람들에게도 그만두라고 명령하세요!"

　　그녀에게 폴리보스의 아들 에우리마코스가 대답했다.

　　"이카리오스의 딸이여, 사려 깊은 페넬로페여! 안심하십시오. 그런 일로 괴로워하지 마십시오. 내가 살아서 눈뜨고 있는 이상, 그대의 아들 텔레마코스에게 손댈 사람은 결코 없을 것입니다. 내 말을 믿으세요. 만약 그런 자가 있다면 그의 검은 피가 우리의 창 주위에 흘러내리게 될 것입니다.

도시의 파멸자 오디세우스께서 가끔 절 무릎에 앉혀서 구운 고기도 쥐어 주시고 붉은 포도주도 마시게 해주셨지요. 그래서 텔레마코스는 모든 사람 중에서 내게 가장 소중한 사람입니다. 나는 그에게 구혼자들에 의해 죽게 될 일은 없다고 말해 줄 것입니다. 물론 신에 의한 죽음은 피할 길이 없지만 말입니다."

그는 이렇게 위로의 말을 꺼냈지만 사실 마음속으로는 텔레마코스의 죽음을 꾸미고 있었다. 그의 말이 끝나자 그녀는 이층에 있는 자신의 방으로 올라가 울다가 잠이 들었다.

저녁 무렵 충직한 돼지치기가 오디세우스와 그의 아들에게로 돌아왔다. 두 사람은 1년생 돼지를 제물로 바치고 저녁을 준비하는 중이었다. 그때 아테나가 오디세우스를 다시 지팡이로 쳐서 노인으로 변신시키고 낡은 옷을 걸치게 했다. 텔레마코스가 돼지치기에게 말을 건넸다.

"잘 다녀왔군요. 이타케에는 어떤 소식이 있던가요? 매복해 있던 건장한 구혼자들은 돌아왔다고 하던가요? 아니면 아직도 내가 돌아오기를 기다리고 있나요?"

돼지치기 에우마이오스가 대답했다.

"사실 나는 이타케를 돌아다니며 그런 것들을 묻고 싶지 않았습니다. 빨리 소식을 전하고 다시 돌아오고 싶었을 뿐입니다. 왕자님의 동료들이 보낸 전령을 만났는데 그가 먼저 어머니에게 소식을 전했습니다. 그리고 헤르마이오스 언덕에서 날랜 배 한 척이 포구로 들어오는 것을 내 눈으로 똑똑히 보았습니다. 배 안에는 젊은 남자들과 방패와 창이 가득 있었습니다. 그들이 누구인지 정확히는 알 수 없었으나 아마 구혼자들이었을 겁니다."

그러자 텔레마코스는 돼지치기가 눈치채지 못하게 빙그레 미소를 지으며 아버지를 향해 두 눈을 반짝였다. 그들은 잔치를 벌여 즐겁게 먹고 마신 뒤 잠이 들었다.

제17권

성문 앞의
낯선 방문자

새벽의 여신이 빛을 비추자 오디세우스 왕의 사랑스런 아들 텔레마코스는 궁으로 들어갈 준비를 했다. 발에는 가죽 신발을 조여 신고 손아귀에는 날카로운 창을 부여잡았다. 그리고 나서 돼지치기에게 말했다.

"오랜 동지여, 나는 어머니를 만나러 궁으로 돌아갈 것입니다. 어머니는 나를 직접 보기 전까지는 서러운 울음과 한탄을 끝내지 않을 것이기 때문입니다. 그러니 그대는 이 비참한 몰골의 나그네를 도시로 데려다 주세요. 그곳에서 누군가가 그에게 먹을 것을 대접할 수 있도록 말입니다. 나는 내게 찾아오는 나그네들을 다 받아들일 수 없는 처지이니 말입니다. 나그네가 그것 때문에 언짢아해도 어쩔 수 없소."

그러자 지혜로운 오디세우스가 대답했다.

"친구여, 나도 이곳에 오래 머물고 싶지는 않습니다. 가난한 자들은 시골보다 도시에서 먹을 것을 구하기가 더 쉬울 것입니다. 나는 농장에 머물면서 책임자의 지시에 따라 일하기에는 나이가 너무 많습니다. 그러니 그대는 먼저 떠나십시오. 나는 불을 쬐고 온몸이 따뜻해질 때쯤 그대의 지시를 받은 이 사람이 데려다 주겠지요. 내가 입고 있는 이 옷들은 너무 낡아서 아침 서리를 맞으면 건강을 해칠 것 같습니다. 게다가 그곳은 여기서 아주 멀다더군요."

텔레마코스는 발걸음을 재촉하며 농장을 떠났다. 길을 떠나면서도 그는 구혼자들을 파멸시킬 재앙을 궁리했다.

마침내 텔레마코스가 자신의 훌륭한 궁에 도착했다. 그는 긴 기둥에 창을 세워 놓은 다음 안으로 들어갔다. 그를 가장 먼저 알아본 것은 유모 에우리클레이아였다. 그녀는 잘 만들어진 의자 위에 양모를 깔고 있다가 그를 발견하고는 눈물을 흘리며 다가왔다. 다른 하녀들도 그의 주위에 모여들어 그의 머리와 어깨에 입을 맞추었다.

사려 깊은 페넬로페도 그녀의 방에서 나왔다. 그녀의 모습은 아르테미스나 황금의 아프로디테처럼 아름다웠다. 그녀는 사랑하는 아들을 두 팔로 감싸며 눈물을 흘렸다. 그리고 그의 머리와 아름다운 두 눈에 입을 맞추었다. 그녀는 흐느껴 울면서 허겁지겁 말을 쏟아 냈다.

"아아, 네가 돌아오다니. 텔레마코스야, 나는 너를 다시는 못 보는 줄 알았다. 자, 이제 네가 보고 온 모든 것을 말해다오."

슬기로운 텔레마코스가 대답했다.

"어머니, 제가 울지 않게 해주세요. 겨우 슬픔에서 벗어난 제 마음을 다시 아프게 하지 말아 주세요. 어머니께서는 목욕을 하고 깨끗한 옷으로 갈아입으세요. 그리고 시녀들과 함께 이층으로 올라가셔서 모든 신들에게 제물을 바치겠다고 기도를 하세요. 그러면 제우스께서 그동안에 대한 보상을 해주실지 모릅니다. 저는 회의장으로 가서 필로스에서 이곳으로 올 때 함께 동행한 나그네를 이 궁에 초청할 것입니다."

그러자 페넬로페는 그의 말에 따라 목욕을 하고 신께 맹세를 했다. 그동안 텔레마코스는 창을 다시 집어 들고 홀을 지나 밖으로 나갔다. 날렵한 개 두 마리가 그의 뒤를 따르고 있었다. 아테나가 텔레마코스 주위로 신비로운 빛을 쏟아붓자 구혼자들은 그의 모습을 보고 넋을 잃으며 감탄을 쏟아 냈다.

구혼자들은 텔레마코스 주변으로 몰려들며 반가운 인사를 했으나 마음속으로는 나쁜 일을 궁리하고 있었다. 텔레마코스는 그들을 외면하고 아버지와 절친했던 멘토르와 안티포스, 할리테르세스가 앉아 있는 곳에 가서 앉았다.

210

그들은 텔레마코스에게 궁금한 것들을 묻기 시작했다. 그때 창던지기로 이름난 페이라이오스가 다가왔다. 그는 나그네(테오클리메노스)를 호송하여 회의장으로 데려오는 중이었다. 페이라이오스가 텔레마코스에게 먼저 말을 걸었다.

"텔레마코스여, 메넬라오스가 그대에게 준 선물을 가져올 테니 시녀들을 내게 보내 주게나."

그러자 텔레마코스가 대답했다.

"페이라이오스여, 앞으로 일이 어떻게 될지 나도 장담을 못하겠네. 만약 저 무도한 구혼자들이 이 궁전에서 나를 죽이고 내 아버지의 재산을 나누어 갖게 된다면 그자들보다는 그대가 그것을 모두 차지하길 바라네. 그러나 만약 내가 저들에게 죽음을 안겨 줄 수 있게 된다면 그때 그 선물들을 내 집으로 가져다주어도 늦지 않을 것이네."

말을 마친 텔레마코스는 나그네를 궁으로 데리고 갔다. 훌륭한 집에 도착하자 그들은 외투를 벗고 빛나는 욕조에 들어가 목욕을 했다. 목욕을 끝내자 시녀들이 그의 몸에 올리브기름을 발라 주고 두툼한 웃옷과 망토를 입혀 주었다. 그리고 그들 앞에 식탁을 놓고 많은 빵과 음식을 차려 주었다.

페넬로페는 그들 맞은편에서 홀의 기둥에 기대 놓은 의자에 앉아 실을 짜고 있었다. 그들이 충분히 음식을 먹고 나자 그녀는 두 사람을 향해 말을 건넸다.

"텔레마코스야, 나는 이제 오디세우스가 일리오스로 떠난 날부터 슬픔과 탄식의 장소가 되어 버린 내 침실로 들어가련다. 그보다 저 무도한 구혼자들이 쳐들어오기 전에 아버지의 귀향에 대해 알아 온 것이 있다면 말해 주지 않겠느냐?"

그러자 텔레마코스가 대답했다.

"어머니, 모든 것을 다 말씀드리겠습니다. 우리는 필로스 백성들의 통치자 네스토르를 찾아갔습니다. 그분은 훌륭한 궁에서 저를 맞이하며 객지에서 돌아온 아들처럼 환대해 주었습니다. 그분은 자신의 아들들과 함께 저를 잘 보살펴 주셨지요. 그러나 오디세우스에 대해서는 그분이 살아 있는지, 아니면 죽었는지 이 세상 어느 누구에게서도 아무런 소식을 듣지 못했다고 하셨습니다. 그리고 내게 말과 마차를 주시고 아트레우스의 아들 메넬라오스에게 가보라 하셨지요.

나는 그곳에서 신들의 뜻에 의해 아르고스 인과 트로이 인들에게 수많은 고초를 안겨 준 아르고스의 헬레네를 보았습니다. 그리고 목소리가 큰 메넬라오스는 제게 무슨 연유로 고귀한 라케다이몬에 왔느냐고 물었습니다. 제가 그분께 모든 사실을 말씀드리자 이렇게 말씀하셨습니다.

'바다노인이 내게 말해 준 것을 한마디도 숨기지 않고 너에게 말해 주겠다. 그 노인은 오디세우스가 요정 칼립소의 섬에 있는 궁에서 괴로움을 당하고 있는 것을 보았다고 했다. 그녀가 그를 억지로 잡아 두

212

고 있어서 고향으로 돌아가지 못하고 있다고 들었다.'"

아들의 말은 페넬로페의 마음을 심란하게 했다. 그러자 이번에는 신과 같은 테오클리메노스가 두 사람을 향해 말을 건넸다.

"오디세우스의 성스러운 아내여, 그분은 확실한 것을 모르십니다. 내가 모든 사실을 하나도 빠짐없이 이야기해 드릴 것이니 잘 들으십시오. 지금 오디세우스는 이미 고향땅 어딘가에 와 있습니다. 그는 이 모든 불행한 사태를 알아채고 구혼자들에게 안겨 줄 재앙을 궁리하고 있습니다. 이곳에 오기 전 훌륭한 배 위에 나타났던 새의 메시지는 바로 그것이었습니다. 그래서 나는 텔레마코스에게 이 소식을 전해 주었지요."

그러자 사려 깊은 페넬로페가 대답했다.

"나그네여, 제발 그대의 말대로 이루어지면 얼마나 좋을까요? 그렇게만 된다면 나는 당신을 기꺼이 환대하며 수많은 선물도 아끼지 않을 것입니다. 그대를 만나 본 다른 이들이 모두 당신을 부러워할 만큼 말입니다."

그동안 구혼자들은 오디세우스의 궁 앞에서 시합들을 즐기며 시간을 보내고 있었다. 점심때가 되자 그들은 궁 안으로 들어와 양들과 살찐 염소와 돼지를 잡아 잔치를 준비했다.

한편 오디세우스와 충직한 돼지치기는 농장에서 이타케로 출발했다. 오디세우스는 군데군데 찢어진 바랑을 노끈으로 엮어 어깨에 둘러 맸다. 에우마이오스가 그에게 어울리는 지팡이를 하나 주었다.

그들이 울퉁불퉁한 길을 걸어 도시에 가까이 이르렀을 때, 구혼자들을 먹일 염소 떼를 몰고 오던 돌리오스의 아들 멜란티오스와 마주쳤다. 멜란티오스는 두 사람에게 고약한 욕을 퍼부으며 오디세우스를 자극했다.

"재수 없는 돼지치기여, 그대는 이 구차하고 성가신 거지를 어디로 데려가는 중인가? 아무 일도 하지 않으면서 그저 도시를 돌아다니며 먹을 것을 구걸하려 들 테지. 이자가 궁 안에 들어갔다가는 사람들에게 쫓겨 나가면서 마구잡이로 쏟아지는 매를 피할 수 없을 것이야."

어리석게도 그는 이렇게 말하며 오디세우스를 걷어찼으나 길에서 밀어내지는 못했다. 오디세우스는 오히려 꿋꿋하게 버티고 서서 그 자를 뒤쫓아가 몽둥이로 쳐 죽일까 아니면 번쩍 들어 땅에 내동댕이칠까를 고민했다. 하지만 일단은 꾹 참기로 마음먹었다. 돼지치기는 그 자를 노려보며 두 손을 높이 쳐들고 기도했다.

"샘의 요정이여, 제우스의 딸이시여! 제발 오디세우스 그분을 이곳으로 보내주세요. 어린 가축들까지 도륙하고, 도시 전체를 거닐며 거드름을 피우는 저 사악한 무리들을 그분이 내쫓아 버릴 수 있게 말입니다."

그러자 멜란티오스는 돼지치기에게 저주의 말을 퍼부으며 얼른 자신의 주인집으로 향했다. 그리고 안으로 들어가 자신을 가장 아끼는 에우리마코스의 맞은편에 앉았다. 오디세우스와 충직한 돼지치기가 천천히 걸어 그곳에 도착할 때쯤 어떤 소리가 들려 걸음을 멈추었다. 그것은 페미오스가 구혼자들을 위해 속이 빈 수금을 연주하며 노래하는 소리였다.

오디세우스가 돼지치기의 손을 잡으며 말했다.

"이곳은 오디세우스의 훌륭한 궁전이 틀림없군요. 이 궁은 누구라도 쉽게 알아볼 수가 있을 것 같습니다. 외관은 튼튼하게 지어져 있고, 안쪽은 담장과 벽으로 지탱하게 되어 있군요. 외부로부터 막아주는 훌륭한 대문은 누구도 감히 함부로 접근할 수 없도록 되어 있군요."

오디세우스와 돼지치기가 서로 이야기를 주고받는 동안 개 한 마리가 귀를 쫑긋 세우더니 오디세우스를 알아보고 꼬리를 흔들어 대며 두 귀를 내렸다. 그러나 오디세우스는 에우마이오스에게 들키지 않으려고 애써 개에게서 시선을 돌리며 말했다.

"에우마이오스여, 여기 똥구덩이에 누워 있는 저 개는 정말 볼썽사납기 짝이 없군요. 생기기는 잘생겼는데, 잘 달릴 수 있을지 모르겠습니다."

에우마이오스가 대답했다.

"이 개는 머나먼 곳에서 돌아가셨다는 오디세우스의 개입니다. 그분이 트로이로 떠날 때까지만 해도 이 개가 얼마나 용맹하고 날랬는지 아신다면 아마 깜짝 놀라실 것입니다. 그러나 지금은 하녀들도 이 개를 돌보아 주지 않습니다. 하인들이란 일단 주인이 권세를 잃으면 예전처럼 성실하게 시중을 들려고 하지 않지요."

돼지치기는 이렇게 말하고 곧장 구혼자들이 있는 홀로 걸어 들어 갔다. 텔레마코스는 돼지치기를 맨 먼저 알아보고 고개를 끄덕이며 자기가 있는 곳으로 불렀다. 에우마이오스는 텔레마코스 맞은편 식탁 에 의자를 놓고 거기에 앉았다.

그의 뒤를 이어 오디세우스가 궁으로 들어왔다. 그는 불쌍하고 남 루한 노인의 모습으로 지팡이를 짚고 서 있었다. 그리고 문간 안쪽 물푸레나무 문턱에 앉아 삼나무 기둥에 몸을 기댔다. 텔레마코스는 커다란 광주리에 빵 덩어리를 통째로 집어넣고 고기도 한 움큼 쥐어 넣은 다음, 돼지치기를 불러 나그네에게 갖다 주라고 일렀다. 오디세 우스는 두 손으로 그것을 받아 들고 시인이 노래하는 동안 음식을 먹 었다.

신과 같은 가인의 노래가 끝나자 홀 안이 시끌시끌해졌다. 그때 아 테나가 라에르테스의 아들 오디세우스에게 다가와 구혼자들에게 빵 을 구걸하라고 했다. 그들 중에서 정의로운 자와 무례한 자들을 식별 해 내려 한 것이다. 그러자 오디세우스는 오른쪽으로 돌면서 그들 모 두에게 구걸하기 시작했다. 그는 마치 오랜 옛날부터 거지였던 것처 럼 사방으로 손을 내밀었다. 그러자 안티노오스가 돼지치기를 꾸짖기 시작했다.

"그대가 그 유명한 돼지치기로군. 그런데 어쩌자고 저런 자를 이곳으로 데려왔단 말이냐? 떠돌이, 거지, 청소부 등등 잔치 음식을 먹어 치울 사람이라면 지금 이곳에 와 있는 자들로도 충분한데 저런 자까지 데리고 와서 그대 주인의 재산을 먹어 치우겠다는 것이냐?"

그러자 슬기로운 텔레마코스가 그에게 말했다.

"안티노오스여, 그대는 마치 아버지가 아들을 위하듯 나를 많이 염려하는 것처럼 말씀하시는군요. 나는 인색한 사람이 아닙니다. 그러니 나는 그대에게 저 나그네에게 먹을 것을 좀 갖다 주라고 말하고 싶소. 그대는 마음속으로 그런 생각을 단 한 번도 품어 본 적이 없을 테니 말이오. 그대는 남에게 베풀기보다는 자신이 먹는 것을 더 좋아할 테니까요."

그러자 안티노오스가 말했다.

"천만의 말이오. 여기에 있는 모든 구혼자들이 나만큼만 먹을 것을 저자에게 준다면 저자는 이 궁에 석 달 동안 나타나지 않아도 될 것이오."

그렇게 하여 다른 구혼자들이 조금씩 먹을 것을 오디세우스에게 주었다. 그의 바랑은 곧 빵과 고기로 가득 찼다. 오디세우스는 안티노오스 옆으로 다가가 말했다.

"당신은 이곳 아카이아 인들 중에서 가장 못난 자가 아니라 가장 홀륭한 분 같소이다. 마치 왕과 같으니 다른 사람보다 제게 더 많이 주셔야겠습니다. 그러면 나는 그대를 칭송할 것이오. 나도 한때는 부유했으며 나를 찾아오는 떠돌이라 할지라도 잘 대접했답니다. 그러나 크로노스의 아들 제우스께서 모든 것을 빼앗아가 버리셨지요."

그러자 안티노오스가 대답했다.

"어떤 신이 이런 골칫거리를 보내 잔치의 흥을 깨게 하신단 말인가? 내 식탁에서 멀리 떨어져라, 이 뻔뻔스런 거지야!"

그러자 지략이 뛰어난 오디세우스가 물러서며 말했다.

"아아, 그대의 외모와 걸맞게 훌륭한 사람인 줄 알았는데, 알고 보니 그대는 자신의 집에 구걸하러 온 자에게 소금 한 톨도 주지 않을 사람 같군요. 지금 남의 식탁에 앉아 있으면서도 내게 빵 한 조각 주지 않으려 하니 말입니다."

화가 난 안티노오스는 자신의 발판을 집어 들어 오디세우스의 오른쪽 어깨를 향해 던졌다. 발판에 맞은 오디세우스는 꼼짝도 하지 않고 서 있었다. 그는 천천히 문턱을 향해 돌아 나가며 외쳤다.

"정말로 신들과 복수의 여신들이 계시다면 안티노오스가 결혼하기 전에 그에게 죽음의 종말을 보여 주시길 빕니다!"

텔레마코스는 오디세우스가 맞는 것을 보자 마음이 몹시 언짢았다. 그러나 눈물을 흘리지 않으려고 마음을 다스리면서 재앙을 궁리했다. 사려 깊은 페넬로페도 나그네가 홀에서 얻어맞는 소리를 듣고 하녀들에게 말했다.

"아아, 명궁 아폴론이 안티노오스를 맞추었다면 좋았을 텐데!"

그리고 그녀는 돼지치기를 불러 말했다.

"에우마이오스여, 가서 저 나그네에게 이리로 오라고 전해요. 나는 그에게 인사를 하고 혹시 오디세우스의 소식을 들었는지, 그분을 뵙지는 않았는지 물어보고 싶어요. 그는 이곳저곳을 많이 떠돌아다닌 분 같으니 말입니다."

돼지치기는 그녀의 말을 듣고 나그네에게 다가가 말을 전했다.

"나그네여, 텔레마코스의 어머니 페넬로페가 그대를 만나고자 합니다."

그러자 오디세우스가 대답했다.

"에우마이오스여, 나는 지금 당장이라도 그녀에게 모든 것을 말해 드리고 싶습니다. 나는 오디세우스 그분에 관하여 많은 것을 알고 있고, 우리는 같은 고통을 견뎌 냈기 때문입니다. 단지 나는 무뢰함과 오만함이 청동빛 하늘 끝까지 가 있는 저 잔혹한 구혼자들이 두려울 뿐입니다. 잠시 전에도 나는 이곳을 돌아다니기만 했을 뿐 아무 짓도 하지 않았는데, 저자는 나를 폭행했습니다. 하지만 아무도 그를 말리지 않았소. 그러니 그녀에겐 미안하지만 해가 질 때까지 방 안에서 기다리라고 전해 주시오."

돼지치기는 페넬로페에게 돌아가 말했다.

"그는 저 무례한 남자들을 피하는 것이 좋을 듯하니 해가 질 때까지 기다려 달라고 했습니다. 그러니 왕비님 혼자 나그네를 만나 궁금한 것을 물으시고 그의 말을 듣는 편이 좋으실 듯합니다."

그러자 사려 깊은 페넬로페가 대답했다.

"저 나그네는 절대 어리석은 사람이 아니군요. 저 무례한 구혼자들이 또 무슨 일을 꾸밀지 모르니까요."

돼지치기는 일이 끝나자 반짝반짝 빛나는 의자에 앉아 먹을 것과 마실 것을 즐긴 다음 궁전을 뒤로 하고 농장을 향해 길을 떠났다.

제18권

이타케의 거지왕

그때 이타케 시내를 돌아다니며 구걸을 하는 유명한 거지가 다가왔다. 그는 덩치는 커 보였으나 힘이 센 것 같지는 않았다. 태어날 때 그에게 어머니가 붙여 준 이름은 아르나이오스였으나 주변 사람들은 그를 '심부름꾼'이란 뜻의 이로스라고 불렀다. 누구든지 그에게 허드렛일을 부탁하면 거절하지 않고 잘 들어주었기 때문이다. 그가 오디세우스에게 다가와 거침없이 말했다.

"누가 당신을 끌어내기 전에 당장 이곳에서 나가쇼! 여기에 있는 사람들이 전부 당신을 끌어내라고 내게 눈총을 주고 있는 것이 보이지도 않소? 창피하게 투닥거리고 싶지 않으니 주먹질로 내쫓기 전에 일어나서 얼른 꺼지쇼!"

그러나 오디세우스는 그를 쏘아보며 말했다.

"내가 그대에게 행동이나 말로 해를 끼친 일이 없는데 왜 그러는지 모르겠구려. 주먹다짐을 하자고 달려들며 나를 화나게 하지 마시오. 내가 비록 노인이긴 하지만, 그대를 피로 물들이고 싶지는 않소이다."

이렇게 두 사람은 높다란 궁전 문 앞에서 상대방의 화를 돋우며 싸우고 있었다. 이때 싸우는 소리를 듣고 있던 안티노오스가 호탕하게 웃으며 구혼자들에게 말했다.

"동료들이여, 아주 재미있는 일이 벌어지고 있소. 저 나그네와 이로스가 서로 싸움을 걸고 있으니 우리가 한번 판을 벌여 봅시다."

그러자 그들은 모두 신나게 웃어 대며 행색이 초라한 거지들 주위로 모여들었다. 그들 사이에서 에우페이테스의 아들 안티노오스가 말했다.

"여기 불 위에 염소의 밥통 두 개가 놓여 있습니다. 우리가 저녁에 먹으려고 기름덩이와 피를 잔뜩 채워 놓은 것인데, 두 사람 중에 이긴 사람이 이것 중 하나를 골라 먹게 합시다. 그리고 이긴 사람은 우리와 언제든 함께 먹을 수 있게 하고 진 사람은 절대 우리에게 구걸하지 못하게 합시다."

그러자 지혜로운 오디세우스가 그들에게 말했다.

"여보시오, 이렇게 늙고 불행에 찌든 사람이 나보다 훨씬 젊은 사람과 싸운다는 것은 있을 수 없는 일입니다. 그렇지만 불행히도 배고 픔이 나를 충동질합니다그려. 내가 굴복하기를 바란단 말입니다. 그 러나 여기 계신 모든 분들이여, 제게 맹세해 주세요. 어느 누구도 이 로스를 위해 나를 주먹으로 치지 않겠다고 말입니다."

그러자 그들은 모두 그의 요구대로 맹세를 했다. 그 가운데에서 텔 레마코스가 외쳤다.

"나그네여, 누구도 두려워하지 마시오. 이제 내가 그대의 주인이니 그대에게 주먹을 휘두르는 자는 다른 사람들과 싸워야 할 것입니다."

오디세우스가 누더기 옷을 벗어 샅에 둘러맸다. 그러자 그의 크고 탄탄한 넓적다리와 넓은 어깨, 가슴과 힘찬 팔들이 드러났다. 그리고 아테나가 다가와 그의 사지에 힘을 불어넣어 주었다. 이에 이로스는 사지를 벌벌 떨며 겁을 먹었으나 사람들이 그를 한가운데로 데리고 나왔다.

마침내 두 사람이 손을 들어 올렸다. 이로스가 오디세우스의 오른 쪽 어깨를 치자 오디세우스는 그자의 목 밑을 쳐서 뼈를 안쪽으로 으 스러뜨렸다. 그러자 그의 입에서는 금방 붉은 피가 쏟아졌고, 이로스 는 비명소리와 함께 먼지 속으로 쓰러졌다. 그는 이를 갈며 뒹굴었다. 무도한 구혼자들은 그 모습을 보고 좋다고 웃어 댔다. 그러나 오디세 우스는 그자의 발을 끌고 문 밖으로 나가 마당 담벼락에 기대어 앉히 고는 손에 지팡이를 쥐어 주며 말했다.

"이제 이곳에 앉아 돼지나 개들을 쫓아라. 그리고 제발 주인 행세는 그만두어라. 더 이상 혼이 나지 않으려면 말이다."

그리고 나서 그는 문턱으로 돌아와 앉았다. 그러자 구혼자들이 호탕하게 웃으며 그에게 인사들을 건넸다.

"나그네여, 그대에게 신의 가호가 있기를 빌겠다. 그대가 마침내 저 지긋지긋한 거지를 이곳에서 구걸하지 못하게 했으니 말이다."

고결한 오디세우스는 좋은 뜻으로 건네는 그들의 말에 기분이 좋아졌다. 안티노오스는 커다란 밥통을 오디세우스 앞으로 갖다 주었으며, 암피노모스는 광주리에서 두 덩어리의 빵을 꺼내 그 옆에 놓아 주었다. 그리고 황금 잔을 들어 축하의 말을 건넸다. 그러자 지혜로운 오디세우스가 대답했다.

"암피노모스여, 그대는 슬기로운 사람임이 틀림없는 것 같습니다. 또한 신중한 사람으로 보입니다. 그러니 내가 그대에게 하는 말을 잘 새겨듣기 바랍니다.

대지의 품에서 자라나는 것 중에서 인간보다 더 허약한 것은 없습니다. 신들이 그들에게 영광을 내려 두 무릎이 팔팔하게 돌아다니는 동안에는 자신들에게 불행이 올 것이라는 것을 상상도 못합니다. 그러나 성스러운 신들이 불행의 실을 자아내면 그것 또한 굳건한 마음으로 견뎌 냅니다. 이 세상에 살고 있는 인간들의 삶은 전적으로 신의 손에 달려 있는 것이지요. 그러니 인간들은 절대로 오만해서는 안 됩니다.

신들이 무엇을 주든지 묵묵히 그들의 선물을 받아들여야 합니다.

내가 지금 이런 말을 하는 이유는 구혼자들이 나쁜 짓을 꾀하고 있다는 생각이 들기 때문입니다. 그들은 다른 사람의 재물을 함부로 낭비하고 있습니다. 더 이상 가족과 고향으로부터 떨어져 있고 싶지 않은 한 남자의 아내를 함부로 모욕하면서 말입니다. 그 남자는 아마도 이곳에 가까이 와 있는 것이 틀림없소이다. 그러니 그대는 신께 집으로 데려가 달라고 하십시오. 고향으로 돌아오는 그 남자와 마주치지 않으려면 말이오. 그가 자신의 궁전 지붕 아래에 들어서는 순간 구혼자들과 그는 피를 흘리지 않을 수 없을 것입니다."

그 말을 듣고 암피노모스는 불길한 예감에 휩싸였다. 그는 머리를 끄덕이며 침통한 심정으로 홀을 지나 안으로 들어갔다. 하지만 암피노모스는 결국 자신의 운명을 피하지 못했으니 아테나가 이미 그의 죽음을 예정해 놓은 까닭이었다.

한편 빛나는 눈의 여신 아테나는 이카리오스의 딸 페넬로페에게 달콤한 잠을 쏟아붓고 잠든 그녀에게 놀라운 선물을 주었다. 여신은 그녀의 뺨과 눈썹, 눈동자를 카리아티데스*의 여신들이 화관을 쓰고 매혹적인 춤을 추러 나갈 때 바르는 신성한 오일로 깨끗이 씻겨 주었다. 그런 다음 여신은 그녀를 더 크고 풍만하게 보이도록 하였으며, 갓 베어 낸 상아보다 더 하얗고 빛나게 해주었다.

달콤한 잠에서 깨어난 그녀는 화려한 이층 방에서 내려와 구혼자들이 있는 곳으로 갔다. 튼튼하게 지은 지붕의 기둥 옆에 선 그녀의 얼굴은 베일로 가려져 있었으며 양쪽으로 시녀들이 서 있었다. 그녀의 모습을 본 구혼자들의 두 무릎이 풀리고 그들은 열렬한 사랑에 빠지게 되었다. 그들은 저마다 침상에서 자기가 그녀의 옆에 눕게 되기를 빌었다. 그녀는 먼저 사랑하는 아들에게 말을 건넸다.

"텔레마코스야, 우리 궁에 온 손님이 이토록 곤궁한 대접을 받게 내버려 두다니 어떻게 이런 일이 있을 수 있느냐? 손님이 무슨 변이라도 당하게 되면 앞으로 사람들 앞에서 얼굴을 들지 못할 것이다."

그러자 텔레마코스가 대답했다.

"어머니, 그 일에 대해서라면 제 나름대로 생각이 있답니다. 전에는 제가 철없는 어린아이였지만 지금은 알 것은 압니다. 나그네와 이로스의 싸움은 구혼자들의 뜻대로 되지 않았습니다. 나그네가 더 힘이 센 것이 틀림없습니다. 아버지 제우스와 아테나와 아폴론이여, 제발 구혼자들이 우리 궁에서 제압되어 사지가 풀리고, 이로스처럼 두 발로 똑바로 일어서지 못하게 된다면 얼마나 좋을까요."

두 사람이 이런 대화를 나누고 있을 때 에우리마코스가 다가와 페넬로페에게 말했다.

"이카리오스의 따님이신 페넬로페여. 모든 아카이아 인들이 그대의 모습을 본다면 내일 아침에는 더 많은 구혼자가 이곳으로 몰려들 것입니다. 왕비님의 아름다운 얼굴과 늘씬한 키 그리고 지혜로움은 다른 모든 여인들보다 앞섭니다."

그러자 페넬로페가 대답했다.

"에우리마코스여, 아르고스 인들이 일리오스로 떠나기 위해 배에 오를 때 그들과 함께 내 남편 오디세우스가 떠나면서 영원불멸의 신들께서는 내 아름다움을 앗아가 버렸습니다. 어떤 신이 재앙이란 재앙은 모두 내게 보냈기 때문입니다. 그이는 고향을 떠나면서 내 손을 잡고 이렇게 말했습니다.

'신이 나를 집으로 돌아오게 해주실지, 아니면 그곳(일리오스)에서 죽게 할지는 나도 모르오. 그러니 내 아들이 수염이 날 정도로 자라거든 그대가 원하는 사람과 결혼을 하고 이 집을 떠나도 좋소.'

그이의 말이 지금 그대로 이루어지려고 하고 있어요. 제우스께서 모든 행복을 빼앗아 가버린 이 저주받은 여인에게 가증스러운 결혼이 다가오고 있으니 말입니다. 지금 나를 괴롭히고 있는 것은 이전과 완전히 달라진 구혼자들의 결혼 풍습입니다. 예전에는 훌륭한 여인이나 부유한 집안의 딸과 결혼하려면 누구라도 스스로 자신의 소와 가축들을 가지고 와서 신부의 친척들을 불러 잔치를 베풀고 훌륭한 예물을 바쳤습니다. 이렇게 남의 재산을 아무런 보상도 하지 않고 먹어 치우지는 않았단 말입니다."

그녀의 말에 오디세우스는 속으로 기뻐했다. 에우페이테스의 아들 안티노오스가 그녀에게 말했다.

"이카리오스의 따님이시여, 아카이아 인들 중에서 누가 되었건 선물을 가져오면 받으세요. 선물을 거절하는 것은 온당치 않은 일입니다. 그러나 그대가 아카이아 인들 중에서 가장 뛰어난 남자와 결혼하기 전까지 우리는 이곳에서 나가지 않을 것입니다."

안티노오스의 말이 합당하다고 생각했는지 구혼자들은 각각 전령을 보내 선물을 가져오게 했다. 안티노오스의 전령은 아름다운 문양으로 수놓은 옷을 한 벌 가져왔는데, 그 옷에는 열두 개의 황금 브로치가 매달려 있었다. 에우리마코스의 시종은 오디 모양의 알이 매달려 있는 우아한 귀걸이를 가져왔다. 또한 페이산드로스의 시종은 아름다운 목걸이를 가져왔으며, 그 외 수많은 아카이아 인들이 저마다 아름다운 선물을 가져왔다. 이층 방으로 올라간 그녀를 위해 시녀들이 그 아름다운 선물들을 가져다주었다.

구혼자들은 그때부터 유흥을 즐기며 저녁이 오기를 기다렸다. 마침내 어두운 저녁이 다가오자 그들은 홀에 불을 밝히는 화덕 세 개를 가져다 놓았다. 그리고 청동으로 쪼갠 마른 장작을 두루 얹고 작은 나뭇가지들을 사이사이에 집어넣어 불 피울 준비를 했다. 시녀들이 열심히 불씨를 뒤적거리는 것을 보고 오디세우스가 말을 꺼냈다.

"오랫동안 떠나고 안 계신 오디세우스 왕의 시녀들이여, 그대들은 안채로 들어가신 왕비님을 돌보시오. 이곳의 불은 내가 돌보도록 하겠소. 저들이 새벽의 여신이 올 때까지 기다린다 할지라도 나는 지치지 않을 것이오. 나는 그만큼 인내력이 강하답니다."

그러자 시녀들은 그를 업신여기듯 웃어 댔다. 그중에서도 얼굴이 반반한 멜란토는 오디세우스에게 욕을 퍼부으며 말했다.

"이 볼품없는 나그네가 미친 것은 아닌지 모르겠군. 이 대담한 남자들 사이에서 무서운 줄도 모르고 함부로 말을 내뱉고 있으니 말이야. 아마도 포도주가 그대의 정신을 빼앗아 가버렸거나 부랑자 이로스를 이겨서 제정신이 아닌가 보오. 이 중에서 누군가가 그대를 피투성이로 만들어 내쫓을지 모르니 조심하는 것이 좋겠소."

오디세우스는 그녀를 쏘아보며 소리를 질렀다.

"오, 내 당장 텔레마코스에게 그대가 한 말을 일러바치겠소. 그분은 아마 그대를 당장 후려칠 것이오."

그의 말에 시녀들은 모두 놀라서 도망을 쳤다. 하지만 모두 두려움에 무릎이 후들후들 풀린 상태였다. 그러자 구혼자들 사이에서 폴리보스의 아들 에우리마코스가 말문을 열며 그를 조롱했다.

"나그네여, 그대는 내게 품을 팔 생각이 없소? 내가 그대를 고용하기만 하면 품삯 걱정을 하지 않아도 될 터이니 말이오. 나는 그대에게 빵도 넉넉히 주고 옷도 입혀 주고 신발도 줄 것이오. 그러면 그대는 굶주린 배를 채우려고 구걸하며 이곳저곳을 떠돌아다니지 않아도 될 것이오."

그러자 지혜로운 오디세우스가 대답했다.

"에우리마코스여, 그대와 내기를 한번 해보고 싶소이다. 봄철에 저기 끝없이 펼쳐진 밭고랑을 쉬지 않고 가는 것으로 말이오. 아니면 오늘이라도 크로노스의 아들께서 전쟁을 일으켜 주셨으면 좋겠소. 그러면 그대는 내가 방패와 두 자루의 창을 거머쥐고 관자놀이에 청동 투구를 쓰고 대열 맨 앞에 서 있는 것을 보게 될 것이오. 그렇게 된다면 더 이상 그대는 내게 조롱의 말을 하지 못할 것이오.

그대는 교만하고 너그럽지 못한 인간임이 틀림없소이다. 그대는 스스로를 강한 힘을 가진 사람이라고 생각하지만 사실은 너무도 보잘 것없는 몇몇 사람과 어울리고 있기 때문이오. 만약 오디세우스가 돌아와 고향땅에 도착한다면 저 넓은 문은 도망치려는 자들에게 금세 좁은 문이 될 것이 틀림없소!"

그러자 화가 난 에우리마코스가 곧바로 대응하듯 소리쳤다.

"아아, 불쌍한 자여. 내가 그대에게 재앙을 내리리라. 어찌 감히 겁도 없이 마구 지껄여 대느냐? 포도주 때문에 혼이 나간 것이 틀림없구나!"

이렇게 말하며 그가 발판 하나를 집어 들자 오디세우스는 암피노모스의 무릎 쪽으로 피했다. 발판은 술 따르는 시종의 오른손을 맞추었고, 시종의 손에 들려 있던 술 주전자가 바닥에 떨어지며 요란한 소리를 냈다. 시종이 쓰러져 신음을 하자 여기저기 구혼자들 사이에서는 소란이 일었다. 그중 한 사람이 말했다.

"지금 저 거지 하나 때문에 소동이 나고 술자리의 흥이 다 깨지는 구려."

그러자 텔레마코스가 말했다.

"정말 이해 못할 사람들이군요. 먹고 마시며 모든 추태를 다 보여 놓고 무슨 말을 하고 있는지 모르겠습니다. 이제 모두들 잔치를 즐길 만큼 즐겼으니 돌아들 가시오."

텔레마코스의 말에 모두들 입술을 깨물었다. 텔레마코스의 대담한 대응에 모두 깜짝 놀랐기 때문이다. 그때 아레토스의 아들인 니소스 왕의 아들 암피노모스가 대답했다.

"동료들이여, 옳은 말을 하는 사람에게 화를 낼 수 있는 사람은 없소이다. 그러니 그대들은 저 나그네는 물론이고, 오디세우스의 하인들에게 함부로 대하지 않는 것이 좋겠습니다. 이제 각자의 잔에 술을 따라 신께 헌주하고 집으로 돌아갑시다. 그리고 저 나그네는 오디세우스의 궁전에서 하룻밤 머물게 하여 텔레마코스의 손님이 되도록 합시다."

그의 말에 구혼자들이 모두 찬성의 뜻을 내비치자 영웅 물리오스가 모두에게 술을 따라 주었다. 구혼자들은 신께 헌주를 한 다음 달콤한 포도주를 실컷 마시고서 각자의 집으로 돌아갔다.

제19권

페넬로페와
그녀를 찾아온 나그네

오디세우스는 구혼자들이 다 돌아간 다음에도 홀로 남아 어떻게 하면 아테나의 도움을 받아 구혼자들을 죽일 수 있을지 생각했다. 그리고 텔레마코스를 향해 말했다.

"텔레마코스야, 전쟁 무기들을 전부 궁 안으로 숨겨야겠다. 만약 구혼자들이 무기에 관해 묻거든 넌 솜씨 좋게 그들을 속여야 한다. 이렇게 말하는 것이 좋겠구나.

'무기는 연기가 나지 않는 곳에 치워 두었습니다. 오디세우스가 트로이로 떠나기 전에 남겨 두었던 것들인데 지금은 형편없이 망가져

버렸습니다. 센 불에 닿아 녹아 버린 것이지요. 또한 제우스께서 내게 한 가지 불길한 생각을 일깨워 주었습니다. 그것은 그대들이 술에 취해 말싸움을 빌이다 서로를 상처 입히게 할지도 모른다는 생각이었습니다. 쇠라는 것은 그것 자체로 사람들을 매료시키기 때문입니다.'"

오디세우스와 그의 영광스러운 아들은 즉시 일어나서 투구와 방패와 날카로운 창들을 안으로 나르기 시작했다. 팔라스 아테나는 황금 등잔을 들어 그들 앞에 찬란한 빛을 비춰 주었다. 이때 텔레마코스가 아버지에게 말했다.

"아버님, 지금 제 눈앞에서 벌어지는 일들은 기적이 틀림없겠지요. 궁전의 벽들과 대들보, 소나무 서까래와 높이 솟은 기둥들, 이 모든 것들이 환하게 보이니 아마도 저 넓은 하늘에 있는 신들 중의 한 분이 이곳에 와 계신 것이 틀림없습니다."

그러자 오디세우스가 대답했다.

"쉿, 조용히 해라. 이 일에 대해서는 아무것도 묻지 말거라. 이제 너는 들어가 자도록 해라. 난 이곳에 남아 시녀들과 네 어머니의 심중을 떠볼 것이다. 아마도 네 어머니는 슬퍼하며 내게 이것저것 물어보러 올 것이 틀림없다."

텔레마코스가 자러 들어가자 페넬로페가 그녀의 방에서 나왔다. 마치 아르테미스나 황금의 아프로디테와 같은 자태였다. 시녀들은 불 앞에 그녀가 늘 앉던 상아와 은으로 정교하게 만든 의자를 가져다 놓앗다. 그들은 구혼자들이 먹다 남긴 음식과 식탁을 정리하고 잔들을 깨끗이 치웠다. 그리고 화로 위에는 새 장작들을 올려놓았다. 그때 멜란토가 다시 오디세우스에게 비난을 퍼붓기 시작했다.

"나그네여, 그대는 우리를 괴롭히더니 이제는 이곳에 머물며 여인들을 엿볼 참이오?"

그러나 그녀를 쏘아보며 오디세우스가 대답했다.

"그대는 내게 왜 이렇게 화를 내는 것이오? 내 모습이 더럽고 구차하기 때문입니까? 나도 한때는 훌륭한 집을 갖고 부유하게 살았던 사람이오. 그때 나는 어떤 나그네라도 반갑게 맞이하고 그들에게 먹을 것과 잠잘 곳을 넉넉히 베풀었소. 그러나 크로노스의 아들 제우스께서 그 모든 것을 앗아가 버리셨지요. 그것이 그분의 뜻이었기 때문이오. 그러니 그대도 시녀들 사이에서 가장 아름다운 그대의 모습을 신의 뜻에 따라 언젠가 잃게 될지도 모르니 조심하는 것이 좋을 거요."

그의 말을 들은 페넬로페는 그녀를 꾸짖었다. 그리고 나서 가정부 에우리노메에게 말했다.

"양모피를 깐 의자를 하나 가져다주게. 나그네가 내 옆에 앉아 내 말을 들을 수 있도록 말일세. 그에게 물어볼 말이 있네."

오디세우스가 의자에 앉자 페넬로페가 말문을 열었다.

"나그네여, 그대는 어느 도시에서 오셨습니까? 그리고 부모님은 어디에 계시나요?"

그녀에게 현명한 오디세우스가 이렇게 대답했다.

"왕비님, 다른 어떤 것을 물으셔도 상관없지만 다만 나의 혈통과 고향에 대해서만은 묻지 말아 주십시오. 그것이 나를 더욱 고통스럽게 하기 때문입니다. 누군가 내가 나의 불행을 이야기하며 남의 집에서 울면서 탄식하는 것을 보고서 흉볼까 두렵습니다."

그러자 페넬로페가 대답했다.

"지금 나 역시 어떤 신이 이 세상의 모든 재앙을 모조리 내게 보냈기 때문에 무척이나 괴롭답니다. 왜냐하면 둘리키온과 사메, 숲이 우거진 자킨토스의 섬을 통치하는 왕자들과 이곳 이타케 주위에 사는 자들이 내 의지와는 상관없이 구혼을 청하며 재산을 탕진하고 있기 때문입니다. 그들은 내게 어서 결혼을 하라고 성화지요. 그래서 나는 궁리를 했습니다. 그때 어떤 신이 제게 겉옷을 짜라고 일러 주셨습니다. 그래서 내 방에 커다란 베틀을 가져다 놓고 천을 짜며 구혼자들에게 이렇게 말했습니다.

'구혼자들이여, 고결한 오디세우스가 돌아가셨으니 선왕 라에르테스를 위한 수의 한 벌을 다 지을 때까지만 기다려 주세요!'

그들은 내 말에 너무도 당연하게 동의를 했습니다. 그래서 나는 커다란 베틀에 앉아 천을 짜기 시작했습니다. 그러나 밤이면 횃불 아래서 몰래 그것들을 풀곤 했답니다. 그렇게 3년 동안 해왔지만 다행히 아카이아 인들 중에서 누구도 알아차리지 못했습니다. 그러나 4년째가 되었을 때 고약한 시녀에 의해 모든 사실을 알아차린 그들은 내게 비난을 퍼부었습니다. 결국 나는 그것을 완성하지 않을 수 없었지요. 부모님들의 성화로 나는 지금 결혼을 피할 수도 없고 그렇다고 해서 다른 어떤 방도를 찾을 수도 없습니다.

제 사정은 그렇다 치고 그대는 도대체 어느 나라에서 오신 것입니까? 전설에서처럼 나무나 바위에서 태어나신 것은 아니실 테니까요."

오디세우스가 그녀에게 대답했다.

"내가 대답을 할 때까지 계속 물으실 것 같아 다 털어놓겠습니다. 크레타라는 곳에는 수많은 인간들이 살며 커다란 도시가 90개나 있습니다. 각 도시마다 사용하는 언어도 다르고 인종도 섞여 있습니다. 그 도시 중에 크노소스라는 곳이 있습니다. 미노스라는 분께서 아홉 살 때부터 다스리셨지요. 그분은 내 아버지이신 데우칼리온의 아버지입니다. 내 이름은 아이톤이고, 형은 이도메네우스 왕입니다. 내 형은 나보다 훨씬 훌륭한 분이십니다. 이도메네우스는 새의 부리처럼 흰 배를 타고 아트레우스의 아들들과 일리오스로 떠나셨지요.

나는 크노소스에서 오디세우스를 만났습니다. 그분은 트로이로 향하던 중 항로를 벗어나 크레타에 이르게 되었지요. 그분은 도시로 올라와 이도메네우스를 찾으며 친한 친구라고 했습니다. 그래서 저는 그분과 동료들을 잘 대접했습니다. 그들은 열이틀을 머물다가 열사흘째 되는 날 바람이 잠잠해지자 다시 배를 타고 떠났습니다."

236

오디세우스는 거짓 이야기를 마치 사실인 것처럼 잘 꾸며 냈다. 그의 이야기를 듣던 페넬로페는 하염없이 눈물을 흘렸다. 그녀는 자신 옆에 앉아 있는 남편을 위해 아름다운 두 볼이 녹아내릴 정도로 울었다. 오디세우스는 울고 있는 아내가 애처로웠지만 꼼짝도 하지 않고 눈물을 감추었다. 그녀가 실컷 울고 나서 말했다.

"나그네여, 그대가 정말 내 남편과 동료들을 그대의 궁에서 접대했다면 말해 줄 수 있겠지요. 그분이 어떤 옷을 입고 있었는지 그리고 그의 동료들이 어땠는지에 대해서도 말해 주세요."

그러자 지혜로운 오디세우스가 대답했다.

"그분이 그곳을 떠나고, 나도 고향을 떠난 지 스무 해가 넘어 그분에 대해 말하기는 어려우나 생각나는 대로 이야기해 보겠습니다. 그분은 두 겹으로 된 자줏빛 외투를 입고 있었습니다. 그리고 황금 브로치를 달고 있었지요. 훌륭한 예술품이었습니다. 그리고 전령 한 분이 동행하고 있었는데 어깨가 둥글둥글하고 살결은 가무잡잡했습니다. 머리는 텁수룩했으며 이름은 에우리바테스였습니다. 오디세우스는 모든 동료 중에서 그를 가장 존중하는 것 같았습니다."

이 모든 이야기들은 페넬로페를 더욱 슬프게 하는 것들이었다. 왜냐하면 그것은 모두 틀림없는 사실들이었기 때문이다. 마침내 그녀는 울며 이렇게 말했다.

"나그네여, 나는 지금까지 그대를 불쌍하고 가련한 사람으로만 여겼지만, 이제는 내 궁에서 충분히 환대할 손님으로 여길 것입니다. 그대가 말한 그 옷은 내가 직접 오디세우스에게 지어 드린 것이랍니다. 그 빛나는 브로치도 바로 제가 달아 드린 것이지요."

그러자 오디세우스가 대답했다.

"아, 라에르테스의 아들 오디세우스의 고결한 부인이시여! 그 고운 피부를 더 이상 망치지 마세요. 또 남편에 대한 슬픔으로 마음을 다치게 하지 마십시오. 그리고 내 말을 잘 들으세요. 나는 절대로 거짓됨 없이 사실만을 말하고 숨기지 않을 것입니다.

나는 그분이 살아서 아주 가까운 곳, 테스프로토이 인들의 나라에 있다는 이야기를 들었습니다. 그분은 훌륭한 보물을 구해서 가져오고 있답니다. 그분은 오래 전에 이곳에 와 있었지만 먼저 이곳저곳을 돌아다니며 재물을 모으는 것이 더 좋겠다고 생각한 모양입니다.

나를 호송해 준 테스프로토이 인들의 왕이 말하기를 그분은 그리운 고향에 가기 전에 제우스의 조언을 듣고자 도도네로 갔다고 했습니다. 그러니 그분은 반드시 무사히 돌아오실 것입니다."

그러자 페넬로페가 대답했다.

"나그네여, 제발 그대의 말이 이루어지면 얼마나 좋을까요? 그러나 내 마음속에는 그분이 돌아오시지 못할 것 같다는 불길한 예감이 듭니다. 지금 이 궁에는 예전에 오디세우스가 계실 때처럼 손님들을 대접하고 호위해 줄 주인이 없습니다. 그러나 시종과 시녀들이 그대의 발을 씻겨 드리고 잠자리를 봐 드릴 것입니다. 이른 아침이 되면 목욕을 시켜 드리고, 기름을 발라 드리지요. 그대가 이 집에서 아무런 보살핌도 받지 못한다면, 그것은 그분께도 누가 되는 일입니다."

그녀에게 현명한 오디세우스가 대답했다.

"아, 왕비님이시여, 난 크레타의 눈 덮인 산을 떠나 긴 노의 배를 타고 항해하면서도 외투와 담요는 필요가 없었습니다. 나는 잠 못 이루는 수많은 밤들을 허름한 잠자리에서 보내며 새벽의 여신이 오기를 기다리곤 했습니다. 그러니 시중을 들어주는 여인네는 필요 없습니다. 혹시나 나만큼의 고통을 겪은 노파가 나를 보살펴 준다면 기꺼이 내 발 정도는 내밀 수 있습니다."

그러자 페넬로페는 유모 에우리클레이아에게 나그네를 돌보라고 말했다. 그러자 노파는 뜨거운 눈물을 흘리며 말했다.

"아아, 오디세우스 그분도 낯선 나라에서 이름난 궁전을 찾아가셨을 때 여인들의 조롱을 피할 수 없으셨겠군요. 저 못된 여인들이 그대에게 그랬던 것처럼 말입니다. 그대는 그것이 두려워 그들에게 시중받는 것을 거절하시는 것이겠지요. 그러나 나는 페넬로페의 명령을 받고 절대 싫지 않았습니다. 나는 페넬로페를 위해, 그리고 그대를 위해 그대의 발을 씻겨 드릴 것입니다. 그렇게 하라고 내 마음에 동요가 일기 때문입니다. 그런데 지금까지 수많은 낯선 나그네들이 이곳에 들렀지만, 그대처럼 체격과 발 그리고 목소리까지 오디세우스를 닮은 사람을 본 적이 없습니다.”

그러자 그녀에게 오디세우스가 대답했다.

“그래요. 우리 두 사람을 직접 본 사람들은 그렇게들 말하더군요.”

노파는 오디세우스의 발을 씻겨 주던 대야를 가져와 찬물과 더운 물을 섞었다. 이때 오디세우스는 불가에서 떨어진 어두운 쪽으로 얼굴을 돌렸다. 혹시나 그녀가 그를 알아볼까 걱정이 되었기 때문이다. 그러나 그녀는 그를 씻겨 주기 위해 가까이 다가갔고, 그의 흉터를 금방 알아보고 말았다. 이 흉터는 그의 어머니 안티클레이아의 아버지인 아우톨리코스를 만나기 위해 파르나소스에 들렀을 때 멧돼지의 엄니에 물려 생긴 자국이었다.

아우톨리코스는 기름진 이타케에서 딸과 그의 갓난 아들을 만났는데, 그때 유모였던 에우리클레이아가 그의 무릎에 아이를 올려놓으며 말했다.

“아우톨리코스여, 따님의 사랑하는 아이의 이름을 직접 지어 주세요. 이 아기는 정말 기도를 많이 해서 얻은 아이랍니다.”

그녀에게 아우톨리코스가 대답했다.

“나는 풍요로운 대지 위의 많은 사람들에게 노여워하며 이곳으로 왔다. 그러니 이 아이에게 오디세우스, 즉 ‘노여워하는 자’라는 이름을 붙여 주어라. 그리고 아이가 성년이 되면 파르나소스에 있는 그의 어머니 몫의 재산을 내어 줄 것이다.”

240

그래서 오디세우스는 그 재산을 받기 위해 파르나소스에 갔던 것이다. 노파는 다리를 씻겨 주던 중 그때의 흉터를 감촉으로 알아챘다. 놀란 그녀는 그의 발을 놓쳤고 청동 그릇이 요란하게 기울어지며 물이 바닥으로 쏟아져 내렸다.

놀라움과 동시에 기쁨으로 그녀의 두 눈에 눈물이 가득 고였다. 그리고 노파는 페넬로페를 바라보았다. 그녀의 사랑하는 남편이 집에 와 있다고 알려 주고 싶었기 때문이다. 그러나 페넬로페는 노파를 바라보지 않은 채 딴 생각에 빠져 있었다. 오디세우스는 오른손으로 노파의 목을 잡고 다른 한 손으로는 노파를 가까이 끌어당기며 말했다.

"유모, 일을 망치지 말아요. 그대의 젖가슴으로 기른 나를 말이오. 나는 지금 20년 만에 온갖 고초를 겪으며 겨우 고향땅에 돌아왔소. 그러나 그대가 알게 되었고, 어떤 신이 그대의 마음에 이 사실을 일깨워 주었으니, 부디 아무 말도 하지 마시오. 이 사실을 이 집안의 어느 누구도 알아선 안 됩니다."

그러자 유모가 대답했다.

"그대도 잘 알겠지만 나는 약속이라면 확실하게 지키는 사람입니다. 돌이나 무쇠처럼 행동할 것이니 걱정하지 마세요."

유모는 다시 오디세우스를 목욕시켜 주고 올리브기름을 발라 주었다. 오디세우스는 몸을 따뜻하게 하려고 불 가까이 다가갔으며, 헤진 옷으로 흉터를 감추었다.

그때 페넬로페가 말을 건넸다.

"나그네여, 한 가지만 더 물어보고 싶어요. 밤이 되어 모든 사람들이 잠에 사로잡힐 때 나도 침상에 눕지요. 그런데 온갖 불안한 근심이 몰려들며 나를 괴롭혀요. 내 마음은 두 갈래 길에서 어떻게 해야 할 바를 모릅니다. 내가 이 궁전에서 아들 곁에 머물며 재산을 안전하게 지키고 남편의 침상과 백성들의 평판을 고려해야 하는지, 아니면 지금이라도 수많은 구혼 선물을 가져온 아카이아 인을 따라가야 하는지 말입니다. 내 아들이 철이 들지 않았을 때는 내가 결혼하여 남편의 집을 떠나는 것을 허락하지 않더니, 이제 다 커서 건장한 남자가 되자 아카이아 인들이 우리의 재물을 결딴내는 것을 못마땅히 여기며 내가 이 궁전에서 나가기를 바라고 있습니다.

그런데 꿈을 하나 꾸었습니다. 그러니 부디 꿈 해몽을 해주세요. 내가 집에 있는 스무 마리의 거위를 바라보고 있었어요. 그런데 산에서 큰 부리의 독수리가 날아와 거위들의 목을 분질러 죽였답니다. 나는 마구 소리 내어 울었지요. 그때 독수리가 되돌아와서 사람 목소리를 내며 말하는 것이었어요.

'이카리오스의 따님이시여, 거위들은 구혼자들이며 나는 그대의 남편으로 돌아온 것이랍니다. 모든 구혼자들에게 수치스러운 운명을 내릴 것입니다.'

나는 마치 꿈에서 깨어난 것처럼 일어나 집안을 두루 살펴보았지요. 그러나 거위들은 여전히 먹이통 곁에서 밀을 쪼아 먹고 있었어요."

그녀에게 오디세우스가 대답했다.

"왕비님, 오디세우스 자신이 그 꿈을 실현할 것인지를 일러 준 것이 틀림없습니다. 모든 구혼자들이 파멸에 이를 것이며 죽음의 운명을 벗어날 수 있는 이는 한 명도 없을 것 같습니다."

그러자 페넬로페가 말했다.

"꿈이란 알 수 없는 것이고, 그것이 실현되는 일 또한 드물지요. 벌써 우리를 갈라놓을 사악한 이름의 아침이 다가오고 있어요. 그 전에 그대에게 한 가지 말할 것이 있답니다. 날이 밝으면 나는 저기에 있는 열두 개의 도끼를 늘어놓고 구혼자들에게 시합을 하게 할 것입니다. 누구든지 화살로 열두 개의 도끼를 꿰뚫은 자가 있다면 난 그 사람을 따라갈 것입니다. 그렇게 되면 내 손때가 묻은 살림이 가득 찬, 너무너무 아름다운 이 집을 떠나야겠지요."

그러자 오디세우스가 얼른 대답했다.

"아아, 제발 시합을 열지 마세요. 그 전에 세상에서 가장 지혜로운 오디세우스가 이리로 올 것입니다."

그러자 페넬로페는 이제 침상으로 들어가 잠을 자야겠다며 하녀들과 함께 자신의 방으로 올라갔다. 그녀는 바로 잠들지 못하고 남편인 오디세우스를 떠올리며 울다가 잠이 들었다.

제20권

불길한 서막

오디세우스는 바깥뜰에 잠자리를 만들었다. 땅바닥에 쇠가죽을 깔고, 그 위에 제물로 바치고 남은 양털을 깔았다. 그곳에 눕자 에우리노메가 외투를 덮어 주었다.

자리에 누운 채 오디세우스는 어떻게 하면 구혼자들에게 재앙을 내릴 수 있을지 궁리했다. 오래전부터 구혼자들과 잠자리를 같이하며 어울리던 하녀들이 홀 안에서 저희들끼리 흥겹게 놀고 있었다.

그들을 보자 오디세우스는 분노했다. 당장이라도 달려가 그들을 죽음으로 내몰고 싶었으나 저 무례한 구혼자들과 마지막 밤을 즐기도록 내버려 두는 것이 좋겠다고 마음속으로 수십 번 다짐을 해야 했다.

그는 가슴을 치고 분해하며 스스로를 달래었다.

"참자. 도저히 힘으로 막아 낼 수 없었던 키클롭스가 동료들을 삼켜 버릴 때도 참지 않았던가!"

오디세우스는 이런 생각으로 뒤척거리며 잠을 이루지 못했다. 그때 아테나가 여인의 모습으로 하늘에서 내려와 그의 머리맡에 서며 말했다.

"인간들 중에서 가장 불행한 자여, 그대는 왜 아직도 잠 못 이루고 있는 것이냐? 이곳은 그대의 집이고 또한 그대의 아내와 아들이 있지 않느냐?"

그러자 오디세우스가 대답했다.

"난 지금 어떻게 하면 저 무례한 구혼자들을 물리칠 수 있을까를 궁리 중입니다. 난 혼자인데, 저들은 숫자도 많고 늘 함께 모여 있으니 말입니다. 게다가 제우스와 그대의 도움으로 저들을 죽이고 나면 어디로 도망을 가야 할지도 걱정입니다."

그러자 아테나가 눈빛을 반짝이며 대답했다.

"여신인 내가 온갖 어려움 속에서도 변함없이 그대를 돕고 있다는 것을 모르는 것이냐? 그러니 일단 잠을 충분히 자도록 해라. 밤새 자지 않고 있는 것은 무척이나 고통스러운 일이다."

이렇게 말하고 여신은 그의 눈까풀 위에 잠이 쏟아져 내리게 했다. 마침내 그의 사지가 풀리고 마음의 근심도 흩어져 버렸다.

페넬로페는 잠에서 깨어나자마자 다시 눈물을 흘렸다. 여인들 중에서 가장 고귀한 그녀는 눈물을 흠뻑 쏟아 낸 다음 아르테미스를 향해 기도를 올렸다.

"아르테미스여, 존경하는 제우스의 따님이여! 부디 그대의 화살을 내 가슴에 날려 내 목숨을 빼앗아 가주세요. 그것이 허락되지 않는다면 폭풍이 나를 휩쓸어 깜깜한 길로 끌고 나가 대지를 돌고 도는 오케아노스 강이 바다와 합류하는 어귀쯤에 내동댕이쳐 주세요! 마치 판다레오스의 딸들을 폭풍이 앗아갔을 때처럼 말입니다.

판다레오스가 제우스 신전의 황금 개를 훔친 벌로 아내와 함께 신들에게 죽임을 당하자 그의 딸들은 고아가 되었지요. 그러나 고결한 아프로디테가 치즈와 달콤한 꿀과 포도주로 그들을 보살펴 주었습니다. 헤라는 그들에게 뛰어난 미모와 지혜를 주었고, 순결한 아르테미스는 훌륭한 몸매를 주었으며, 아테나는 그들에게 뛰어난 수공예 솜씨를 주었습니다. 그러나 아프로디테가 그들의 결혼을 간청하고자 올림포스의 제우스를 찾아간 사이에 폭풍의 정령들이 그들을 납치하여 복수의 여신들에게 시녀로 주어 버리지 않았습니까!

나 역시 그들처럼 사람들 앞에서 사라져 버리게 된다면 얼마나 좋을까요. 아니면 머리를 곱게 땋은 당신께서 화살로 나를 쏘아 저승으로 내려가면 오디세우스를 만날 수 있을 텐데. 그런데 신은 제게 나쁜 꿈까지 꾸게 하는군요. 오늘 밤에도 마치 군대를 인솔하고 떠날 때의 그이의 모습과 똑같은 어떤 사람이 마치 내 옆에 누워 있는 것 같았으니 말입니다.”

페넬로페가 이렇게 기도하는 동안 어느새 새벽의 여신이 다가왔다. 오디세우스는 울면서 기도하는 그녀의 목소리를 듣고 그녀가 자신을 알아챈 것 같은 느낌을 받았다. 오디세우스도 제우스에게 기도를 올렸다.

“아버지, 제우스여. 신들께서는 제게 수많은 고초를 겪게 하시고 이제 고향으로 돌아오게 해주셨습니다. 그렇다면 이제 누군가가 제게 위로의 말을 건네게 해주세요. 또한 신께서도 제게 축복을 내려 주시기를 바라옵나이다.”

그의 말을 들은 제우스는 올림포스에서 높은 구름 사이로 우레를 쳤다. 그것을 알아챈 오디세우스는 기뻐했다.

한편 궁 안에서 보리를 빻고 있던 한 여인 역시 자신의 주인을 위해 기도했다.

“신과 인간들을 다스리는 제우스여, 지금 이 우레 소리는 필시 그대가 누군가에게 좋은 징조를 전하는 것이 틀림없는 것 같습니다. 부디 가련한 저의 기도를 들어주세요! 제발 구혼자들이 오디세우스 궁에서 먹는 식사가 오늘로 마지막이 되게 해주세요!”

그녀의 기도를 들은 오디세우스는 너무나 기뻤다. 그때 다른 하녀들이 모여들기 시작했다. 그들이 화로에 불을 지피는 동안 신과 같은 텔레마코스가 자리에서 일어나 의장을 갖추고 날카로운 청동 창을 집어 들었다. 그는 에우리클레이아에게 말했다.

"유모, 나그네는 잘 보살펴 주었습니까? 혹시 대접도 못 받고 아무 데서나 자고 있는 것은 아닙니까? 어머니는 지혜롭기는 하지만 때때로 훌륭하지 못한 인간은 잘 대접하시면서 훨씬 훌륭한 손님은 소홀하게 대접해 떠나게 만들곤 하시니까요."

그러자 사려 깊은 에우리클레이아가 대답했다.

"그것은 어머니 잘못이 아니랍니다. 나그네는 포도주를 마시고, 어머니께서 빵을 더 권하셨으나 사양하셨습니다. 그리고 어머니께서는 하녀들에게 그분의 잠자리를 보살펴 주라고 하셨답니다. 그러나 그는 침상에서 자지 않고 바닥에 모피를 깔고 잤습니다. 그래서 외투를 덮어 드렸지요."

그녀의 대답을 들은 후 텔레마코스는 아카이아 인들이 모여 있는 회의장으로 갔다. 구혼자들은 텔레마코스를 죽음과 파멸로 이끌 궁리를 하고 있었다. 그때 높이 날아가던 독수리 한 마리가 비둘기를 낚아채며 그들의 왼편으로 다가왔다. 암피노모스가 열에 들뜬 듯 외쳤다.

"여러 동료들이여, 텔레마코스의 일일랑 집어치우고 잔치를 즐길 생각이나 합시다!"

그들은 그의 말이 맞다고 생각되었는지 오디세우스의 궁으로 들어갔다. 그들은 외투를 벗어 의자에 걸쳐 놓고 큰 양과 살찐 염소들을 잡았다. 또 돼지와 암소도 한 마리씩 잡았다. 그들은 고기를 불에 구워 서로 나누었으며 항아리에 포도주를 가득 담았다. 그리고 자신들 앞에 잘 차려진 음식과 포도주를 먹고 마셨다. 텔레마코스도 오디세우스를 아주 정교하게 잘 지은 궁 안으로 데리고 들어와 문턱의 돌 위에 앉히고, 그를 위해 작은 의자와 식탁을 끌어다 놓고 불에 구운 고기와 포도주를 건네며 말했다.

"이들과 함께 들도록 하시오. 혹시 구혼자들이 그대에게 욕을 하거나 주먹으로 위협을 한다면 내가 몸소 막아 줄 것이오."

구혼자들은 대담한 텔레마코스의 말에 깜짝 놀랐다. 그때 안티노오스가 나서서 말했다.

"아카이아 인들이여 텔레마코스가 무례를 범하는 말을 하는군요. 하지만 그냥 둡시다. 왜냐하면 크로노스의 아들 제우스께서 아직 우리의 계획을 허락하지 않았기 때문입니다. 그렇지 않다면 그의 언변이 훌륭하다 할지라도 우리는 벌써 이 궁에서 그를 침묵하게 했을 것입니다."

그러나 텔레마코스는 안티노오스의 말에는 전혀 개의치 않았다. 그동안 전령들이 신에게 바칠 제물을 들고 거리를 지나갔다. 그러자 아카이아 인들도 아폴론 신전 아래 모였다. 그들은 살코기를 꼬챙이에 꿰어 구운 다음 모두 나누어 먹었다. 오디세우스에게도 시종이 몇 점 가져다주어 그들과 함께 맛보았다.

구혼자들 중에 아주 무례한 자가 한 명 있었는데, 이름은 크테시포스이고 사메에서 온 자였다. 그자는 자신의 엄청난 재산을 자랑하며 오디세우스의 아내에게 구혼을 하고 있었다. 그자가 구혼자들 사이에서 말했다.

"저 나그네는 이 집의 격식에 따라 음식을 잘 대접받고 있구려. 텔레마코스의 손님인 것 같으니 이곳에서 그를 모욕하는 일은 누구도 해서는 안 되겠지요. 그래서 내가 저자에게 선물을 하려고 합니다."

이렇게 말하고 그는 억센 손으로 광주리에서 다리뼈를 하나 집어 들어 오디세우스를 향해 던졌다. 그러나 오디세우스는 잽싸게 머리를 돌려 그것을 피했다. 그러자 텔레마코스가 크테시포스를 힐난하듯이 말했다.

"크테시포스여, 그대가 던진 것을 그가 피했으니 참으로 다행한 일이오. 그렇지 않았다면 나는 날카로운 창을 그대에게 던졌을 것이고, 그러면 그대의 아버지는 이곳에서 그대의 결혼식 대신 장례식을 치르느라 정신이 없었을 것입니다.

내가 예전에는 나이가 어려 아무것도 몰랐으나 지금은 아닙니다. 지금 그대들이 우리 양을 잡아먹고 포도주와 음식을 게걸스럽게 먹어 치워도 나는 조용히 참고 있습니다. 한 사람이 여러 사람을 상대하기는 어렵기 때문입니다.

그러나 그대들이 청동 칼로 나를 없애고 싶다면 그렇게 하세요. 나도 바라는 바입니다. 그대들이 내 손님에게 함부로 대하고 시녀들을 눈꼴사납게 끌고 다니며 못된 짓을 하는 것을 지켜보느니 차라리 죽는 편이 나을 듯 싶습니다."

그러자 구혼자들 중 다마스토르의 아들 아겔라오스가 말했다.

"이제 오디세우스가 집으로 돌아올 희망은 거의 없어졌소. 그러니 어서 그대의 어머니에게 말하시오. 구혼자들 중에서 가장 훌륭한 남자와 결혼을 해야 한다고 말입니다. 그러면 그대는 남아 있는 아버지의 유산으로 즐겁게 살아갈 수 있을 것이며, 그대의 어머니는 다른 남자의 집안을 꾸려 갈 것이오."

텔레마코스가 대답했다.

"나는 맹세코 어머니께 결혼을 재촉하고 있습니다. 또한 결혼식을 위한 예물도 준비하고 있지요. 그러나 어머니의 의사와 상관없이 나를 낳아 주신 분을 이 집에서 내쫓을 수는 없는 일 아닙니까! 제발 그런 일은 일어나지 않게 해달라고 신께 기도하고 있습니다!"

그의 말에 구혼자들은 웃음을 터뜨렸지만 한편으로 비통한 마음이 들었다. 그들 중에서 신과도 같은 테오클리메노스가 말했다.

"아아, 불쌍한 자들이여! 이 궁전의 아름다운 벽과 기둥들이 피투성이가 되었구나! 또한 현관과 앞뜰은 암흑 속의 에레보스로 향하는 죽음의 그림자로 가득 찼다. 하늘에서 해가 사라지고 사악한 안개가 세상을 온통 뒤덮고 있구나!"

그러자 에우리마코스가 입을 열었다.

"저자가 지금 제정신이 아닌 것 같소이다. 그러니 그대들은 서둘러 저자를 호위하여 궁전 밖으로 나가게 하시오. 저자에게 이곳은 밤일 뿐이니까."

그러나 신과 같은 테오클리메노스가 말했다.

"호송 따위는 필요 없소. 내게도 눈과 귀와 두 발이 있소이다. 또한 건강한 생각을 하는 마음도 있소. 나 스스로 이곳을 나갈 것이오. 그대들에게 재앙이 닥쳐오고 있다는 것을 난 알고 있소. 신과 같은 오디세우스의 집에서 온갖 나쁜 짓을 저지른 그대들 중 재앙에서 벗어날 수 있는 사람은 단 한 명도 없는 것 같구려."

그는 이렇게 말하고 그곳을 떠났다. 그러나 구혼자들은 그를 비웃을 뿐이었다. 텔레마코스를 화나게 하려는 듯 젊은이 한 명이 나서서 말했다.

"텔레마코스여, 그대는 정말 복이라곤 없구나. 손님이라곤 저런 부랑자들밖에 없으니 말이오. 저자는 그저 빵과 포도주만을 바랄 뿐이지, 일도 할 수 없어 보이니 그대에게는 짐만 될 뿐이오. 그러니 저 나그네들을 수없이 많은 노가 달린 배에 실어 시칠리아 인들에게 보내 버리는 것이 어떻겠소? 그마나 그들이 답례로 그대에게 무엇이라도 챙겨 줄지 누가 압니까?"

그러나 텔레마코스는 들은 척도 하지 않고 조용히 아버지를 바라

252

보며 그가 무례한 구혼자들을 공격할 때까지 참고 기다렸다.

그동안 이카리오스의 딸 페넬로페는 그들 맞은편에 아름다운 의자를 가져다 놓고 홀에서 남자들이 떠들어 대는 말을 한마디도 놓치지 않고 듣고 있었다.

제21권

오디세우스의 활과 화살

아테나 여신은 페넬로페의 마음속에 들어가 오디세우스의 궁전으로 활과 잿빛 화살들을 옮겨 놓을 생각을 하게 했다. 그것들은 구혼자를 상대로 시합을 하거나 공격을 할 때 필요한 것이었다.

페넬로페는 궁 안의 높은 계단을 올라갔다. 그녀는 아름다운 청동 열쇠를 단단히 쥐고서 시녀들을 데리고 궁 가장 깊숙한 곳에 있는 보물창고로 들어갔다. 그곳에는 왕의 보물들과 청동과 황금으로 만들어진 무기들이 쌓여 있고, 활과 화살과 화살통이 있었다.

화살통에는 화살이 가득 들어 있었는데, 그것은 라케다이몬에서 만난 에우리토스의 아들 이피토스가 오디세우스에게 선물로 준 것이었다. 그 활은 위대한 에우리토스가 가지고 다니다가 그의 아들(이피토스)에게 준 것이었다.

오디세우스와 이피토스는 각각 볼일이 있어 메세네에 왔다가 돈독한 우정을 나누었다. 활을 받은 오디세우스는 이피토스에게 날카로운 칼과 훌륭한 창을 주었다. 그러나 오디세우스는 검은 배를 타고 전쟁을 하러 갈 때 그 활을 가지고 가지 않았다. 친구에 대한 기념으로 홀에 놓아 두었다.

여인들 중에서 가장 아름다운 페넬로페는 재빨리 문고리의 가죽끈을 풀어냈다. 그리고 열쇠를 똑바로 꽂아 넣고 문짝의 빗장을 밀쳐 냈다. 아름다운 문짝들이 큰소리를 내며 그녀 앞에서 활짝 열렸다.

그곳에는 궤짝들이 한가득 쌓여 있었다. 그녀는 손을 뻗어 나무못에 걸려 있는 활집과 함께 활을 내렸다. 그녀는 자신의 무릎 위에 왕의 활을 얹고 서럽게 울었다. 한동안 비탄에 잠겨 울고 난 그녀는 그것들을 들고 구혼자들이 있는 홀로 향했다. 그녀의 뒤를 따르는 시녀들은 왕의 무기인 무쇠와 청동이 든 상자를 들었다. 얼굴에 번쩍이는 베일을 쓴 그녀는 구혼자들 앞에 이르자 말문을 열었다.

"구혼자들이여, 그대들에게 할 말이 있어 왔습니다. 그대들은 주인이 떠나고 없는 이 궁에서 줄곧 먹고 마시며 오랫동안 이 집안을 어지럽혔습니다. 오로지 나에게 구혼을 한다는 핑계로 말입니다. 여기 신과 같은 오디세우스의 활을 상으로 내놓겠습니다. 누구든지 이 활시위를 당겨 열두 개의 도끼를 화살로 모두 꿰뚫는다면 난 그 사람을 따를 것입니다."

그녀가 돼지치기 에우마이오스에게 활과 도끼를 옮길 것을 명하자 그는 주인의 물건을 보며 서럽게 울었다. 그러자 소를 치던 자도 함께 울었다. 그때 안티노오스가 그들을 꾸짖으며 말했다.

"그대들은 어찌하여 사랑하는 남편을 잃고 서러워하고 있는 왕비의 마음을 더욱 뒤흔들어 놓는 것이냐? 이 활시위를 당기는 것은 결코 쉽지 않은 일일 것이다. 여기 있는 사람들 중에서 오디세우스 같은 사람은 한 명도 없기 때문이다. 물론 내가 그를 본 것은 어린아이였을 때이지만 지금도 생생히 기억하고 있다."

그러나 그는 자신이 한 말과 달리 마음속으로는 자신이 도끼를 꿰뚫게 되리라 믿고 있었다. 이때 구혼자들 사이에 있던 텔레마코스가 말했다.

"아아, 마침내 크로노스의 아드님께서 나를 어리석은 바보로 만드시는군요. 지혜로운 어머니께서 다른 남자를 따르며 이 집을 떠나겠다고 하시는데 나는 어리석게도 기뻐하고 있습니다.

자, 구혼자들이여! 지금 아카이아 땅 어느 곳에서도 차지할 수 없는 훌륭한 선물인 이 여인이 그대들 앞에 있습니다. 그러니 더 이상 핑계를 대며 활시위를 당기는 것을 피하지 마시오. 나 자신도 이 활을 시험해 보겠습니다. 내가 무쇠를 뚫게 된다면 어머니가 다른 사람을 쫓아 이 집을 떠나신다 해도 슬퍼하지 않을 것입니다. 나는 이제 아버지의 아름다운 무기를 들 수 있는 사람으로 남을 수 있을 테니까요."

그는 이렇게 말하고 난 뒤 도랑을 길게 파서 도끼들을 똑바르게 세우고 주위의 흙을 밟아 다졌다. 그가 도끼들을 질서 정연하게 세우는 모습을 보고 모두들 깜짝 놀랐다.

그러고 나서 텔레마코스는 활시위를 당기려 여러 번 시도해 보았으나 힘이 미치지 못했다. 오디세우스가 그에게 신호를 보내 제지시키자 텔레마코스는 활을 내려놓고 다시 자신의 자리로 돌아가 앉았다. 구혼자들 중에서 안티노오스가 말했다.

"여러분, 모두 오른쪽으로 돌아가며 차례대로 시작해 봅시다."

맨 먼저 레오데스가 일어났다. 그는 언제나 홀의 맨 구석에 앉아 있었으며 구혼자들의 못된 짓에 대해 분노하고 있었다. 그러나 그는 활시위를 당기지 못했다. 그는 활을 내려놓고 자기 자리로 돌아가 앉았다. 그때 안티노오스가 염소치기 멜란티오스에게 명했다.

"홀에 불을 피우고 불 옆에 커다란 의자를 갖다 놓아라. 그리고 의자 위에 모피 한 장을 펴 놓아라. 그리고 기름덩이를 하나 가져오도록 해라. 구혼자들이 활을 불에 달궈 기름을 바르고 활을 시험해 볼 수 있도록 해라."

멜란티오스는 그의 말을 즉시 실행에 옮겼다. 여러 구혼자들이 시도해 보았으나 대부분 힘이 미치지 못해 시위를 당기지 못했다. 그러나 안티노오스와 신과 같은 에우리마코스는 아직 시도하지 않고 있었다. 이들은 구혼자들 중에서도 리더 격이었으며 모든 면에서 탁월한 능력을 가지고 있었다.

한편 하인(소치기와 돼지치기)들이 밖으로 나가자 오디세우스는 그들을 뒤따라 나가며 말을 건넸다.

"만약에 어떤 신이 오디세우스를 이곳에 데려다 주신다면 그대들은 그를 어떻게 도울 작정인가요?"

소치기가 대답했다.

"아버지 제우스께서 내 소원을 들어주시어 그분을 여기 데려다 주신다면 그대는 내 힘이 어느 정도인지, 또 내 두 손이 내게 어떻게 복종을 하는지 보게 될 것이오!"

또한 돼지치기 에우마이오스도 오디세우스가 집으로 돌아오게 해달라고 모든 신들께 기도했다. 그들의 마음을 확실하게 알게 된 오디세우스가 말했다.

"그분은 벌써 이곳에 와 있다. 내가 바로 그대들이 그토록 바라던 그분이다. 나는 온갖 고초를 겪으며 고향땅에 돌아왔다. 그러나 나는 내 하인들 중에서 오직 그대들만이 내가 돌아오길 기도하고 있다는 것을 알았다. 여기 내 흉터를 보아라. 이것은 아우톨리코스의 아들들과 함께 파르나소스에 갔을 때 멧돼지의 흰 엄니에 물린 자국이다."

두 사람은 오디세우스를 알아보고 그를 껴안고 눈물을 흘리며 쉴

새 없이 입을 맞추었다. 그대로 두었다면 그들은 아마 해가 질 때까지 슬퍼했을 것이다. 그러나 오디세우스가 그들을 제지하며 말했다.

"에우마이오스여, 그대는 활을 들고 홀 안에서 돌다가 내 손 위에 놓아라. 그리고 너는 여인들에게 방문을 잠그고 남자들의 고함소리가 들리더라도 절대 밖으로 나오지 말라고 당부해라. 그리고 바깥 대문에 빗장을 지르고 그것을 끈으로 단단히 묶어 두어라."

오디세우스는 명령을 내린 다음 앉아 있던 자리로 되돌아갔다. 그때 에우리마코스는 불에 활을 달구며 침울한 목소리로 말했다.

"결혼을 못한다고 해도 난 그것은 별로 슬퍼할 일이 아니라고 생각하오. 그러나 이 활시위를 당기지 못한다면, 후세 사람들이 내가 힘에 있어서 신과 같은 오디세우스보다 못하다는 것을 알게 될까봐 두렵소. 그 치욕을 생각하면 견딜 수가 없소이다."

그러자 안티노오스가 대답했다.

"에우리마코스여, 오늘은 활과 도끼 모두를 그대로 세워 두시오. 누가 그것을 가져가겠습니까? 일단 오늘은 술잔에 술을 따르고 신께 바치도록 합시다. 그리고 염소치기에게 내일 가장 훌륭한 염소 한 마리를 가져오게 해서 명궁 아폴론에게 넓적다리를 바친 다음 활을 시험해 보고 시합을 끝내도록 합시다."

그러자 구혼자들은 안티노오스의 말이 훌륭하다고 생각했다. 그들은 신께 헌주를 한 다음 술을 마시기 시작했다. 그들 사이에서 지혜로운 오디세우스가 말을 꺼냈다.

"지금은 활을 쉬게 하고 신들께 맡기자는 안티노오스의 말이 전적으로 옳다고 생각하오. 내일 아침이면 신께서 누군가에게 승리를 내려 주실 것입니다. 그러니 지금 그 활을 내게도 좀 건네주시면 안 되겠습니까? 그대들 앞에서 내 손과 힘을 시험해 보고 싶소이다."

그러나 안티노오스가 그를 나무라며 소리쳤다.

"가련한 나그네여, 꿈처럼 달콤한 포도주에 유혹을 당했나 보군. 포도주라는 것이 적당히 마시지 않고 허겁지겁 마시게 되면 다른 사람들을 다치게 하지. 켄타우로스 족 에우리티온이 라피타이 족을 방문했을 때 당당한 페이리토오스의 궁에서 그를 현혹시켰던 것도 바로 포도주였다. 그가 포도주에 취해 못된 짓을 저지르자 다른 모든 영웅들이 그의 귀와 코를 베어 버렸지. 그때부터 켄타우로스 족과 인간들 사이에 반목이 시작되었다. 그대가 술에 휘둘려 저 활시위를 당기려 한다면 커다란 고통을 겪게 될 것이다. 그러니 조용히 술이나 마시고 그대보다 더 젊은 사람들과 경쟁하려 들지 마라."

그러자 페넬로페가 말을 꺼냈다.

"안티노오스여, 혹시 저 나그네가 자신의 손과 힘을 믿고 오디세우스의 큰 활의 시위를 당겨 나를 아내로 삼게 될 일을 두려워하는 것은 아니겠지요?"

그러자 에우리마코스가 대답했다.

"페넬로페여, 우리도 저자가 그대를 데려갈 수 있을 것이라는 생각은 하지 않소이다. 그러나 어떤 떠돌이 거지가 힘도 들이지 않고 활시위를 당겨 화살로 도끼를 뚫게 되었다고 혹자들이 수군거리게 된다면 그것은 우리에게 치욕이지요."

그러자 페넬로페가 대답했다.

"어떤 훌륭한 용사의 궁을 함부로 짓밟고 재물들을 거덜 낸 자들이 백성들 사이에서 훌륭한 명성을 얻게 되는 것이야말로 도저히 있을 수 없는 일입니다. 어찌 저 나그네가 성공하는 것이 치욕스러운 일이란 말입니까? 만일 그가 활시위를 당겨 아폴론이 그에게 명성을 준다면 나는 저 나그네에게 좋은 의복과 데리고 다닐 수 있는 용맹한 개들과 훌륭한 창과 칼을 줄 것입니다. 또 튼튼한 신발도 주고, 가고 싶은 곳 어디든 갈 수 있도록 도와줄 것입니다."

이때 영리한 텔레마코스가 그녀에게 말했다.

"어머니, 이 활을 누구에게 주든, 주지 않든 이 활에 대해 아카이아 인들 중에서 저보다 더 큰 권한이 있는 사람은 아무도 없습니다. 그러니 어머니께서는 안으로 들어가서서 베틀을 돌리든, 물레질을 하든 집안일을 돌보시고 하녀들에게도 맡은 일을 보라고 명하십시오."

그녀는 아들의 말을 알아듣고 자신의 이층 방으로 올라갔다.

그때 돼지치기가 활을 들고 나타나 홀을 지나서 오디세우스의 손위에 그것을 내려놓았다. 그리고 유모를 불러내어 말했다.

"유모, 텔레마코스의 명령입니다. 튼튼하게 짜 맞춘 방문을 모두 잠그고 혹시 여인들의 신음소리나 남자들의 고함소리가 들리더라도 절대 밖으로 나오지 말라고 하세요."

한편 오디세우스의 충직한 소치기 필로이티오스도 조용히 문 밖으로 뛰어나가 바깥문의 빗장을 질렀다.

그동안 지혜로운 오디세우스는 큰 활을 집어 들고 꼼꼼하게 살펴본 다음 크게 힘들이지 않고 활시위를 당겼다. 그가 오른손으로 시위를 시험해 보자 제비 소리처럼 감미로운 소리가 울려 나왔다. 그 즉시 구혼자들의 안색이 변했으며, 제우스가 크게 우레를 치며 징조를 보내 주었다. 참을성이 많은 고귀한 오디세우스는 크로노스의 아들이 자신에게 전조를 보내 주는 것이라 생각하며 기뻐했다.

그는 의자에 앉은 채로 화살을 얹고 표적을 똑바로 겨눈 다음 시위를 당겼다. 청동 화살촉이 달려 있는 화살들은 도끼 자루의 구멍을 하나도 놓치지 않고 꿰뚫고 지나갔다. 오디세우스는 텔레마코스를 향해 말했다.

"텔레마코스여, 구혼자들이 업신여기며 욕을 했지만 나는 표적을 하나도 놓치지 않았다! 이제 아카이아 인들을 위해 만찬을 준비할 시간이 되었구나!"

그러자 신과 같은 오디세우스의 아들 텔레마코스는 창과 칼, 번쩍이는 청동으로 무장을 한 채 아버지의 의자 곁에 우뚝 섰다.

제22권

궁에서 일어난 학살

마침내 세상에서 가장 지혜로운 자 오디세우스는 누더기 옷을 벗어 던졌다. 그리고 활과 화살이 들어 있는 화살통을 집어 들고 높다란 성문 턱을 뛰어 올라갔다. 그는 자신의 발아래에 화살들을 쏟아붓고 구혼자들을 향해 우레와 같은 소리를 질렀다.

"이제 이 혹독한 시합은 끝났다. 그러나 지금까지 누구도 맞힌 적이 없는 표적 하나가 남아 있다. 내가 그것을 쏘아 정확하게 맞힌다면 그대들은 아폴론이 내게 영광을 내렸다는 것을 알게 될 것이다."

그리고 그는 화살을 안티노오스를 향해 겨누었다. 안티노오스는 아름다운 황금 잔을 들어 올리고 막 포도주를 마시려던 참이었다. 그는 누군가가 자신을 죽이려 한다는 것은 상상도 하지 못했다. 그것은 음식을 즐기고 있던 자들도 마찬가지였다.

그러나 오디세우스는 그의 목을 겨누었다. 화살은 똑바로 그의 목을 맞추었고 날카로운 화살촉이 반대쪽을 꿰뚫고 나왔다. 안티노오스는 힘없이 한쪽으로 쓰러졌으며 그의 콧구멍으로 피가 세차게 흘러나왔다. 그가 넘어지면서 걷어찬 식탁 위의 빵과 고기들이 땅으로 쏟아져 내리며 주위를 더럽혔다.

구혼자들이 놀라 고함을 지르고 높은 의자에서 일어나 우왕좌왕하며 사방을 둘러보았지만 그들이 잡을 수 있는 창과 방패는 어디에도 없었다. 그들은 오디세우스를 힐난하며 말했다.

"그대는 지금 이타케에서 가장 뛰어난 용사를 죽였소. 그러니 이곳에서 독수리 밥이 될 것이 분명하오."

그들은 아직도 그들의 머리 위에 파멸의 끈이 드리워져 있다는 것을 눈치채지 못하고 있었다. 오디세우스는 그들을 노려보며 말했다.

"아아, 이 개보다 못한 자들이여! 그대들은 내가 트로이에서 영원히 돌아오지 못할 것이라 생각했겠지. 내 재산들을 거덜 내고 내 집 안의 여인들을 함부로 범하는 것도 모자라 내 아내에게까지 구혼하려 들다니! 내가 이렇게 살아 있는데도 그대들은 저 넓은 하늘에 사는 신도 두려워하지 않았으며 후세의 인간들의 비난도 두려워하지 않았다. 이제 그대들 모두의 머리 위에 파멸의 끈이 드리워질 것이다."

모든 구혼자들은 공포에 사로잡히고 말았으나 오직 에우리마코스만이 오디세우스를 향해 대꾸했다.

　"이 모든 일을 꾸민 사람은 이미 죽어 이렇게 누워 있소이다. 그대의 궁전에서 먹어 치우고 마신 것들은 우리가 보상을 하겠습니다. 각각 소 스무 마리에 해당하는 재물을 바치고 또한 청동과 황금까지도 그대의 마음이 흡족해질 때까지 갖다 바칠 것입니다."

　그러나 오디세우스는 그를 노려보며 말했다.

　"그대들이 그대들 아버지의 유산을 다 준다 해도 살육을 결심한 내 손을 멈추게 할 수는 없을 것이오."

　이렇게 말하자 구혼자들의 무릎과 심장은 벌벌 떨리고 있었다. 에우리마코스가 그들을 향해 말했다.

　"동지들이여, 저자는 무적의 두 손을 멈출 생각이 없나 봅니다. 활과 화살통이 모두 그의 손에 있으니 우리 모두를 죽일 때까지 저 높은 문턱에서 화살을 쏘아 댈 것입니다. 그러니 우리 모두 합세하여 저자에게 달려들도록 합시다."

　에우리마코스는 청동 칼을 양손에 빼어 들고 고함을 치며 오디세우스에게 달려들었다. 그 순간 오디세우스가 화살을 날려 그의 가슴부터 간까지 단숨에 꿰뚫어 버렸다. 에우리마코스는 칼을 놓치고 식탁으로 고꾸라졌다. 땅바닥에 이마가 부딪치고 두 발은 높다란 의자를 걷어찼다. 그리고 그의 두 눈 속에 깊은 어둠이 쏟아져 내렸다.

그때 암피노모스가 날카로운 칼을 빼어 들고 오디세우스에게 덤벼들었다. 그러나 텔레마코스가 그보다 한 발 앞서 뒤에서 창을 던졌고, 그것이 그의 어깨 한복판을 맞추어 버렸다. 텔레마코스는 아버지에게 가까이 다가가 거침없이 말했다.

"아버지, 제가 방패와 창 그리고 청동 투구를 갖다 드리겠습니다. 저도 무장을 하고 돼지와 소를 치는 자들에게 무구들을 주어 무장하게 해야겠습니다."

그리고 재빨리 무구들을 챙겨서 사랑하는 아버지 곁으로 돌아왔다. 텔레마코스 자신이 먼저 무장을 하고, 두 하인들도 무장을 시켜 지혜로운 오디세우스 왕 옆에 우뚝 섰다.

그동안에도 오디세우스는 구혼자들을 향해 남아 있는 화살을 쏘아 대며 그들을 무더기로 쓰러뜨렸다. 화살이 다 떨어지자 그제야 활을 내려놓고 문설주에 세워 두었다. 그리고 네 겹으로 된 방패를 어깨에 메고 머리에는 말총장식이 있는 투구를 썼다. 그리고 청동으로 된 두 자루의 창을 집어 들었다.

그들 네 사람이 무장을 하고 가쁜 숨을 몰아쉬며 문턱에 자리를 잡는 동안 다수의 구혼자들도 홀 안에 자리를 잡고 그들과 마주 섰다.

그때 제우스의 딸 아테나가 그들에게 다가섰다. 그녀는 멘토르의 모습을 하고 있었다. 오디세우스는 그녀를 보자 반가워하며 말을 건넸다.

"멘토르여, 그대는 사랑하는 동료들을 잊지는 않았겠지요. 그대와 나는 동갑내기 친구가 아니던가요! 내가 전에 그대를 잘 접대했던 것을 잊지는 않았겠지요?"

그가 용기를 북돋우는 아테나일 것이라는 예감이 든 오디세우스는 그렇게 말했다. 그러나 구혼자들은 홀에서 그녀를 향해 마구 소리를 지르며 비난했다.

"멘토르여, 오디세우스의 언변에 속아 그를 도와 우리와 맞서지 마시오. 우리가 하고자 하는 것은 반드시 이루어질 것이오. 우리가 오디세우스와 텔레마코스를 죽이고 나면 그대도 이 홀에서 죽게 될 것이오. 또한 그대의 전 재산도 오디세우스의 것과 섞이게 될 것이며, 그대의 아내와 딸도 이타케의 도성을 결코 마음대로 나다니지 못하게 될 것이오."

그들의 말에 화가 난 아테나는 오디세우스에게 소리쳤다.

"오디세우스여, 예전에 그대에게 있던 강건한 힘과 불타오르던 용기가 어디로 간 것이냐? 그대는 훌륭한 아버지에게서 태어나, 팔이 하얗게 빛나는 헬레네를 위해 거의 9년 동안 쉬지 않고 트로이 인과 싸우지 않았는가. 무시무시한 전투에서 수많은 전사들을 죽였고, 또한 프리아모스의 훌륭한 도시도 그대의 지혜로 함락시키지 않았느냐 말이다. 그런데 지금 그대의 궁전 안에 있는 구혼자들 앞에서 그대의 용기를 하찮게 만들고 있다니.

자, 친구여! 이제부터 내 곁에 서서 내가 어떻게 하는지를 잘 봐두어라. 그대는 알키모스의 아들 멘토르가 자신이 받은 대접을 어떻게 보답하는지 보게 될 것이다."

하지만 멘토르는 그 전에 오디세우스와 텔레마코스의 힘과 용기를 시험해 보려고 했다. 그래서 일단은 연기에 그을린 홀의 천장 위로 날아 올라가 그곳에 앉았다. 구혼자들 중에서는 용기가 뛰어난 자들이 몇몇 남아 있었고 나머지는 이미 빗발치듯 날아온 화살에 쓰러지고 말았다. 그들 중에서 아겔라오스가 일어나 말했다.

"친구들이여, 멘토르가 공연한 허풍을 떨었나 보오. 그는 어디론가 가버리고 저들만 남아 있으니 말이오. 우선 긴 창을 전부 한꺼번에 던지지 말고, 여섯 명이 먼저 던지도록 하시오. 혹시 제우스께서 우리에게 오디세우스를 맞히게 하여 명성을 얻게 해주실지도 모르지 않소. 저자만 쓰러지면 나머지 다른 자들은 문제없을 것이오."

그러자 모두 그의 명령에 따라 신중하게 겨누며 창을 던졌으나 아테나는 그것을 모두 빗나가게 했다. 어떤 자의 창은 잘 지은 궁전의 문설주에 꽂혔으며, 어떤 자의 것은 튼튼한 문에, 또 어떤 자의 청동이 달린 물푸레나무 창은 벽에 꽂히기도 했다.

구혼자들은 중심을 잃고 홀 안에서 이리저리 흩어지기 시작했다. 그들은 마치 봄날에 윙윙대며 덤벼드는 등에 때문에 이리저리 흩어지는 암소 떼와도 같았다. 그러나 오디세우스 일행 네 명은, 구부러진 발톱과 활처럼 휜 부리를 가진 독수리들이 산에서 날아와 작은 새들을 덮치듯 구혼자들에게 달려들었다. 구혼자들은 그들을 막아 낼 수도 없었고 도망가지도 못했다.

네 사람은 홀 안을 돌며 닥치는 대로 찔러 댔다. 구혼자들의 머리가 부서지고 여기저기에서 신음소리가 터져 나왔으며 바닥에는 핏물이 낭자했다. 이때 레오데스가 달려와 오디세우스의 무릎을 잡고 애원하기 시작했다.

"오디세우스여, 저를 불쌍히 여겨 주세요. 저는 저들이 나쁜 짓을 하면 말리곤 했습니다. 그러나 그들은 내 말을 듣지 않았기 때문에 비참한 운명을 맞게 되었습니다. 저는 예언자일 뿐 아무런 잘못도 하지 않았는데 억울하게 죽을 수는 없지 않습니까."

그러나 오디세우스는 그를 노려보며 말했다.

"그대가 정말로 예언자였다면 그대는 내가 고향으로 끝내 돌아오지 못하고, 내 아내가 그대를 따라가 그대의 아이를 낳게 해달라고 기도했을 테지."

이렇게 말하며 오디세우스는 억센 칼로 그자의 목덜미 한가운데를 내리쳤다.

한편 테르피오스의 아들 페미오스도 소리가 낭랑한 수금을 든 채문 옆에 서 있었다. 그 역시 의자들 사이에 수금을 내려놓고 오디세우스의 무릎을 잡고 간절하게 빌었다.

"오디세우스여, 그대가 신과 인간들을 노래하는 가인을 죽이신다면 그것은 나중에 그대에게도 고통이 될 것입니다. 나는 나보다 힘이 센 그자들이 억지로 여기로 끌고 와서 노래를 할 수밖에 없었습니다. 그것은 그대의 사랑하는 아들 텔레마코스가 증언해 줄 수 있을 것입니다."

이때 텔레마코스가 그의 말을 듣고 재빨리 아버지에게 말했다.

"멈추세요. 이 사람은 잘못이 없습니다. 또한 전령 메돈도 살려 주세요."

이때 쇠가죽을 몸에 두르고 높은 의자 밑에 웅크리고 앉아 검은 운명을 피하고 있던 메돈이 앞으로 뛰쳐나와 텔레마코스의 무릎을 잡고 빌었다.

"친구여, 제발 그대의 아버지께 날카로운 청동 칼로 나를 죽이지 말아 달라고 해주시오."

그러자 지혜로운 오디세우스가 미소를 지으며 말했다.

"자, 용기를 내시오. 이 아이가 그대를 살렸소. 그러니 그대는 이 일을 기억하고 있다가 다른 사람들에게 전하도록 하시오. 선행이 악행보다 얼마나 훌륭한 일인지를 말이오. 그러니 그대들은 궁 안쪽으로 들어가 있으시오. 내가 이 궁 안에서 어떤 일들을 끝낼 때까지 말이오."

그리고 오디세우스는 궁 안을 샅샅이 뒤지기 시작했다. 혹시 살아

남아 숨어 있는 구혼자들이 있는지를 찾아보려 했으나 피와 먼지 속에 수많은 남자들이 죽은 채로 누워 있을 뿐이었다. 마치 어부가 커다란 그물로 잿빛 바다에서 건져 올려 바닷가에 풀어 놓은 물고기 떼처럼 시체들이 겹겹이 쌓여 있었다.

오디세우스는 텔레마코스를 불러 유모 에우리클레이아를 불러오게 했다. 그녀는 두 손과 두 발이 피투성이가 된 오디세우스와 수많은 시체들을 보고 기쁨의 소리를 내지르려 했다. 그러나 오디세우스가 그녀를 잠시 막으며 말했다.

"유모여, 죽은 자들 앞에서 기뻐하는 것은 옳지 않은 일이오. 그러나 이자들은 자신들이 저지른 악행 때문에 비참한 운명을 맞은 것뿐이지. 자, 그대는 이제부터 이 궁전에서 나를 무시하고 타락에 빠져든 여인들이 누구인지를 말해 주시오."

그러자 유모가 대답했다.

"이 궁에는 모두 50명의 시녀들이 있었지요. 그런데 그중에서 12명이 파멸의 길로 들어갔습니다. 그들은 나는 물론이고 페넬로페마저 무시했지요. 이제 이층으로 가서 어떤 신이 보낸 잠 속에 아직도 빠져 있는 그대의 아내에게 이 모든 사실을 알려야겠습니다."

그러나 오디세우스는 아직 그녀를 깨우지 말고 수치스러운 행동을 한 여인들을 불러오라고 했다. 유모가 여인들을 불러오자 오디세우스는 소치기와 돼지치기를 불러 그들 모두에게 명령했다.

"그대들은 지금부터 이 시체들을 밖으로 나르라. 그리고 저 여인들에게 일을 시켜라. 그런 다음 식탁과 아름다운 의자들을 깨끗이 닦고, 궁 안을 말끔하게 정리하게 해라. 그 일이 끝나면 저 여인들을 궁 밖으로 데리고 나가 날이 긴 칼로 그들의 목숨을 빼앗도록 하라. 그러면 그들이 구혼자들과 은밀하게 육체를 섞으며 즐겼던 사랑도 완벽하게 잊게 될 것이다."

여인들이 궁 안을 완전히 정리하자 소치기와 돼지치기가 그들을 안마당 울타리 사이로 끌고 갔다. 그리고 그들 모두의 목에 올가미를 씌웠다. 그들이 발을 버둥대는 것도 잠시뿐이었다. 모든 일이 정리되자 오디세우스가 유모에게 말했다.

"유모여, 재앙을 없애 주는 유황과 불을 가져오게. 유황불로 홀 안을 정화시켜야겠네. 그리고 페넬로페에게 시녀들을 모두 데리고 이곳으로 오라고 전하게."

마침내 여인들이 손에 횃불을 들고 방에서 나왔다. 그들은 오디세우스를 에워싸며 반갑게 맞았다. 모두들 그의 머리와 어깨를 어루만지고 두 손을 붙잡고 입을 맞추었다.

272

제23권

페넬로페의 침대

유모는 페넬로페에게 그녀의 남편이 돌아왔다는 것을 알리기 위해 환호를 지르며 이층 방으로 뛰어 올라갔다. 두 무릎이 마구 움직이는 바람에 두 발이 엇갈려 비틀거렸다. 유모는 페넬로페의 머리맡으로 다가가 말했다.

"눈을 떠 보세요. 페넬로페여! 아아, 사랑스런 따님이시여! 그대가 날마다 기다리며 원했던 것을 두 눈으로 확인하셔야지요. 오디세우스께서 돌아오셨답니다. 그분이 그분의 궁전과 재물을 거덜 내고 그분의 아들을 괴롭히던 구혼자들을 모두 쓰러뜨렸답니다."

그러자 그녀가 말했다.

"마침내 신이 그대를 실성케 한 모양이군요. 그런 쓸데없는 소리를 하려고 내게서 달콤한 잠을 빼앗으려 하다니요. 만약 다른 하녀들이 그런 소리를 했다면 마구 야단을 쳤을 테지만, 그대는 나이가 많으니 용서하겠습니다. 얼른 돌아가세요."

그러자 유모가 말했다.

"그런 것이 아니에요. 홀에서 모든 사람들에게 푸대접을 받던 나그네가 바로 그분, 오디세우스랍니다. 텔레마코스도 이 사실을 알고 있었지만, 오만한 구혼자들을 응징할 때까지 그분의 계획을 숨기고 있었답니다."

그제야 페넬로페는 침상에서 벌떡 일어나 노파를 끌어안고 눈물을 흘리며 숨 가쁘게 말했다.

"정말로 그이가 집에 도착했단 말인가요? 그리고 어떻게 그 많은 구혼자들을 쓰러뜨렸단 말이지요?"

유모 에우리클레이아가 대답했다.

"나는 그저 죽어 가는 남자들의 신음소리만 들었을 뿐이랍니다. 텔레마코스가 나를 불러 나가 보니, 그분이 죽어가는 시신들 사이에 서 계셨고, 시체들이 겹겹이 쌓여 있었답니다. 그리고 그분께서 그대를 불러오라고 나를 보내셨답니다."

그러자 지혜로운 페넬로페가 이렇게 대답했다.

"그것은 사실이 아니겠지요. 아마도 어떤 불사신이 그들의 교만과 악행에 분노하여 그들을 죽인 것일 겁니다. 오디세우스는 멀리 떨어진 곳에서 돌아오지 못하고 목숨을 잃었을 거예요."

그러자 유모가 소리쳤다.

"아아, 그런 말씀하지 마세요! 지금 이 궁의 화롯불 앞에 와 계신 남편을 다시는 돌아오지 못한다고 말하다니요! 내가 증명할 수 있습니다. 멧돼지의 엄니에 물려서 생긴 그 흉터를 그분의 발을 씻겨 드리면서 제가 알아보았답니다. 제가 소리를 지르려고 하자, 지혜로우신 그분께서 내 입을 막으셨답니다. 그러니 저를 따라오세요."

페넬로페는 이층 방에서 아래로 내려갔다. 한편 오디세우스는 눈을 지그시 감고 커다란 기둥 옆에 앉아 있었다. 당당한 그의 아내가 자기를 알아보고 무슨 말을 하기를 기다렸다. 그러나 그녀는 두 눈을 크게 뜨고 그를 바라보기만 할 뿐 알아보지 못했다. 그의 행색이 너무 초라했기 때문이다.

그러자 텔레마코스가 어머니를 채근하듯 말했다.

"어머니, 아무 말씀이라도 좀 해보세요. 20년 만에 겨우 살아 돌아온 남편 앞에 이렇듯 돌처럼 서 있는 여인은 없을 것입니다. 물론 어머니의 마음은 돌보다 더 단단하시지만요."

그러자 페넬로페가 대답했다.

"이분이 정말로 오디세우스라면 우리 두 사람만이 확실하게 알아볼 수 있는 것이 있단다. 다른 사람들은 모르는 것이지."

이때 오디세우스가 빙긋이 웃으며 텔레마코스에게 얼른 말했다.

"아들아, 나는 네 어머니의 방으로 가서 그녀가 나를 시험해 보도록 하는 것이 좋겠다. 그동안 너는 앞으로 우리가 어떻게 하면 좋을지 생각해 보도록 해라. 이타케의 많은 젊은이들을 우리 손으로 죽여 버렸으니 말이다."

그에게 슬기로운 텔레마코스가 대답했다.

"아버지, 아버지의 지혜로움은 살아 있는 인간들 중에서 따를 자가 없습니다. 그러니 모두들 아버지를 따를 것입니다."

오디세우스가 대답했다.

"그렇다면 너는 구혼자들이 살해되었다는 소문이 퍼져 나가지 않도록 입단속을 해라. 그동안 나는 올림포스의 신들에게 가서 어떻게 하면 좋을지를 물어볼 것이다."

이렇게 말한 다음 오디세우스는 유모의 보살핌으로 깨끗하게 몸을 씻고 의복을 갖춰 입었다. 그러자 아테나 여신이 그에게 광채를 쏟아 부어 주었다. 오디세우스는 마치 불사신과 같은 모습으로 페넬로페를 향해 말을 건넸다.

"천신만고 끝에 고향땅으로 돌아온 남편에게 그대는 너무도 무심하구려. 유모여, 저 여인의 마음이 무쇠와 같으니 나 혼자라도 자야겠소. 잠자리를 준비해 주시오."

그에게 현명한 페넬로페가 대답했다.

"그대야말로 이상한 분이로군요. 나는 내 남편이 노가 긴 배를 타고 이타케를 떠날 때의 모습을 아직도 똑똑히 기억하고 있어요. 그러니 유모, 그이가 손수 꾸민 방 밖에 저분을 위해 잠자리를 만들어 주세요. 그대들은 저 튼튼한 침대를 밖으로 내놓고 침구를 펴 드리도록 해요."

그녀가 이렇게 시험해 보자, 오디세우스가 화를 내듯 말했다.

"부인, 누가 내 침상을 옮길 수 있단 말이오. 아무리 힘이 세다 한들 살아 있는 사람들 중에서 그것을 쉽게 들어 올릴 수 있는 사람은 없을 것이오. 그것은 내가 직접 만들었기 때문이지."

그제야 그녀의 심장과 무릎이 풀리고 말았다. 그녀는 울부짖으며 곧장 달려가 두 팔로 그를 끌어안고 머리에 입을 맞추며 말했다.

"오디세우스여, 내가 그대를 환영하지 않았다고 화내지 마세요. 사람들이 거짓말로 나를 속일까 봐 제 가슴은 언제나 조마조마했답니다. 제우스의 딸 아르고스의 헬레네도 아카이아의 용사들이 그녀를 다시 고향땅으로 데려올 것을 알고 있었더라면 다른 남자의 품에 안기지 않았을 테지요. 분명 어떤 신이 고약한 짓을 하도록 그녀를 부추긴 것이 틀림없어요. 그러니 우리의 불행도 신들이 주신 것이랍니다. 그러나 그대가 아무도 본 적이 없는 우리의 침상을 증거로 말씀하시니 냉랭했던 제 마음이 풀어졌습니다."

그리하여 그는 아내를 끌어안으며 울었다. 그녀는 그의 목에서 영원히 자신의 팔을 떼어 놓지 않으려는 듯 더욱 세게 안았다.

마침내 지혜로운 오디세우스가 아내에게 말을 건넸다.

"부인, 우리의 고난이 끝난 것은 아니오. 앞으로도 헤아릴 수 없이 많은 난관이 남아 있으며 나는 그것들을 모두 이겨 내야만 한다오. 예언자 테이레시아스의 혼백이 그렇게 예언을 했기 때문이오. 그러니 오늘은 이제 그만 침상으로 가서 쉬도록 합시다."

두 사람이 우는 사이에 새벽의 여신이 나타나야 했지만, 빛나는 눈을 가진 여신 아테나가 밤을 서쪽 끝에 오래도록 머물게 해 새벽의 여신을 오케아노스에 계속 붙잡아두고 있었다.

마침내 사려 깊은 페넬로페가 말했다.

"잠자리는 언제라도 그대를 위해 준비되어 있어요. 그렇지만 먼저 당신이 겪은 그 고난에 대해 말해 주실 수 없나요?"

오디세우스가 대답했다.

"숨기고 싶은 것은 아니지만 그대가 들으면 마음 아파할 것 같아 그러는 것이오. 그의 예언은, 노 하나만을 들고 소금이 든 음식을 먹지 않는 사람들의 도시에 이를 때까지 쉬지 말고 가라는 것이었소. 그 도시의 사람들은 배라는 것도 모르고 또한 배를 젓는 노조차도 모르는 사람들이라 하더군. 내가 들고 있는 노를 보고 왜 단단한 어깨 위에 곡식을 까부르는 키를 메고 있느냐고 묻는 나그네를 만나게 되면, 바로 그곳에서 포세이돈에게 제물을 바치고 그런 다음 고향으로 돌아

278

가서 모든 불사신들께 신성한 제물을 바치라고 명령했다오. 그렇게 하면 죽음의 바다에서 벗어나 안락한 노후를 백성들의 추앙을 받으며 살게 될 것이라고 했소."

그러자 페넬로페가 대답했다.

"아, 그렇다면 불행에서 벗어날 희망이 있다는 것이군요."

이윽고 두 사람은 달콤한 사랑을 나눈 다음 그동안 겪은 일들을 이야기했다. 페넬로페는 파렴치한 구혼자들을 지켜보면서 궁에서 견뎌야 했던 일들을 이야기했다.

오디세우스는 자신이 겪어야 했던 수많은 모험들을 이야기했다.

키코네스 인들을 제압한 일, 비옥한 로토파고이 족의 나라에 들어간 일, 키클롭스가 동료들을 얼마나 무자비하게 잡아먹었으며, 또 자신이 그에게 어떻게 복수를 하고 도망쳐 나왔는지, 또한 아이올로스에 도착하여 성대한 환대를 받고 그들이 배로 호송해 주었으나 아직은 고향으로 돌아갈 운명이 아니었기 때문에 폭풍에 휩쓸려 물고기들의 바다에 빠졌던 일, 텔레필로스에서 혼자 배를 타고 도망쳐 온 일과 키르케의 유혹에 빠진 일, 테이레시아스를 만나기 위해 하데스로 내려가 먼저 간 영웅들과 어머니의 혼백을 만나게 된 일들을 이야기했다.

또한 세이렌 자매의 목소리와 무서운 카립디스와 스킬라에서 겨우 빠져나온 일, 헬리오스의 소를 잡아먹은 동료들의 이야기, 요정 칼립소의 동굴에서 영원히 붙들려 있을 뻔했으나 천신만고 끝에 파이아케스 인들의 나라에 가게 된 이야기, 그리고 그들이 배에 태워 고향땅으로 데려다 준 일들을 이야기했다.

이야기가 끝나자 달콤한 잠이 그들을 엄습했다. 아테나 여신은 오디세우스가 아내와 동침하고 충분히 달콤한 잠을 즐겼다고 생각되었을 때 인간들에게 빛을 가져다주는 새벽의 여신을 오케아노스에서 일어나게 했다. 그러자 오디세우스가 잠자리에서 일어나 아내에게 지시했다.

"그대는 이제 궁 안에 있는 재물을 지키도록 하시오. 무례한 구혼자들이 그동안 먹어 치운 것들은 내가 되찾아올 것이며, 또한 그것을 아카이아 인들이 다시 돌려줄 것이오. 그동안 나는 시골에 계신 아버지를 만나러 다녀오겠소. 그런데 날이 밝으면 내가 구혼자들을 전부 죽였다는 소문이 퍼지게 될 것이므로 그대는 시녀들을 데리고 이층으로 올라가 누구도 만나지 말고, 아무것도 묻지 말고 있어야 하오."

그리고 오디세우스는 훌륭한 무구들을 챙겨 입고 나갔다. 그는 텔레마코스와 소치기, 돼지치기를 깨워 무장을 하라고 명령했다. 그들은 청동으로 무장을 하고 오디세우스를 뒤따라 밖으로 나갔다. 벌써 태양이 대지를 비추고 있었으나 아테나는 그들을 어둠으로 감싸 재빨리 도시 밖으로 데리고 나갔다.

제24장

평화

한편, 신의 전령 헤르메스는 구혼자들의 혼백을 깨우고 있었다. 그의 손에는 아름다운 황금 지팡이가 들려 있었는데, 그것으로 죽은 자의 영혼을 깨우기도 하고 또는 잠재우기도 한다. 헤르메스의 지팡이로 깨어난 영혼들이 헤르메스의 뒤를 따라 걸어갔다.

그들은 펠레우스의 아들 아킬레우스의 영혼과 파트로클로스, 안틸로코스 그리고 아이아스의 영혼들을 만났다. 모두 아킬레우스 주위에 모여 있었는데, 이때 슬픈 표정의 아가멤논이 다가왔다. 그의 곁에는 함께 운명을 맞은 많은 영혼들도 모여 있었다.

이때 아킬레우스의 영혼이 먼저 말을 걸었다.

"아트레우스의 아들이여, 우리는 그대가 모든 영웅들 중에서 우레 치기를 좋아하는 제우스의 영원한 사랑을 받으리라 생각했었습니다. 그런데 그대에게도 누구도 피할 수 없는 죽음의 운명이 찾아왔군요. 아아, 그대가 우리 아카이아 인들의 통치자로서 트로이 인들의 나라에서 죽음을 맞았다면 더없는 명성을 얻었을 텐데. 그대는 그렇게 비참하게 죽을 운명이었나 보군요."

그러자 아가멤논의 혼백이 대답했다.

"아킬레우스여, 그대야말로 저 머나먼 트로이에서 죽었으니 그보다 더한 행운은 없을 것이다. 그대 곁에는 그대를 위하여 싸우다 죽은 수많은 영웅들이 있었다. 누구보다도 뛰어나게 전차를 몰며 돌파하던 그대가 소용돌이치는 먼지 속으로 쓰러져 버리자 우리는 하루 종일 전투를 했다. 만일 제우스가 폭풍을 일으키지 않았다면 우리는 전투를 끝내지 않았을 것이다.

우리는 그대를 전쟁터에서 함선이 있는 곳으로 데리고 와 침상에 눕히고 그대의 온몸을 깨끗하게 닦았다. 그리고 모든 다나오스 인들이 그대 주위에서 뜨거운 눈물을 흘렸다. 그대의 어머니 테티스가 소식을 듣고 불사의 바다 여신들을 데리고 바다에서 나오자, 바다는 애처로운 울음소리로 가득 차게 되었다. 그러자 모든 아르고스 인들이 놀라 도망치려 했다. 그러나 바다 여신들이 그대를 둘러싸고 슬피 울며 고운 소리로 만가를 부르자 아카이아 인들도 모두 자리를 지켰으며 그대를 위해 눈물을 흘리지 않은 이가 없었다.

열이레 동안 밤낮으로 신과 인간들이 그대를 위해 눈물을 흘리고 나서 그대의 몸에 향료를 바르고 신들의 옷을 입히고 불 위에 내려놓았다. 또한 여러 마리의 양과 소들을 잡아 바치고, 수많은 아카이아 용사들은 제단 주위를 전차를 타거나 걸어서 순례를 했다.

헤파이스토스의 불길이 그대를 완전히 태우고 나자 우리는 그대의 인골을 주워 모아 물을 섞지 않은 포도주와 향료 속에 집어넣었다. 그러자 테티스가 디오니소스의 선물이며, 이름난 헤파이스토스가 만든 손잡이가 두 개인 황금 항아리[1]를 주어 그대의 인골을 그 안에 넣게 했다. 그 안에는 죽은 파트로클로스의 인골도 함께 들어 있었다. 우리는 그것을 헬레스폰토스에 있는 곳으로 가져가서 그곳에 아주 크고 훌륭한 묘를 쌓아 올렸다.

그러자 그대의 어머니 테티스는 그대의 그 훌륭한 무구들을 아카이아 용사들을 위하여 상으로 내놓았다. 아킬레우스여, 그대는 죽어서도 이름을 잃지 않고 모든 인간들 사이에서 영웅으로 칭송받게 되었는데, 나는 전쟁에서 이겼지만 아무런 영광도 누리지 못했다. 고향으로 돌아갔으나 나의 잔혹한 아내와 결탁한 아이기스토스의 손에 죽게 될 운명을 제우스께서 내려 주신 것이지."

---

1) 암포라. 화장된 인골을 담는 용기.

그들이 이야기를 주고받는 동안, 신들의 전령 헤르메스가 오디세우스의 손에 살해된 구혼자들의 영혼을 이끌고 내려왔다.

아가멤논은 용맹하기로 이름난 암피메돈을 알아보고 깜짝 놀랐다. 이타케에 살던 그의 친구였기 때문이다.

"암피메돈이여, 그대들이 무슨 일로 대지의 어둠 속으로 내려오게 되었습니까?"

그러자 암피메돈의 혼령이 대답했다.

"가장 영광스러운 아트레우스의 아들이여, 인간들의 왕이신 아가멤논이여! 나는 우리에게 죽음을 내린 사악한 종말에 대해 솔직하게 털어놓겠습니다."

그리고 그들은 대지의 아주 깊은 곳에 있는 하데스의 집에서 그동안에 일어난 일들을 주고받았다.

한편, 오디세우스와 그의 동료들은 시골에 있는 라에르테스의 농장에 도착했다. 그는 하인들과 아들에게 이렇게 말했다.

"너희들은 집안으로 들어가서 가장 훌륭한 돼지를 잡고 점심을 준비해라. 나는 아버지를 만나 뵙고 나를 알아보시는지를 살펴봐야겠다."

오디세우스는 과일들이 많이 열려 있는 정원으로 들어섰다. 그곳에서는 라에르테스가 혼자서 나무 주위의 흙들을 파내고 있었다. 그는 남루한 옷에, 정강이에는 가죽 조각을 덧대어 만든 각반을 차고 손에는 장갑을 끼고 있었다.

　오디세우스는 나이에 찌들고 슬픔에 가득 찬 듯한 표정의 아버지의 모습에 눈물을 흘렸다. 그는 아버지를 끌어안고 입을 맞출 것인지, 아니면 자신을 알아보는지 시험해 볼지를 생각하다가 아버지에게 다가가 말을 건넸다.

　"노인장, 농장을 가꾸는 솜씨가 보통이 아닌 것 같습니다. 그런데 내 말을 듣고 화는 내지 말아 주세요. 그대 자신은 잘 가꾸지 않아 몰골이 말이 아닌 것 같습니다. 아무리 봐도 노예 같지는 않은데, 그대가 누구의 하인인지 그리고 누구의 농장을 돌보고 있는지 말해 줄 수 있습니까? 또 내가 있는 이곳이 이타케가 맞는지 말해 줄 수 있습니까? 예전에 내 고향으로 어떤 자가 찾아왔는데, 그는 자신이 이타케 출신이라고 자랑을 하며 아버지의 이름이 라에르테스라고 말했습니다. 나는 그를 잘 대접했었답니다."

　그러자 아버지는 슬퍼하며 대답을 하기 시작했다.

　"나그네여, 그대는 그 나라에 도착한 것이 분명하오. 이곳은 오만하기 짝이 없는 자들의 수중에 들어갔소. 그대가 이곳에서 아직 살아 있는 그를 만나게 된다면 그도 역시 잘 대접하고 그대를 잘 호위해 주었을 것이오.

　그런데 그대가 그를 만난 지 몇 년이나 되었소? 그는 내 아들이오. 불행하게도 먼바다에서 물고기들에게 먹혔거나, 아니면 짐승과 새들의 먹이가 되었을 것이오. 우리는 그에게 수의도 입혀 주지 못했고, 울어 주지도 못했다오. 그런데 당신은 어디에서 온 누구시오?"

그러자 지혜로운 오디세우스가 대답했다.

"나는 알리바스에서 왔으며 아페이다스 왕의 아들입니다. 어떤 신이 나를 시카니아에서 표류시키는 바람에 이곳까지 떠밀려 오게 되었습니다. 오디세우스와 작별하고 내가 고향을 떠난 지 5년은 된 것 같습니다."

그가 이렇게 대답하자, 갑자기 노인에게 슬픔이 먹구름처럼 몰려들었다. 노인은 시커먼 흙먼지를 움켜쥐며 신음을 내뱉었다.

아버지의 모습을 보자 오디세우스는 가슴이 울컥하며 콧등이 시려 왔다. 그래서 그는 아버지에게 달려가 끌어안으며 말했다.

"아버지, 여기 있는 제가 바로 아버지께서 물으시는 그 사람입니다. 20년 만에 고향으로 돌아왔습니다. 그러니 더 이상 슬퍼하지 마세요. 저는 우리 궁전을 차지하고 있던 구혼자들을 죽여서 그들의 악행을 처단했습니다."

그에게 라에르테스가 대답했다.

"그대가 정말 내 아들 오디세우스라면 증거를 보여주시오."

지혜로운 오디세우스가 얼른 대답했다.

"파르나소스에서 멧돼지 흰 엄니에 물린 이 흉터를 보십시오. 또한 어린 시절 아버지를 따라 이 농장에 왔을 때 아버지는 나무들 이름을 하나하나 말씀해 주셨지요. 그리고 제게 배나무 열세 그루, 사과나무 열 그루, 무화과나무 마흔 그루를 주셨지요. 또한 포도나무 오십 줄도 주시겠다고 약속하셨습니다."

그의 말에 노인장의 무릎과 심장이 풀렸다. 그것은 확실한 증거였기 때문이다. 노인이 쓰러지며 의식을 잃으려고 하자 오디세우스는 노인을 자기 쪽으로 끌어당겼다.

노인은 의식이 돌아오자 이렇게 말했다.

"오, 제우스 신이여! 구혼자들이 대가를 치른 것이 사실이라면 전 이타케 인들이 이곳으로 쳐들어오는 것은 아닌지, 또는 케팔레니아 인들이 여러 도시에 이 소식을 전하고 있는 것은 아닌지 두렵습니다."

그러나 오디세우스는 아버지를 안심시켰다. 그리고 두 사람은 그들의 집으로 돌아갔다.

그곳에서는 텔레마코스가 하인들과 함께 고기와 포도주로 식탁을 준비하고 있었다. 그들은 모두 식탁에 순서대로 자리를 잡았다. 이때 들에서 일하고 있던 돌리오스 노인과 그의 아들들이 들어왔다.

그들은 오디세우스를 금세 알아보고 깜짝 놀라며 그 자리에 우뚝 서 버렸다. 오디세우스가 그들에게 반갑게 말을 건넸다.

"노인장, 놀라지 마세요. 함께 식사하려고 기다리고 있었어요."

돌리오스는 두 팔을 벌리고 곧장 오디세우스에게 다가가 손에 입을 맞추며 숨 가쁘게 말을 토해 냈다.

"오, 이제야 돌아오셨군요. 우리는 정말 당신을 기다렸습니다. 그러나 더 이상 기대를 할 수도 없었는데, 신들이 손수 그대를 인도해 주셨군요. 그런데 현명한 페넬로페도 이 사실을 알고 있습니까?"

오디세우스는 이미 알고 있으니 걱정하지 말라고 대답하며 돌리오스의 아들들과도 악수를 나누었다.

이들이 홀에서 식사를 즐기는 동안 소문은 온 도시를 구석구석 돌아다니며 구혼자들의 처참한 죽음과 운명이 전해졌다. 그러자 가족들이 오디세우스 집으로 몰려들었다.

오디세우스는 시신들을 가족들에게 돌려주었고, 궁전 밖에 묻게 했다. 다른 도시에서 온 자들은 날랜 배에 실어 그들의 집으로 돌려보냈다.

그러나 그 가족들은 모두 회의장으로 달려와 한 명도 빠짐없이 다 모였다. 에우페이테스가 일어나 모두를 향해 말했다. 그의 아들 안티노오스가 오디세우스에게 제일 먼저 죽음을 당했기 때문에 그의 마음은 참을 수 없는 슬픔으로 가득 차 있었다.

"친구들이여, 그자는 아카이아 인들에게 엄청난 일을 겪게 하는군요. 전에는 수많은 귀한 용사들을 함선에 태워 데려가서 함선도 잃고 용사들도 잃게 했습니다. 그리고 이번에는 고향으로 돌아와 케팔레니아의 뛰어난 용사들을 죽여 버렸습니다. 그자가 또 필로스나 신성한 엘리스로 가기 전에 얼른 가서 우리 아들들과 형제들의 복수를 해야 합니다. 후세 사람들에게도 창피한 일이니 어서 갑시다. 그자가 우리보다 한발 앞서 바다를 건너지 못하도록 해야 합니다!"

그의 눈물에 모든 아카이아 인들의 마음이 움직였다. 이때 슬기로운 메돈이 그들에게 다가서며 외쳤다.

"이타케 인들이여, 오디세우스는 신들의 뜻을 거역한 것이 아닙니다. 오히려 신은 오디세우스 옆에 서서 그를 격려하고 궁으로 돌진케하여 구혼자들을 물리치게 했습니다."

메돈의 말에 그들은 모두 놀라며 공포에 사로잡히게 되었다. 그러자 나이 든 영웅 할리테르세스가 그들을 향해 열변을 토했다.

"이타케 인들이여, 이 모든 일들은 그대들이 비겁했기 때문에 생긴 것이오. 백성들의 현인인 멘토르의 말을 듣지 않고 그대들은 아들이 어리석은 짓을 하는데도 막지 않았습니다. 누구보다 용맹한 그 사람이 돌아오지 못할 것이라 믿고 그의 재산을 탐냈으며, 그의 미망인을 모욕하는 사악한 짓을 서슴없이 저질렀단 말입니다. 그러니 내 말을 귀담아들으시오. 절대 그의 집에 쳐들어가서는 안 됩니다. 그대들에게 아들을 잃은 것보다 더 나쁜 일이 생길 수도 있다는 것을 알아야하오."

그러나 그의 충고를 거역한 일부 사람들이 무장을 하고 도성에 집결하자 에우페이테스가 어리석은 생각을 하며 그들을 이끌었다.

그동안 아테나는 아버지 제우스에게 따지듯이 물었다.

"우리들의 아버지이자 크로노스의 아들이신 최고의 통치자여, 어떻게 하실 생각입니까? 양편 사이에 무시무시한 전투가 일어나게 하시려는 것입니까 아니면 동맹을 맺게 하실 생각이신지요? 대답해 주세요."

그러나 미간을 찌푸리며 제우스가 대답했다.

"내 딸아, 오디세우스가 돌아와 복수를 하게 하려는 것은 네가 궁리해 낸 것 아니냐? 그러나 이제 내 뜻을 말하겠다. 오디세우스가 복수를 끝냈으니 영원불멸의 신인 우리들에게 제물을 바치고 맹세를 하게 한 다음 왕이 되어 영원히 그들을 다스리도록 할 것이다. 그리고 모든 살육은 잊고 이전처럼 서로 신뢰하게 되면 사랑과 부가 넘쳐 날 것이다."

아테나 역시 그렇게 되기를 열망하고 있었으므로 그녀는 올림포스 산정에서 훌쩍 뛰어내려 달려갔다.

오디세우스도 식사를 마치고 마침내 무장을 했다. 오디세우스 일행이 네 명, 돌리오스의 아들이 여섯 명, 그리고 백발의 라에르테스와 돌리오스도 부득이하게 무장을 해야 했다.

그들은 번쩍이는 청동 갑옷을 걸치고 밖으로 나갔으며 오디세우스가 앞장을 섰다.

그때 제우스의 딸 아테나가 그들 곁에 다가왔다. 그녀의 모습은 멘토르와 같았으나 오디세우스는 그녀를 알아보고 기뻐했다.

오디세우스는 사랑하는 아들에게 외쳤다.

"텔레마코스야, 가장 훌륭한 전사들의 싸움터에 왔다. 용감하고 강인한 우리 조상들에게 부끄럽지 않게 싸울 수 있겠지?"

그러자 텔레마코스가 대답했다.

"아, 사랑하는 아버님. 저에게도 넘치는 용기가 있습니다. 가문의 명예를 더럽히지 않을 자신이 있습니다. 기꺼이 보여 드리지요."

그들의 대화를 듣고 있던 라에르테스가 환호하며 소리쳤다.

"오, 신이시여! 아들과 손자가 용맹함을 다투고 있다니 이보다 기쁜 날이 어디 있습니까?"

마침내 오디세우스는 제우스의 딸 아테나에게 기도를 올린 다음 그림자가 긴 창을 번쩍 치켜들고 날렵하게 던졌다. 창은 에우페이테스의 투구를 꿰뚫고 그를 쓰러뜨렸다. 그의 무구들이 요란스럽게 울려 댔다. 이어서 오디세우스의 아들이 앞으로 뛰어나가 적을 향해 칼과 창을 휘둘렀다.

그들이 적들을 모두 물리칠 때까지 싸움이 계속되었을 것이나, 아이기스를 든 아테나가 이타케 시민들을 향해 소리쳤다.

"이타케 인들이여, 이 참혹한 전투를 당장 중지해라. 더 이상 피를 흘려서는 안 된다."

여신의 목소리가 우렁차게 울려 나오자 모두들 하얗게 질리며 공포에 휩싸였다. 그리하여 그들은 무구들을 버리고 그들의 도시로 돌아가기 위해 발걸음을 재촉했다.

그러나 오디세우스는 커다란 함성을 지르며, 마치 높이 나는 독수리처럼 온몸을 던져 그들을 뒤쫓았다.

이때 크로노스의 아들 제우스가 번개를 세차게 내던지자 그것이 빛나는 눈의 여신 아테나 앞으로 떨어졌다.

아테나가 오디세우스를 향해 말했다.

"제우스의 후손인 라에르테스의 아들이여, 뛰어난 지혜를 가진 오디세우스여! 제우스가 그대를 노여워하기 전에, 이제 이 싸움은 중지하도록 하라."

아테나의 말에 오디세우스는 기꺼이 복종을 했다. 그러자 멘토르의 모습을 한, 아이기스를 든 제우스의 딸 팔라스 아테나가 마침내 양편 모두에게 맹약을 하게 했다.

부록

▌제1권

칼립소

오기기아Ogygia 섬에 사는 요정으로 아틀라스의 딸이다. 호메로스의 〈오디세이아〉에서 오디세우스를 섬에 7년 동안 붙잡고 있으면서 오디세우스가 고향으로 돌아가려는 것을 방해하는 요정으로 나온다. 오디세우스는 낮에는 아내 페넬로페를 그리워하고 밤이면 칼립소의 애인이 되지만, 이 섬에 영원히 남아 있게 하려는 칼립소의 온갖 유혹을 뿌리치면서 고향으로 돌아가기를 꿈꾼다. 그러나 칼립소는 신의 전령사 헤르메스가 가져온 제우스의 명령을 어길 수 없어, 마침내 오디세우스가 이타케로 귀향하는 것을 돕는다. 오기기아는 '바다의 배꼽'이란 뜻이며, 칼립소는 '감추는 여자'라는 뜻이다. 칼립소와 오디세우스의 이야기는 헤시오도스의 〈신통기〉에도 실려 있다.

포세이돈

그리스 올림포스 12신 중 하나로, 크로노스와 레아의 아들이며 제우스와 하데스의 형제이다. 바다를 지배하며 폭풍이나 순풍을 일으키고 바닷물로 대지를 감싸고 있어서 '대지를 받치고 있는 신' 또는 '지진을 일으키는 자'로도 불린다. 상징은 삼지창이고, 인간에게 말을 선물로 주었다.

오디세우스

호메로스의 〈오디세이아〉 모험담의 주인공. 라에르테스의 아들로 이타케의 왕이다. 로마 신화에서는 율리시스Ulysses라고 불린다. 호메로스의 〈일리아스〉에서도 주요한 등장인물로 나온다. 페넬로페와 결혼하기 전 헬레네에게 구혼했으나 실패하고 구혼자들 모두에게 헬레네를 보호할 것을 맹세하자고 하였다. 그러나 이 결정은 후에 트로이 전쟁을 유발한다. 트로이 전쟁 중 몇몇 전투에서 그는 그리스군의 승리를 이끌어 내는데, 결정적으로 이름을 떨친 것은 목마 전략과 지혜로운 조언 때문이다. 또한 아가멤논과의 말다툼으로 원한을 품은 아킬레우스를 전투에 참가하도록 설득할 만큼 언변에 능한 장수이기도 했다. 전쟁에 나간 자신을 10년 동안 기다린 아내 페넬로페와 아들 텔레마코스에게로 돌아오는 귀향 이야기가 〈오디세이아〉이다.

제우스

그리스 신화에서 모든 신과 인간을 다스리는 최고신이다. 하늘을 지배하며 천둥과 번개를 마음대로 다룬다. 로마인은 그를 유피테르와 동일시했다. 티탄 신족인 크로노스와 레아의 막내아들로 하데스, 포세이돈, 데메테르, 헤라, 헤스티아와 형제간이다. 제우스와 그의 형들은 아버지 크로노스를 폐위시키고 제비를 뽑아 세계를 나누었는데, 이때 제우스는 하늘을 차지했으며, 포세이돈은 바다를, 하데스는 저승을 가지게 되었다. 제우스는 기가스들과 프로메테우스의 도움을 받아 티탄들을 정복했다. 제우스는 신들의 최고 지배자이지만 운명의 여신들을 제압할 수 없고, 하데스나 포세이돈에게 항상 명령을 내릴 수도 없다.

아가멤논

아카이아 족의 가장 강력한 도시 미케네의 왕으로 아트레우스의 아들이자 메넬라오스의 형, 클리타임네스트라의 남편이다. 동생 메넬라오스의 아내 헬레네가 파리스를 따라 트로이로 가버리자, 트로이 원정대 총사령관으로 출전한다. 그러나 여신 아르테미스의 노여움을 사 아울리스 항구에서 원정대가 출항할 수 없게 되자, 자신의 딸 이피게네이아를 아르테미스에게 산 제물로 바쳐 아내 클리타임네스트라의 원한을 샀다. 그로 인해 트로이에서 승리한 뒤 귀국하자마자 클리타임네스트라와 정부 아이기스토스에게 살해된다. 훗날 딸 엘렉트라와 아들 오레스테스가 아이기스토스를 죽여 복수를 한다.

아테나

제우스와 메티스의 딸로 올림포스 12신 중 하나이다. 로마 신화에서는 미네르바에 해당한다. 메티스는 티탄 오케아노스와 테티스의 딸로 제우스의 첫 번째 부인이다. 제우스는 땅의 여신 가이아에게서 첫 아내 메티스가 낳은 아들이 자신의 왕위를 빼앗을 것이라는 경고를 듣는다. 메티스가 임신하자 제우스는 임신한 메티스를 삼키지만 심한 두통에 시달리게 되고,

결국 헤파이스토스에게 도끼로 자신의 머리를 쪼개 달라고 부탁한다. 이때 아테나가 제우스의 머리에서 완전 무장한 채 함성을 지르며 태어났다고 한다. 그래서 '지혜의 여신'으로 알려져 있다. 아테나는 고대 도시국가 아테네를 차지하기 위한 시합에서 아테네에 올리브나무를 주어 포세이돈을 이기고 그곳의 수호여신이 되었다. 처녀라는 의미의 '파르테노스'로 불렸으며 '파르테논'이 그녀의 신전이 되었다. 전쟁의 여신으로 숭배된 아테나는 주로 무장한 모습으로 그려진다. 또한 뛰어난 수공예의 신이며, 지혜와 창의력을 뜻하는 '올빼미의 눈'이 그녀의 상징이다.

크로노스

우라노스(하늘)와 가이아(땅)의 아들인 티탄(거인 신)으로, 12티탄 중 막내다. 로마 신화에서는 사투르누스에 해당한다. 크로노스는 어머니의 도움을 받아 아버지를 폐위시킨다. 크로노스가 통치하는 동안 세상은 황금시대가 된다. 그러나 자식 중 하나가 그의 왕위를 빼앗을 것이란 예언 때문에 크로노스는 자식들이 태어나자마자 삼켜 버린다. 아내 레아는 제우스가 태어났을 때 아기 대신 돌멩이를 주고 제우스를 크레타 섬에 감추어 몰래 키운다. 나중에 장성한 제우스가 크로노스를 속여 그동안 삼킨 자식(하데스, 포세이돈, 데메테르, 헤라, 헤스티아)들을 토해 내게 했다. 그리고 이 형들과 합세하여 티탄 신들과 전쟁을 일으키고 크로노스와 티탄 신들을 타르타로스(하계의 아랫부분)에 감금해 버린다. 그 후 새로운 올림포스 신족의 시대가 열린다. 크로노스는 고대 풍요신으로, 그가 들고 있는 낫은 곡물을 관장하는 신인 그의 속성을 나타내는 듯하다. 로마인이 크로노스와 동일시한 사투르누스는 농업의 신이다. 크로노스는 또한 '시간의 신'으로, 손에 낫을 들고 있는 구부정한 영감의 모습으로 그려진다. 여기에서 파생한 'chronology'는 '연대학, 연대기'라는 뜻이다.

키클롭스

원초의 신인 우라노스와 가이아의 아들. 외눈박이 거인 족이다. 호메로스의 〈오디세이아〉에서 이들은 눈이 하나이며 시칠리아 서해안에 살면서 양을 치지만, 식인종이기도 한 거대한 괴물로 그려진다. 그들 중 가장 힘이 센 폴리페모스와 오디세우스가 만나 대결하는 장면에서 오디세우스가 폴리페모스의 눈을 멀게 한다. 폴리페모스는 포세이돈의 아들이었는데 이 일로 화가 난 포세이돈이 온갖 폭풍과 파도로 오디세우스의 귀향길을 방해한다. 또한 이들은 나중에 헤파이스토스를 도와 티린스와 미케네의 성벽을 축조했다고도 하는데, 이를 '키클롭스식 성벽'이라고 칭한다.

페넬로페

'천을 짜는 여자weaver'라는 뜻이다. 오디세우스의 아내이자 텔레마코스의 어머니이다. 헬레네, 클리타임네스트라와는 사촌이다. 남편 오디세우스가 트로이 전쟁에서 싸운 10년, 귀향하는 데 10년, 무려 20년 동안 남편을 기다리며 100명이 넘는 구혼자의 구애를 물리쳤다. 구혼자들이 집요하게 결혼을 요구하자 시아버지의 수의를 짜는 일을 끝내고 나서 결혼하겠다고 통보한 후, 낮에는 베를 짜고 매일 밤 다시 그날 짠 것을 풀었다. 결국에는 하녀 때문에 구혼자들에게 들키게 되지만, 페넬로페의 베짜기는 '끝없는 일'에 대한 은유로 쓰인다. 페넬로페는 끝까지 정절을 지키며 구혼자들을 물리쳤기 때문에 인내심과 사려 깊은 여인의 전형이 되었다.

네스토르

넬레우스의 아들로 필로스의 왕. 호메로스의 〈일리아스〉와 〈오디세이아〉에서는 트로이 전쟁 당시 60살이 넘은 그리스의 노련한 용사로 나온다. 언변이 훌륭하고, 지혜로운 인물로 유명하다. 텔레마코스가 아버지 오디세우스의 소식을 찾고자 필로스를 방문했을 때 친절하게 대접해 준다. 그의 이름은 '현명한 노인'이라는 뜻이다.

▌제3권

프리아모스 왕

트로이 최후의 왕으로 헤카베의 남편이다. 아들 파리스가 헬레네를 데려와 생긴 전쟁으로 인해 엄청난 고통을 겪는다. 호메로스의 〈일리아스〉에서 맏아들 헥토르가 아킬레우스 손에 죽자, 마부 한 사람만 데리고 아들 헥토르의 시체를 찾으러 아킬레우스의 막사를 찾아가는 장면은 고대 문학 중에서 가장 감동적인 장면 중의 하나로 꼽힌다. 트로이 함락 중 아킬레우스의 아들 '네오프톨레모스(피로스)'에게 살해된다.

아이아스

살라미스의 왕 텔라몬의 아들. 〈일리아스〉에서 트로이 전쟁에 참전한 그리스 장군들 중에서 아킬레우스 다음으로 용기와 힘이 대단한 용사로 키가 매우 큰 인물이다. 아가멤논과의 불화로 아킬레우스가 전쟁에 참가하지 않는 동안 트로이군에 밀려 퇴각하는 그리스군을 이끌며 헥토르와 일대일로 싸운다. 아킬레우스가 죽은 뒤 그의 갑옷과 투구를 차지하기 위해 오디세우스와 경합을 벌였으나 패한다. 그 충격으로 잠시 정신착란을 일으킨 그는 양 떼들을 도살하지만 제정신이 들자 수치심에 자살을 하게 된다. 작은 아이아스와 구별하기 위해 큰 아이아스라고 한다.

파트로클로스

〈일리아스〉에 등장하는 그리스 장군들 중에서 아킬레우스보다 나이는 많았지만 어렸을 때부터 함께 자란 그의 분신과도 같은 절친한 친구다. 아킬레우스가 아가멤논과의 말다툼 끝에 원한을 품고 전투에 참가하는 것을 거부하는 동안 거세게 공격해 오는 트로이군을 막기 위해 아킬레우스의 갑옷과 창을 들고 대신 싸우다가 트로이의 영웅 헥토르의 창에 죽는다.

아폴론

제우스와 레토의 아들. 쌍둥이 누이 아르테미스와 함께 델로스 섬에서 태어났다. 그리스 로마 신화에서 가장 중요한 신 중 하나이다. 때때로 그를 표현하는 수식어로 '포이보스phoebos(빛나는)'가 붙고, 태양과 동일시된다. 궁술에 뛰어난 신으로 그 외에 음악과 시, 예언을 관장하며 역병의 신이면서 치유의 신으로 숭배되었다. 아폴론은 남성적인 아름다움과 뛰어난 도덕성을 대표한다. 태양신 히페리온과 동일시되기도 한다.

▌제4권

헬레네

트로이의 헬레네라고 한다. 백조로 변신한 제우스와 레다 사이에서 태어났다. 당대의 가장 아름다운 미녀로 여러 왕들에게서 구혼을 받은 끝에 메넬라오스와 결혼했다. 많은 구혼자들은 누가 헬레네와 결혼하든 신랑은 다른 구혼자들로부터 보호되어야 한다고 맹세했다. 그런데 헬레네가 트로이의 왕자 파리스의 유혹에 빠져 트로이로 가버리자 구혼자들은 맹세에 따라 트로이를 공격할 그리스 원정대를 조직하고 트로이와 10년간 전쟁을 하게 된다. 전쟁이 끝난 뒤 헬레네는 메넬라오스와 함께 스파르타로 돌아간다.

아프로디테

그리스 신화에서 사랑과 미, 풍요를 상징하는 여신으로, 어원은 '거품에서 태어난'이다. 그리스 남부 키테라 섬 해변에 가까운 바다에서 태어났다. 헤시오도스의 〈신통기〉에 따르면 크로노스가 아버지 우라노스의 생식기를 낫으로 잘라 바다에 던지자 그 주변에서 일어난 거품에서 태어났다고 한다. 제우스는 아프로디테를 유일하게 못생긴 신인 헤파이스토스와 결혼시켰다. 아프로디테는 남편 몰래 여러 번 부정을 저질렀으며, 전쟁의 신 아레스와 밀애를 즐기다가 헤파이스토스가 만든 그물에 갇혀 여러 신들의 웃음 거리가 되기도 한다. 육체적 욕망의 날개가 달린 장난꾸러기 신인 에로스 의 어머니이다.

트로이의 목마

트로이 전쟁이 10년째 지속되자, 트로이 성을 함락시키기 위해 그리스 군은 책략을 쓰기로 한다. 그들은 장인 에페이오스로 하여금 아테나 여신 의 도움을 받아 무장한 장수들이 숨을 수 있는 거대한 목마를 만들도록 했 다. 그리고 그리스군 함대는 귀향하는 척하면서 실제로는 근처의 테네도 스 섬 뒤에 대기시켜 놓는다. 그리고 탈주병으로 위장한 시논을 남겨 두었 다. 시논은 그 커다란 목마가 아테나 여신에게 바치는 제물이며, 그것을 성 안으로 들이면 트로이는 영원히 안전할 것이라고 트로이 인들이 믿게 만들 었다. 이때 아폴론의 사제 라오콘과 카산드라가 트로이의 파멸을 예언하며 경고하지만 트로이 인들은 성벽을 크게 뚫고 거대한 목마를 성안으로 끌어 들였다. 밤이 되자 시논은 목마 안에 숨어 있던 그리스 장수들을 풀어 놓았 고, 테네도스 섬 뒤에 숨어 있던 그리스군들도 다시 돌아와 무참한 살육으 로 도시를 약탈하고 트로이를 함락시켰다.

아이기스

아테나 여신이 들고 다니는 무적의 방패. 메두사의 머리가 달려 있는데, 메두사의 머리는 그것을 바라보는 사람들을 전부 돌로 만들어 버렸기 때문 에 아이기스는 무적의 방패였다. 헤파이스토스가 만든 제우스의 아이기스는 벼락으로도 파괴하지 못하며, 한번 흔들면 비바람이 일고 사람들의 마음에 공포를 불어넣었다.

제5권

티토노스

트로이의 왕 프리아모스와 형제간이다. 새벽의 여신 에오스가 그의 아름다움에 반하여 남편으로 삼고 제우스에게 영생불사하게 해달라고 간청했다. 제우스는 그것을 허락하였으나 영원한 젊음을 달라는 것은 잊어버렸다. 티토노스는 나이가 들자 어서 빨리 죽게 해달라고 간청했다. 그래서 에오스는 그를 베짱이로 변신시켜 주었다.

오리온

신화에 등장하는 보이오티아의 잘생긴 거인 사냥꾼. 아버지는 히리에우스라고도 하고 포세이돈이라는 설도 있다. 포세이돈이 그에게 바다 위 또는 바닷속을 걷는 능력을 선물로 주었다. 처음에는 시데를 아내로 삼았는데, 그녀는 헤라와 아름다움을 겨루다가 헤라에 의해 타르타로스(하데스)에 갇혔다. 그래서 오리온은 다시 키오스 섬으로 가서 오이노피온 왕의 딸 메로페한테 구혼했다. 왕은 먼저 섬의 들짐승을 퇴치할 것을 요구했다. 오리온이 이 일을 완수하고 다시 메로페를 요구하자 왕은 오리온을 취하게 하여 잠든 사이에 장님으로 만들어 버렸다. 오리온은 헤파이스토스의 대장간으로 가서 케달리온이라는 소년을 데려다 자기 어깨에 얹고 태양이 떠오르는 방향으로 인도하도록 명령하였다. 태양빛으로 시력을 회복한 다음 다시 오이노피온에게로 가 복수를 하려고 했으나 헤파이스토스가 지하에 방을 만들어 오이노피온을 피신시켰다. 새벽의 여신 에오스가 오리온을 흠모하여 그를 델로스로 데리고 가서 시력을 회복시켜 주었다고도 한다. 오리온의 죽음에는 여러 설이 있는데 아르테미스에게 도전했다가 죽었다고도 하고, 아르테미스를 범하려다 여신이 보낸 전갈에 쏘여 죽었다고도 한다. 오리온은 죽고 난 뒤 하늘의 별자리 하나를 차지했으며, 그의 충실한 사냥개는 천랑성이 되었다.

아르테미스

사냥과 풍요의 수호신으로, 달의 여신이며 순결한 처녀들의 보호자이다. 제우스와 레토의 딸이며, 아폴론과 쌍둥이로 델로스 섬에서 태어났다. 활과 화살통으로 무장한 여자 사냥꾼으로, 어린 동물의 보호자이다. 수많은 신화에 등장한다. 이피게네이아의 희생, 자신의 목욕 장면을 훔쳐본 악타이온을 수사슴으로 변신시켜 죽게 한 일, 오리온의 죽음, 니오베 자식들의 살해, 파이드라와 히폴리토스의 이야기 등 대체로 피의 예식과 관련된 것이 많다. 킨티아, 델리아, 헤카테, 루나, 포이베, 셀레네 등 여러 이름으로 불린다.

데메테르

올림포스 12신 가운데 하나. 곡물을 다스리는 대지의 여신이다. 딸 페르세포네가 저승의 신 하데스에게 납치되었을 때 딸을 찾아 온 세상을 헤매었다. 그러다 무심한 신들에게 분노하여 하늘을 떠났다. 노파로 변장하여 엘레우시스로 가서 켈레오스 왕과 왕비 메타네이라의 환대를 받았다. 데메테르는 그들의 아이를 맡아서 기르게 되었는데 그 아이를 불사의 존재로 만들고자 몸에 암브로시아를 바르고 밤마다 불 속에 담금질하였다. 어느 날 프락시테아가 그것을 보고 놀라 소리를 지르자, 아기를 바닥에 던져 버리고 자신의 모습을 드러내었다. 그리고 다른 아이 트립톨레모스에게 날개 달린 용이 끄는 수레와 밀을 주고 세상을 돌아다니며 밀알로 씨를 뿌리게 했다. 그래서 그녀의 신전은 엘레우시스에 있다.

스틱스

하데스(지하세계) 주위를 일곱 번 감고 흐르는 강. 티탄 오케아노스와 테티스의 딸로, '증오'란 뜻의 그리스어에서 유래했다. 티탄과 신들의 전쟁 때 제우스의 동맹자로 싸웠기 때문에 제우스는 그에 대한 보답으로 하데스의 바위로부터 흐르는 스틱스의 물을 '맹세의 여신'으로 삼았다. 죽은 사람은 뱃사공 카론이 보트에 태워 스틱스 강 건너로 실어다 준다. 그래서 'Stygian oath(스틱스 강에 걸고 한 맹세)'는 신들조차도 깨트릴 수 없고, 취소할 수 없는, 꼭 지켜야 하는 맹세를 뜻한다. '스틱스 강을 건너다'는 곧 죽음을 뜻한다. 실제로 스틱스 강은 아르카디아의 노나크리스 근방 켈모스 산 북동쪽 암벽에서 폭포가 되어 60m 낙하하는 크리티스 강으로, 이 강물에는 독성이 있다고 여겨졌다. 이 강에는 마력이 있어 테티스는 아들 아킬레우스를 낳았을 때 이 강물에 담가 영원불멸의 존재로 만들고자 했다.

아킬레우스

프티아의 왕 펠레우스와 바다의 요정 테티스의 아들. 테티스는 자신의 아들을 불사신으로 만들고자 스틱스 강물에 담갔으나 테티스가 잡고 있던 아킬레우스의 발뒤꿈치가 강물에 닿지 않아 치명적인 급소가 된다. 아킬레우스는 호메로스의 〈일리아스〉에서 트로이 전쟁에서 가장 용맹을 떨치는 장수로 나온다. 전쟁이 10년째로 접어드는 해 그리스의 총사령관 아가멤논과 말다툼 끝에 전투에 나가는 것을 거부하지만, 가장 절친한 친구 파트로클로스가 자신의 무구를 가지고 전쟁에 나갔다가 트로이의 왕자 헥토르에게 죽임을 당하자 그의 복수를 위해 전쟁에 참가하여 헥토르를 죽인다. 그러나 아킬레우스 역시 파리스가 쏜 화살에 그의 유일한 약점인 발뒤꿈치를 맞아 죽음을 맞게 된다. '아킬레우스의 뒤꿈치(아킬레스건)'는 치명적인 약점을 가리키는 어원이 되었다.

▌제7권

아르고스의 살해자

전령 헤르메스의 별명이다. 제우스의 아내 헤라가 제우스가 사랑하는 이오를 질투해 '온몸에 100개의 눈을 가진' 괴물 아르고스를 보내 그녀를 감시했는데, 결국 헤르메스가 아르고스를 죽이면서 이런 별명을 얻게 되었다. '아르고스의 눈을 가진'이라는 말은 '경계를 늦추지 않는'이라는 뜻이다.

제8권

필록테테스

헤라클레스가 화장용 장작더미에서 죽어 갈 때 장작에 불을 붙여 준 친구. 헤라클레스는 죽기 전 자기의 활과 히드라의 독을 묻힌 화살을 필록테테스에게 주는데, 이는 훗날 트로이를 함락시키는 데 중요한 역할을 하게 된다. 헬레네의 구혼자 중 한 사람이며, 일곱 척의 배로 트로이 전쟁에 참가한다. 그러나 항해 도중 테네도스 섬에서 독사에 물리게 되고 그 상처가 썩어 지독한 악취를 풍기게 되었다. 결국 오디세우스 일행은 그를 렘노스 섬에 남겨 두고 떠난다. 그러나 트로이 전쟁이 9년 동안이나 진행되며 끝이 보이지 않자, 포로로 잡힌 예언자 헬레노스가 헤라클레스의 활과 화살 없이 트로이는 멸망되지 않는다고 말한다. 그러자 오디세우스와 아킬레우스의 아들이 필록테테스를 설득하여 데려온다. 상처는 마카온이 낫게 해주었고, 그는 트로이의 왕자 파리스를 쏘아 죽인다.

헤라클레스

그리스의 최대 영웅. 그의 이름은 '헤라에 의해 유명한' '헤라의 영광'이라는 뜻이다. 제우스가 암피트리온의 아내 알크메네에게 접근해 낳은 아들이다. 그 때문에 그는 제우스의 아내 헤라의 질투를 사게 되어 12가지 고행을 하게 된다. 고행은 요람에 누워 있을 때부터 시작되는데 헤라가 뱀 두 마리를 보내 그를 죽이려 했으나, 헤라클레스가 뱀들을 목 졸라 죽여 버린다.

그 후 헤라는 헤라클레스를 일생 동안 미워하게 된다. 헤라의 저주로 정신 착란을 일으켜 아내 메가라와 자식을 죽이게 된 헤라클레스는 델포이 신탁에 따라 속죄를 위해 '12과업'을 달성해야 했다. 칼리돈의 왕 오이네우스의 딸 데이아네이라와 결혼한 헤라클레스는 아내와 길을 가던 중 강을 건너게 되었을 때, 켄타우로스 족인 네소스의 등에 데이아네이라를 맡겼다. 그런데 네소스가 그녀를 겁탈하려고 하자 헤라클레스는 화살을 날려 네소스를 죽였다. 네소스는 죽으면서 사랑의 묘약이라며 자신의 피를 묻힌 옷을 그녀에게 주었다. 그 후 헤라클레스는 오이칼리아를 함락시키고 포로로 잡힌 공주 이올레를 사랑하게 되었다. 데이아네이라는 남편의 사랑을 되찾기 위해 네소스의 피를 묻힌 옷을 헤라클레스에게 보냈다. 그 옷을 입은 헤라클레스는 견딜 수 없는 고통에 시달렸고, 고통을 참을 수 없었던 그는 자신을 오이테 산 위에 화장해 달라고 부탁한다. 화장 후 그의 영혼은 하늘로 올라가 신들의 자리에 오르게 되었으며, 마침내 헤라와 화해하고 헤라의 딸 헤베와 결혼하였다. 지브롤터 해협에 마주 보고 있는 두 봉우리를 그가 갈라 놓은 것이라 여겨 '헤라클레스의 기둥'이라고 부른다. 헤라클레스는 힘세고 두려움 없는 영웅의 원형이다.

에우리토스

오이칼리아의 왕. 이올레의 아버지로 활의 명수이다. 헤라클레스에게 궁술을 가르쳤다. 호메로스에 의하면 아폴론을 이긴다고 자랑했다가 늙기도 전에 죽임을 당했다고 한다. 그의 활을 아들 이피토스가 오디세우스한테 선물로 주었고 오디세우스는 이 활로 페넬로페의 구혼자들을 살육한다.

아레스

전쟁의 신. 제우스와 헤라의 아들이다. 사나운 성질을 가진 신으로, 같은 전쟁의 신인 아테나와 달리 계획 없이 불화와 살육을 조장하며 즐긴다. 아프로디테와 불륜관계를 맺었다. 호메로스에 의하면 아레스, 아프로디테, 헤파이스토스는 영원한 삼각관계이다. 아레스는 아프로디테와 밀애를 즐기다 헤파이스토스가 만든 교묘한 그물에 걸려 신들의 웃음거리가 된다.

헤파이스토스

대장간의 신이자 불의 수호신. 신들의 무기와 장신구를 만든다. 못생긴데다 태어날 때부터 절름발이였던 헤파이스토스를 그의 어머니 헤라는 올림포스에서 내던졌으나 바다의 여신 테티스와 에우리노메가 구해 주었다. 그래서 트로이 전쟁에서 테티스의 아들 아킬레우스를 위한 무구를 만들어 주었으며, 제우스의 벼락과 아르테미스의 화살도 만들었다. 사랑의 여신 아프로디테의 불륜 때문에 자주 괴로움을 겪는다.

키르케

태양신 헬리오스의 딸. 황금양털 탐험 이야기에 나오는 콜키스(코카서스)의 왕 아이에테스와 자매간이다. 모든 약에 능통한 마법사이며, 오디세우스의 동료들을 동물로 변하게 한다. 그러나 오디세우스는 헤르메스가 준 마법의 약초 몰리로 위기를 벗어나고, 그녀를 칼로 죽이려 한다. 키르케는 동료들을 원래대로 돌려주고, 아무 해도 입히지 않겠다는 맹세를 한 후 오디세우스와 1년 정도 함께 지낸다. 키르케는 '유혹하는 여자'를 가리킨다.

제9권

폴리페모스

포세이돈의 아들. 외눈박이 거인 족 키클롭스의 우두머리다. 트로이 전쟁이 끝나고 귀향길에 오른 오디세우스와 그의 부하들이 방문했을 때 그들을 자신의 동굴에 가두고 식사 때마다 두 사람씩 잡아먹었다. 오디세우스는 날카롭게 깎은 나무 막대기로 그의 눈을 찌르고 도망쳤다.

제10권

아이올로스

바람의 신 히포테스(히포타스)의 아들이다. 아이올리아 섬에서 아들 여섯과 딸 여섯을 결혼시켜 함께 살았다. 트로이 원정을 끝내고 고향으로 돌아가는 오디세우스와 그 부하들이 아이올리아 섬에 표류되자 처음에는 환대했다. 그리고 집으로 돌아가는 오디세우스에게 순풍을 불어 주고, 역풍을 가두어 놓은 주머니를 주었다. 그러나 오디세우스의 부하들이 호기심에 그 주머니를 풀어 버렸고, 그가 주었던 역풍이 몰아쳐 배가 다시 섬으로 되돌아오자 노여워하며 외면한다.

라이스트리곤 족

신화에 나오는 거인 식인종. 시칠리아로 추정되는 곳에서 살았다. 오디세우스 일행은 이타케로 돌아가는 긴 여행 중에 이들을 만난다. 거인들은 그의 부하들을 잡아먹고 배 12척 중 한 척만 빼고 침몰시켜 버린다.

기간테스

'기가스'라고도 한다. 가이아와 우라노스의 자식인 거인 종족. 그리스 우주론에서 땅이 창조된 직후, 즉 땅이 아직 기본 형태를 갖추기 전에 존재했다고 한다. 올림포스 신들과의 전쟁에서 패배했으며 제우스가 이들을 타르타로스(지옥)로 내던져 버렸다고 한다.

오케아노스

가이아와 우라노스의 사이에서 태어난 티탄 중의 하나로, 테티스의 남편이며 세계의 둘레를 감아 흐르는 강의 신이다. 호메로스는 이 강이 평평한 원형의 대지 주위를 흐르고, 세계의 모든 강이나 하천의 물은 오케아노스의 지하를 지나 지상으로 나타난다고 표현했다. 그리고 태양과 별은 이 강에 잠겨 있다가 황금 술잔을 타고 밤새 동쪽으로 건너가 다시 떠오른다고 했다. 오디세우스는 오케아노스 강을 건너 지하세계로 들어간다.

하데스

제우스의 형이자 사자死者의 세계를 다스리는 신. 그리스어로 '눈에 보이지 않는'이라는 뜻이다. 타르타로스와 에레보스라고도 불리는데, 타르타로

스는 더 깊은 지하세계를 의미한다. 가이아의 아들들이 갇힌 곳. '함정'이라
는 뜻을 가진 에레보스는 인간이 죽으면 바로 가게 되는 곳을 의미한다. 지
하의 부를 인간에게 준다 하여 재물이라는 의미의 '플루톤'이라고도 한다.

페르세포네

제우스와 데메테르의 딸로 '처녀'라는 뜻을 가진 '코레'라고도 알려져 있
다. 삼촌인 하데스에게 유괴되어 하계의 왕비가 되었다. 유괴된 딸을 찾아
어머니 데메테르가 온 세상을 헤매고 다니자, 제우스가 하데스에게 페르세
포네를 어머니에게 돌려보내라고 명한다. 그러나 하데스는 석류를 먹으면
어머니에게 돌아갈 수 있다고 페르세포네를 속여 석류를 먹게 한다. 하계
에서는 무엇인가를 먹으면 영원히 그곳에서 벗어날 수 없다는 규칙이 있었
기 때문이다. 저승과 이승을 오갈 수 있는 것은 전령의 신 헤르메스에게만
가능한 일이었다. 하지만 데메테르와 하데스의 타협으로 페르세포네는 1년
중 4개월은 하계에 머물고, 나머지 8개월은 어머니와 함께 땅 위에서 살게
되었다. 그래서 페르세포네가 지하에 있는 동안에는 대지의 여신 데메테르
가 슬픔에 잠겨 곡식들이 자라지 않고, 그녀가 다시 땅 위로 올라오면 초
목들이 되살아나고 곡식들이 열매를 맺게 되었다. 계절의 순환을 상징하는
식물 신화의 한 형식이다.

테이레시아스

그리스 시대 비극 작가 소포클레스의 〈안티고네〉〈오이디푸스 왕〉, 에우
리피데스의 〈바쿠스의 여신도들〉〈페니키아의 여인들〉에서 테베의 예언자

312

로 나온다. 그가 장님인 것에는 여러 가지 이야기들이 전해지는데, 그가 신들이 숨기고 싶어 하는 것을 인간들에게 가르쳐 주었기 때문에 신들이 장님으로 만들었다고도 하며, 또 다른 설에 의하면 알몸으로 목욕하는 아테나를 보았기 때문에 아테나가 두 손으로 그의 눈을 가려 버렸다고도 한다. 그런데 헤시오도스는 이렇게 적고 있다. 킬레네 근처에서 사냥을 하던 테이레시아스가 교미하는 뱀을 보고 막대기로 내리치자 여자로 변했다가, 다시 7년 뒤 그곳을 지나다 교미하는 뱀을 보고 다시 한 번 치자 남자로 변했다고 한다. 그래서 제우스와 헤라는 성교를 하면 남자와 여자 중 어느 쪽이 더 쾌감을 느끼는지 논쟁을 하다가 테이레시아스에게 의견을 물었다. 테이레시아스가 여자가 9배나 더 많이 느낀다며 헤라에게 불리한 대답을 하자 화가 난 헤라는 그의 눈을 멀게 만들었고, 제우스는 그에게 예언력을 주었다고 한다. 그는 죽은 뒤에도 예언력을 가지고 있었기 때문에 오디세우스는 키르케의 말에 따라 하계로 내려가 그의 혼령을 만나서 자신의 귀향에 대해 물어본다.

▌제11권

알크메네

티린스의 왕 암피트리온의 아내. 남편의 모습을 하고 나타난 제우스와 동침을 했다. 같은 날 밤 원정에서 돌아온 암피트리온은 아내가 자신을 반기지 않자 그 이유를 물었다. 알크메네는 그가 전날 밤에 와서 잤다고 말했고, 암피트리온은 테이레시아스에게 물어 제우스가 왔다는 것을 알았다. 그날 밤 알크메네는 다시 남편과 동침하여 헤라클레스와 이피클레스를 낳았다.

오이디푸스

테베의 왕 라이오스와 이오카스테 사이에서 태어났다. 라이오스는 '아들이 태어나면 아들에게 죽게 될 것'이라는 신탁을 들었기 때문에 아이가 태어나자마자 발목을 묶어서 버리게 했다. '부풀어 오른 발'이라는 뜻의 '오이디푸스'는 여기에서 유래된 것이다. 하지만 양치기에게 발견된 아이는 코린토스 왕의 양자가 되었다. 청년이 된 오이디푸스는 델포이에서 '장차 아버지를 죽이고 어머니와 결혼할 운명'이라는 신탁을 듣고 충격을 받게 되어 코린토스로 돌아가지 않고 방랑의 길을 떠난다. 테베로 향하던 어느 날, 오이디푸스는 삼거리에서 만난 노인 일행과 시비가 붙어 그들을 전부 죽이게 되는데, 그 노인이 바로 친아버지 라이오스였다. 그러나 오이디푸스는 그 사실을 모른 채 테베로 향하게 된다. 오이디푸스는 테베에서 괴물 스핑크스의 수수께끼를 풀어내어 죽임으로써 공포에 떨고 있던 테베 인들을 구하고 테베의 왕비와 결혼하여 왕위를 차지한다. 그런데 얼마 뒤 전염병이 테베를 휩쓸게 되자 예언자 테이레시아스를 불러 물었다. 예언자는 왕비의 전 남편 라이오스의 살인자를 찾아서 추방해야 한다는 신탁이 내려왔다고 말하면서 바로 오이디푸스가 그 범인이라고 말한다. 마침내 가족관계의 모든 사실을 알게 된 이오카스테는 자살하고, 자신의 운명이 신탁대로 진행되었다는 것을 알게 된 오이디푸스는 스스로 자신의 눈을 찔러 장님이 된

채 딸 안티고네와 함께 테베를 떠나 콜로노스에서 죽을 때까지 방랑생활을
한다.

레다

스파르타 왕 틴다레오스의 왕비. 스파르타 근처 에우로타스 강에서 목욕
하던 중 백조의 모습으로 나타난 제우스와 동침하여 얻은 딸이 바로 트로
이 전쟁의 불씨가 된 헬레네이다. 카스토르와 폴리데우케스, 그리고 아가
멤논의 아내 클리타임네스트라의 어머니이다.

레토

티탄 족 코이오스와 포이베의 딸로 여자 티탄이다. 제우스와 사랑을 나
눠 임신을 하게 되었으나 헤라의 질투로 쫓겨나 여러 곳을 떠돌다가 델로
스 섬에서 쌍둥이 아르테미스와 아폴론을 낳았다.

파이드라

크레타의 왕 미노스와 파시파에의 딸로, 아리아드네의 여동생이다. 테세
우스가 아리아드네를 버린 다음 그와 결혼한다. 테세우스와 아마존의 여왕
히폴리테 사이에서 태어난 히폴리토스에게 반해 연정을 품었지만 히폴리
토스가 그녀의 구애를 거절하자 자살한다. 이에 테세우스 왕은 히폴리토스
를 추방하여 결국 죽게 한다. 이것이 '파이드라 콤플렉스'의 유래가 되었는
데, 1962년에 제작된 영화 〈페드라〉는 이 신화를 토대로 한 것이다.

아리아드네

크레타의 왕 미노스와 파시파에의 딸. 아테네를 세운 영웅 테세우스가 젊은 시절 크레타의 미궁 라비린토스로 들어갈 때 그에게 반해 실타래를 주어 괴물 미노타우로스를 죽이고 미궁에서 빠져나올 수 있도록 도와주었다. 크레타를 떠나 테세우스를 따라 나섰지만 낙소스 섬에 홀로 남겨졌다. 그러나 훗날 디오니소스를 만나 결혼하여 많은 아이를 낳았으며 나중에 디오니소스가 그녀에게 결혼 선물로 주었던 화관을 하늘의 별자리로 만들었다고 한다.

테세우스

아티카 지역을 통합한 영웅. 아테네의 왕 아이게우스와 트로이젠의 공주 아이트라 사이에서 태어났으나 트로이젠에서 어머니와 함께 살았다. 나이가 들자 어머니는 큰 바위를 들어 올리게 하여 아버지가 증표로 남겨 놓은 칼과 샌들을 보여 주며 그를 찾아가라고 일렀다. 수많은 모험을 겪으며 아테네에 들어갔으나 아이게우스와 살고 있던 악녀 메데이아의 모함으로 죽을 위험에 처했다. 그러나 아이게우스는 자신의 칼을 알아보고 모든 아테네 인들에게 그가 자신의 아들임을 선포했다. 테세우스는 아테네를 괴롭히고 있는 크레타의 괴물 미노타우로스를 죽이겠다고 스스로 자청하여 크레타로 갔다. 결국 그는 미노스 왕의 딸 아리아드네의 도움으로 괴물을 죽이고 미궁을 탈출했다. 그러나 테세우스는 아버지에게 크레타에서 무사히 귀환하게 되면 하얀 돛을 달겠다고 했던 약속을 잊어버린다. 결국 아이게우스는 검은 돛이 달린 배를 보고 비탄한 나머지 바다에 뛰어든다. 에게 해

Aegean Sea는 아이게우스의 이름에서 유래된 것이다. 테세우스는 아버지의 뒤를 이어 아테네의 왕이 되었다. 그는 아마존 족과 싸웠으며, 아마존의 여왕 히폴리테와 결혼하여 히폴리토스라는 아들을 낳았다.

카산드라

트로이의 왕 프리아모스와 헤카베 사이에서 태어난 딸. 아폴론이 구애를 하며 예언술을 가르쳐 주겠다고 약속했지만 그녀는 그것을 다 배우고는 구애를 거절해 버렸다. 그래서 아폴론은 아무도 그녀의 예언을 믿지 않도록 해버렸다. 카산드라는 트로이의 함락을 예언했지만 아무도 믿어 주는 사람이 없었고, 트로이가 멸망한 후 아가멤논의 전리품이 되어 미케네로 끌려갔다.

클리타임네스트라

미케네의 왕 아가멤논의 아내. 아가멤논이 트로이로 출범할 때 순풍을 얻기 위해 아르테미스 여신에게 딸 이피게네이아를 제물로 바친 것에 분노하여, 트로이 전쟁에서 귀국한 남편을 정부 아이기스토스와 함께 살해한다. 그리고 아가멤논이 트로이에서 포로로 데리고 온 카산드라도 죽인다. 그러나 아들 오레스테스에게 아이기스토스와 함께 살해당한다.

네오프톨레모스

아킬레우스의 아들. 아킬레우스가 전사한 다음 트로이 전쟁에 참가하게 된다. 렘노스 섬에 남겨 두었던 필록테테스를 전쟁에서 승리하기 위해 데리러 가는 오디세우스와 동행했다. 목마에 탄 전사 중의 한 명이며, 트로이의 왕 프리아모스를 살해하고, 헥토르의 아들 아스티아낙스도 절벽 밑으로 떨어뜨려 죽였다. 전리품으로 헥토르의 아내 안드로마케를 얻어 고향 프티아로 돌아왔다.

미노스

전설로 전해지는 크레타의 왕. 제우스와 에우로페 사이에서 태어났다고 한다. 왕비 파시파에와 결혼하여 아리아드네, 안드로게오스, 데우칼리온, 글라우코스를 낳았다. 왕비가 포세이돈이 보낸 황소와 정을 통하여 괴물 미노타우로스를 낳자 다이달로스에게 미궁을 만들게 하여 그곳에 미노타우로스를 가두어 버렸다. 또한 아들 안드로게오스가 아테네 왕의 부탁으로 사나운 황소를 잡으러 갔다가 죽음을 맞게 되자 그에 대한 보복으로 아테네 인들에게 해마다(9년마다라는 설도 있다) 젊은 소년 소녀 7명을 희생 제물로 바치게 했다.

티티오스

에우보이아의 거인. 제우스와 오르코메노스의 딸 엘라레 사이에서 태어난 아들이다. 제우스는 헤라의 질투를 두려워하여 엘라레를 땅속에 숨기고 잉태된 아이를 빛으로 끌어 올렸다. 티티오스는 자라서 거인이 되었는데, 헤라는 그에게 레토를 겁탈할 욕망을 일으켜 복수를 하려고 했다. 그가 레토를 범하려고 하자 그녀는 자식들을 외쳐 불렀으며, 레토의 자식인 아폴론과 아르테미스가 그를 쏘아 죽였다. 티티오스는 죽어서도 벌을 받고 있는데, 하데스에서 독수리들이 그의 간을 쪼아 먹고 있다.

탄탈로스

제우스의 아들이지만, 신들의 비의秘儀를 인간들에게 가르쳐 준 죄로 하데스에서 벌을 받고 있다고 한다. 탄탈로스는 머리 바로 위에 과일이 달려 있는 나무 바로 옆 연못 속에서 지내고 있는데, 연못의 물은 항상 턱까지 채워져 있다고 한다. 그가 손을 뻗어 열매를 먹으려고 하면 멀어져 버리고, 물을 마시려고 하면 말라 버려 영원한 굶주림과 갈증으로 고통을 당하고 있다.

헤라클레스의 12가지 과업

미케네의 왕 에우리스테우스의 명령을 받고 헤라클레스는 12가지 과업을 수행한다. 거의 불가능해 보이는 이 일을 헤라클레스가 이행하게 된 데에는 여러 가지 설이 있는데, 그중 한 가지는 첫 번째 아내와 그녀 사이에서 나온 자식들을 광기에 사로잡혀 죽이게 된 것에 대한 속죄로 델포이의 신탁이 내려왔기 때문이라고 한다. 12가지 과업은 다음과 같다.

① 불사신의 괴물인 네메아의 사자를 죽이는 일. 헤라클레스는 맨손으로 사자를 죽인 후 가죽을 벗겨 망토를 만들고 그것을 항상 입고 다녔다.

② 레르네의 히드라를 죽이는 일. 머리가 수없이 달린 물뱀 히드라가 있었는데, 머리를 자를 때마다 그 자리에 다시 두 개의 머리가 솟아났다.

③ 케리네이아의 붉은 사슴을 잡는 일. 1년이나 추격하여 잡았지만 아르테미스의 요구로 사슴을 풀어 주었다.

④ 에리만토스 산에 사는 야생 멧돼지를 산 채로 잡는 일.

⑤ 아우게이아스 왕의 마구간을 청소하는 일.

⑥ 스팀팔리아 늪지에 사는 괴조怪鳥를 퇴치하는 일.

⑦ 크레타 섬의 황소를 잡는 일.

⑧ 트라케의 왕 디오메데스가 기르는 사람을 잡아먹는 네 마리의 암말을 잡는 일.

⑨ 아마존의 여왕 히폴리테의 허리띠를 가져오는 일.

⑩ 먼 서쪽에 살던 게리온의 황소를 잡는 일.

⑪ 헤스페리데스가 지키고 있는 황금사과를 따 오는 일.

⑫ 하계에 있는 사나운 개 케르베로스를 붙잡는 일.

페이리토오스

테살리아 라피타이 족의 왕. 칼리돈의 멧돼지 사냥에 참가했다가 테세우스와 절친한 친구가 된다. 히포다메이아와 결혼식을 하면서 이웃에 살고 있는 반인반마半人半馬 족인 켄타우로스들을 초대했다. 그러나 술에 취한 이들이 신부와 함께 라피타이 여자들을 납치하려고 하자 전투가 벌어졌으며 테세우스와 함께 켄타우로스들을 처치해 버렸다. 이후 페이리토오스는 테세우스와 절친한 사이가 되었으며 둘은 제우스의 딸을 자신들의 아내로 삼기로 맹세했다. 헬레네가 메넬라오스의 부인이 되기 전, 테세우스가 헬레네를 납치할 때 그를 도왔으며, 또한 페이리토오스가 하계의 왕비 페르세포네를 찾아 지하세계로 내려갈 때 테세우스도 함께 갔다. 그러나 하계의 왕 하데스는 그들을 초대하여 망각의 의자에 앉혀 꼼짝 못하게 하고 뱀으로 칭칭 감아 버렸다. 헤라클레스가 케르베로스를 잡으려고 하계에 내려왔을 때 테세우스는 구출되지만 페이리토오스는 영원히 지하세계에 남아 있게 된다.

고르고

'고르곤'이라고도 하며, 신화에 나오는 무시무시한 세 자매인 스테노, 에우리알레, 메두사를 가리킨다. 특히 메두사는 너무 흉측하게 생겨서 그녀를 본 사람들은 모두 돌로 변했다고 한다. 고르고 중에서 메두사가 가장 유명한데 그녀는 페르세우스에게 목이 잘렸지만 나머지 두 자매는 영원히 죽지 않았다. 고르고는 'gorgos(무시무시한)'에서 나온 말이다.

▌제12권

세이렌

상반신은 여자이고 하반신은 새의 모습을 한 거대한 바다새 자매. 시칠리아 근처 작은 섬에 살면서 매혹적인 노래를 불러 뱃사람들을 유혹해 바위에 부딪쳐 죽게 했다. 오디세우스와 부하들은 이들이 있는 바다 근처를 통과해야 했는데, 오디세우스는 자기 몸을 돛대에 꽁꽁 묶어 움직일 수 없게 하였고, 부하들의 귀를 밀랍으로 틀어막아 유혹하는 노래를 들을 수 없게 해 무사히 빠져나갔다. 흔히 아름답고 유혹적인 여자를 '세이렌'이라 부른다.

이아손

테살리아 지방 이올코스의 왕인 아이손의 아들. 이올코스의 왕위를 삼촌 펠리아스에게 빼앗기고 추방되었으나 자라서 왕위를 요구하러 다시 돌아왔다. 그러나 펠리아스는 이아손에게 황금양털을 가져오면 왕위를 내놓겠다고 말한다. 황금양털은 콜키스 인들이 가지고 있었으며 잠자지 않는 용이 지키고 있었다. 이아손은 신탁을 받고 55명의 영웅들과 함께 아르고 호를 타고 흑해 연안의 콜키스로 향했다. 그곳의 왕인 아이에테스의 딸이자 마법사인 메데이아의 도움을 받아 황금양털을 손에 넣고 이올코스로 되돌아온 영웅이다.

스킬라와 카립디스

'스킬라'는 12개의 발과 6개의 목, 세 줄의 이빨을 가졌으며, '바위'라는 뜻이다. 포세이돈이 바다 요정 스킬라를 사랑하자 포세이돈의 아내 암피트리테가 질투심에 불타 스킬라를 괴물로 변하게 했다. 괴물이 된 스킬라는 이탈리아 메시나 해협의 높은 동굴 안에 숨어 있으면서 암초에 부딪혀 생기는 바닷물과 안개로 자신을 숨기고 있다.

또 '카립디스'는 간담을 서늘하게 하는 소용돌이로, 바닷물을 세차게 빨아들였다가 위로 솟구쳐 낸다. 배가 카립디스를 피하여 스킬라 가까이 지나갈 때면 스킬라는 뱃사람들을 낚아채 잡아먹었다. 또한 배가 스킬라를 무사히 통과해도 카립디스가 배를 빨아들였다. '스킬라와 카립디스 사이'란 한 곳에서 도망치려다 다른 곳의 먹이가 된다는 '진퇴양난'을 의미한다. 고대 로마의 시인 호라티우스는 "스킬라를 피하려다 카립디스로 표류한다"고 말했는데, 이는 결점을 피하려다 다른 결점에 빠진다는 뜻이다.

히페리온

티탄 중 하나로, 우라노스와 가이아의 아들이다. 테이아와 결혼해 헬리오스(태양신), 셀레네(달의 신), 에오스(새벽의 여신)를 두었다. 호메로스는 헬리오스를 히페리온이라고 부른다. 히페리온은 흔히 태양신과 동일시된다.

▌제13권

이도메네우스

데우칼리온의 아들. 크레타의 왕이며 미노스의 손자이다. 아가멤논의 동맹자로 트로이 전쟁에 참가한다. 그는 다른 그리스 장수들보다 나이가 많았지만 전차병으로 용감히 싸웠으며, 트로이 목마에 들어간 용사이기도 했다. 전쟁이 끝나고 크레타로 귀국하던 중에 격렬한 폭풍우를 만난다. 이때 폭풍을 피하기 위해 포세이돈에게 고향에 닿아 최초로 본 것을 제물로 바치겠다고 약속했는데 그 때문에 어쩔 수 없이 자신의 아들을 제물로 바쳐 그 맹세를 지켰다.

제18권

카리아티데스

그리스 건축에서 사용된 여인상 모양의 기둥. 신전의 상인방을 떠받치기 위하여 기둥 대신 사용한, 페플로스(양모로 만든 긴 옷)를 입은 여성 조각상을 말한다.

1. 〈오디세이아〉에 대하여

〈오디세이아Odysseia〉는 〈일리아스Ilias〉와 함께 기원전 8세기 말경 호메로스Homeros라고 알려진 시인이 쓴 가장 오래된 그리스 문학작품이다. 이 작품들은 모두 서사시 형태인데, 〈일리아스〉는 기원전 13~12세기경에 일어났을 것으로 추측되는 전설적인 전쟁인 '트로이 전쟁'을 소재로 한 것이다. 〈일리아스〉가 전편이라면 〈오디세이아〉는 그 후편이라 할 수 있다.

〈오디세이아〉는 트로이 전쟁에서 '목마' 전략을 생각해 내어 그리스군을 승리로 이끈 지혜로운 영웅 오디세우스가 10년간의 전쟁을 끝내고 자신의 부하들과 함께 그리스 본토 서쪽 만에 있는 고향 이타케 섬으로 돌아가는 동안 겪게 되는 수많은 항해 모험담을 그려 냈다. 구성도 〈일리아스〉처럼 총 24권, 약 12,110행으로 이루어진 방대한 서사시이다.

환상적인 모험, 다양한 사건과 인물들 그리고 인간의 모습으로 변장한 아테나 여신을 비롯하여 포세이돈, 제우스와 같은 그리스 신들도 등장해 상당히 복잡하고 길게 느껴지지만, 내용은 크게 세 부분으로 나눌 수 있다.

먼저, 제1권에서 제4권까지는 이타케에 남아 있는 오디세우스의 아내 페넬로페와 어린 아들 텔레마코스가 오디세우스의 귀향이 늦어지면서 구혼자들에게 여러 가지로 고통을 당하고 있는 이야기이다.

제5권에서 제12권까지는 오디세우스가 겪은 모험이 주 내용이다. 그러나 시간대별로 순차적으로 이야기하고 있는 것은 아니다. 파이아케스의 알키노오스 왕을 만난 오디세우스가 트로이를 떠나 항해를 시작하면서 겪은 온갖 어려움과 모험을 회상하며 왕에게 이야기해 주는 형식으로 전개된다. 그리고 마침내 항해술이 뛰어난 파이아케스 인들의 도움을 받아 오디세우스는 고향땅 이타케에 도착하게 된다.

제13권부터 제24권에서는 자신의 정체를 숨기고 이타케에 몰래 도착한 오디세우스가 아들 텔레마코스와 극적으로 만난다. 그리고 자신의 충실한 부하들과 함께 그동안 아내와 아들을 괴롭히던 무리들을 처단한다. 또한 오디세우스를 끝까지 기다리고 있던 아내 페넬로페와도 눈물 어린 재회를 하고 다시 왕위를 되찾게 되면서 끝이 난다.

〈오디세이아〉의 내용 중에는 그리스 신화로 소개되는 것들이 많다. 간략하게 정리하면 다음과 같은 것으로, 주로 오디세우스의 항해 모험담이다.

1) 로토스를 먹는 사람들

트로이에서 12척의 배를 띄운 오디세우스 일행은 태풍을 만나 여러 지역을 표류하다 아프리카 북쪽 로토파고이 족의 땅에 도착한다. 오디세우스는 그곳을 살펴보기 위해 몇몇 부하들을 내보냈다. 그러나 그들은 그곳 주민들이 주는 로토스라는 달콤한 열매를 먹고 기억을 잃어버린다. 그 열매는 모든 것을 잊게 하는 것으로, 지금으로 말하면 일종의 각성제와 비슷한 것이다. 오디세우스는 다른 부하들을 보내 기억을 잃어버린 동료들을 강제로 다시 끌고 와야 했다.

2) 외눈박이 거인 족 키클롭스

로토파고이 섬에서 겨우 도망쳐 나온 오디세우스 일행이 북쪽으로 거슬러 올라가 도착한 곳은 키클롭스 족이 사는 섬이다. 그들은 이마에 둥근 외눈이 달린 거인 족이었다. 이들이 사는 섬은 땅이 비옥해 곡식들이 풍성하게 자라고 있었으며, 살찐 양과 염소들이 마음껏 풀을 뜯어 먹을 수 있는 드넓은 초원이 펼쳐져 있었다.

다른 배들은 가까운 섬에 남겨 두고, 한 척만을 끌고 섬으로 다가간 오디세우스는 12명의 부하와 함께 포도주를 들고 섬으로 들어간다. 섬을 둘러보던 그들은 폴리페모스라는 거인이 살고 있는 동굴에 들어가게 되는데, 포세이돈의 아들이었던 그는 오디세우스의 부하들을 매 끼니마다 둘씩 잡아먹는다. 오디세우스는 또 한 번의 지혜를 발휘하여 마침내 동굴에서 무사히 빠져나온다(제9권 참조).

그러나 바다의 신 포세이돈은 자신의 아들을 눈멀게 한 오디세우스에게 분노하여 그의 항해를 방해한다. 이로써 오디세우스는 바다에서 온갖 고난을 겪게 되며, 고향으로 돌아가는 데 10여 년이 걸리게 된다.

3) 아이올리아 섬

포세이돈의 온갖 방해로 파도와 폭풍을 헤치며 항해하던 오디세우스 일행은 아이올리아 섬에 도착하게 되었다. 제우스가 이 섬의 왕 아이올로스에게 모든 바람의 지배권을 주었기 때문에 왕은 바람을 마음대로 할 수 있었다. 왕은 해롭고 위험한 바람을 가죽 자루에 담아 매듭으로 묶어 오디세우스에게 주고 항해할 때 그 바람들을 어떻게 사용해야 하는지 가르쳐 주었다. 그리고 순풍에게 명령하여 오디세우스의 배를 그들의 고향으로 인도해 주도록 했다.

그러나 오디세우스가 잠든 사이 그의 부하들이 왕이 건네준 자루에 보물이 들어있을 것이라 생각하고 자루를 풀어 버렸다. 결국 자루에 묶어 두었던 세찬 바람이 쏟아져 나와 그들 일행을 다시 아이올리아 섬으로 되돌아가게 했다. 동료들의 오해로 오디세우스는 왔던 길을 다시 되돌아 나오는 힘든 항해를 해야 했다.

4) 마법사 키르케

오디세우스는 항해 도중 배와 부하들을 잃고 한 척의 배만을 이끌고 이탈리아 해안을 항해하게 되었다. 그리고 마침내 태양신 헬리오스의 딸 키르케가 살고 있는 아이아이에 섬에 도착했다. 키르케는 약에 아주 능통하고, 사람들을 동물로 변신시켜 버리는 마법사였다. 오디세우스의 부하들도 그녀의 마법에 걸려들었으나, 신의 전령 헤르메스가 오디세우스에게는 마법에 걸리지 않는 약초를 주어 그녀의 마법에서 벗어날 수 있었다.

그러나 오디세우스는 키르케와 함께 오랫동안 아이아이에 섬에서 시간을 보내게 되었고, 아들 텔레고노스를 낳게 된다. 이렇게 고향을 잊어버린 채 너무 많은 시간이 흐르자, 부하들이 고향으로 돌아가야 한다며 오디세우스를 다그친다. 키르케는 오디세우스에게 고향으로 무사히 돌아가려면 지하세계에 들러 죽은 자들의 영혼을 불러 위로하고 예언자 테이레시아스의 조언을 구해야 한다고 가르쳐 준다.

5) 지하세계로 내려간 오디세우스

오디세우스는 세상의 끝인 지하세계로 들어가기 위해 오케아노스 강을 항해하고 그곳에서 죽은 자들의 영혼을 달랜다. 그리고 마침내 수많은 영혼들과 만나게 되는데 자신의 어머니의 영혼을 비롯하여, 트로이 전쟁에서 죽은 아킬레우스, 그리고 전장에서 영광스러운 죽음을 당한 수많은 영웅들을 만난다. 또한 트로이 전쟁에서는 살아남아 무사히 고향으로 돌아갔으나 아내와 그의 정부에게 죽임을 당한 아가멤논과도 만나 구슬픈 대화를 나눈다. 마침내 예언자 테이레시아스에게서 트라나키에 섬(시칠리아 부근)의 소떼는 태양신의 제물이므로 절대 잡아먹지 않아야 무사히 집에 돌아갈 수 있다는 조언을 듣고 지하세계에서 빠져나온다.

6) 세이렌과 스킬라, 카립디스

지하세계에서 빠져나와 다시 항해를 시작한 오디세우스는 세이렌의 바다를 건너게 되는데, 키르케가 그들이 떠나기 전에 그곳을 무사히 건너는 법을 가르쳐 주었다. 세이렌은 새의 몸에 여자의 머리와 목소리를 가진 바다 괴물이었다. 그녀들의 노래는 선원들을 유혹하여 바위에 부딪혀 죽게 만들었으므로 그곳을 빠져나올 수 있는 배는 거의 없었다. 오디세우스는 키르케가 가르쳐 준 대로 부하들의 귀를 밀랍으로 틀어막고 자신의 몸은 돛대에 단단히 묶어 그곳을 빠져나온다.

그러나 세이렌에게서 빠져나온 오디세우스는 다시 두 개의 커다란 절벽을 만나게 된다. 그곳에서 암초에 부딪혀 생기는 물과 안개로 자신을 숨기고 있는 괴물 스킬라와 바다의 모든 것을 빨아들이는 카립디스와 마주친다. 카립디스는 매일 세 번씩 바닷물을 거세게 빨아들였다가 내보냈다. 그러나 키르케가 그들에게서 빠져나오는 방법을 가르쳐 주었으므로 오디세우스는 무사히 그곳을 통과할 수 있었다.

7) 바다의 님프, 칼립소

오디세우스 일행이 트리나키에 섬에 도착했을 때 바람이 불지 않아 더 이상 출항하지 못하고 그곳에 머무르게 되었다. 그곳에는 소들이 풀을 뜯고 있었는데, 식량이 떨어지자 그의 부하들은 배고픔을 참지 못하고 소를 잡아먹었다. 그러나 그것은 예언자 테이레시아스가 경고했던 태양신의 소 떼였으므로 그들은 제우스의 분노를 사게 되었다. 제우스는 오디세우스의 배에 벼락을 내리쳤고 오디세우스 혼자 겨우 살아남게 되었다.

파도에 실려 표류하던 오디세우스가 오기기아 섬에 도착하게 되었는데 아틀라스의 딸인 바다의 님프 칼립소가 발견하여 그를 보살펴 주었고 두 사람은 7년 동안 함께 살게 되었다. 하지만 결국 칼립소는 고향을 그리워하는 오디세우스에게 뗏목을 만들어 주고 떠나게 한다.

2. 트로이 목마의 주인공, 오디세우스

호메로스의 〈일리아스〉와 〈오디세이아〉를 비롯해 헤시오도스의 서사시, 아폴로도로스의 〈신화집〉, 오비디우스의 〈변신 이야기〉 등에 '트로이 목마' 의 주인공으로 등장하는 오디세우스는 펠로폰네소스 반도 서쪽 섬나라인 이타케의 왕 라에르테스와 아우톨리코스의 딸 안티클레이아의 아들이다.

그리스의 수많은 영웅들이 스파르타 최고의 미녀 헬레네에게 구혼을 했을 때, 오디세우스도 그 구혼자들 중 한 명이었다. 그러나 가난했기 때문에 구혼이 성사되지 않을 것으로 생각한 그는 헬레네의 아버지 틴다레오스에게 한 가지 충고를 한다. 틴다레오스는 헬레네에게 구혼을 했다가 거절당한 왕과 왕자들이 나중에 불만을 품게 될 것을 걱정하고 있었는데, 오디세우스는 장차 헬레네가 누구를 배필로 고르든 모든 구혼자들이 그 사람에게 반드시 충성할 것임을 서약하게 하라고 말했다. 메넬라오스가 그 행운의 주인공이 되었으며, 틴다레오스는 오디세우스의 충고에 대한 보답으로 동생 이카리오스의 딸 페넬로페를 아내로 맞이하게 해주었다. 그리고 그들 사이에서 아들 텔레마코스가 태어났다.

그런데 스파르타의 메넬라오스와 결혼한 헬레네가 트로이의 왕자 파리스와 함께 트로이로 떠나버리자, 메넬라오스는 헬레네에게 구혼했던 이들에게 그때 했던 맹세를 내세우며 그녀를 데려올 그리스 연합군 원정대를 소집할 것을 요구한다. 오디세우스는 전쟁에 참가하기 싫어 미친 척하지만, 팔라메데스가 그것을 눈치채고 오디세우스의 아들 텔레마코스를 페넬로페에게서 빼앗아 죽이려고 한다. 그러자 오디세우스는 자신의 위장을 인정하고 트로이 전쟁에 참가한다.

오디세우스의 지혜로운 활약은 〈일리아스〉의 여러 장면과 사건에서 두드러진다. 그리스 연합군 총대장 아가멤논과 최고의 전사 아킬레우스 간의 불화로 전쟁이 지지부진해지자 전투를 거부하고 막사에 틀어박힌 아킬레우스를 찾아가 뛰어난 언변으로 설득한 이가 오디세우스이다. 또한 디오메데스와 함께 트로이 성으로 몰래 들어가 트로이 인들의 수호신인 아테나 여신의 조각상 팔라디온을 훔쳐 올 정도로 담대한 용기를 보여 준 영웅이었다.

아킬레우스가 죽고 난 뒤 아킬레우스의 훌륭한 무구를 놓고 아이아스와 대결을 할 때도 능숙한 달변으로 여러 장수들을 설득하여 자신이 그리스군에서 가장 공로가 크다는 것을 입증함으로써 승리자가 된다. 결국 경합에서 진 아이아스는 수치심에 못 이겨 자살해 버린다.

오디세우스는 아킬레우스의 아들 네오프톨레모스와 함께 렘노스 섬으로 가서 헤라클레스의 활을 가진 명궁 필록테테스를 데리고 와 그리스군의 사기를 높이는 일에도 결정적인 역할을 한다. 부상을 입고 섬에 버려져 있던 필록테테스는 의사 마카온의 치료를 받고 헤라클레스에게서 받은 독화살을 쏘아 트로이 전쟁의 원인이 된 트로이의 왕자 파리스를 쓰러뜨렸다.

그러나 파리스의 죽음 이후에도 트로이는 멸망하지 않았고 전쟁이 지지부진한 상태로 10년째에 접어들자 오디세우스는 목마를 이용하자는 전략을 내놓았다(오디세우스의 목마는 〈일리아스〉에는 나오지 않으며, 〈오디세이아〉를 비롯한 그리스 신화를 다룬 다른 작품들에 언급되어 있다).

오디세우스는 건축가 에페이오스에게 40명의 전사가 들어갈 수 있는 아주 커다란 목마를 만들라고 명령했다. 그리고 눈이 부시게 아름다운 목마를 트로이 인들이 볼 수 있는 들판에 세워 두고 트로이를 떠나는 척하며 출항하여 근처 테네도스 섬에서 기다렸다.

목마 근처에는 첩자인 시논을 남겨 두었는데, 그는 트로이 인들에게 그리스 인들이 배를 타고 떠나 버렸으며, 목마는 아테나 여신에게 바치기 위해 남겨 놓은 것이라고 말했다. 트로이 인들은 목마를 두고 의견이 분분했다. 그러나 그들은 결국 성벽을 부수어서라도 성안으로 끌고 들어가자고 했다. 이때 사제 라오콘과 트로이의 왕 프리아모스의 딸 카산드라가 트로이의 멸망을 예언하며 저주하였으나 사람들은 그 말을 무시하고 라오콘과 그의 아들들을 바다 괴물에게 버린 뒤 목마를 트로이 성 안으로 옮겼다.

트로이 인들은 승리를 축하하며 술에 빠져들었고, 그들이 잠들자 목마에 숨어 있던 전사들은 오디세우스의 지휘 아래 목마에서 빠져나와 트로이 인들을 닥치는 대로 약탈했으며, 섬에서 기다리던 그리스군들도 함께 트로이 성을 공격하였다.

그리스 인들은 처절하게 트로이 인들을 공격했으며 도시를 파괴했다. 신전은 불타 버렸고 도시는 잿더미가 되었으며 백성들은 살해되거나 포로로 끌려갔다. 헬레네만은 메넬라오스에게 돌려보냈으나, 신전을 모독한 것에 분노한 신들은 고향으로 돌아가는 그리스 영웅들에게 무서운 벌을 내렸다. 그리하여 그리스의 승리에 결정적인 역할을 한 오디세우스는 10여 년 동안 고향으로 돌아가지 못하고 바다를 떠돌게 되었다.

3. 호메로스에 대하여

지금으로부터 2,700여 년 전에 쓰인 〈오디세이아〉를 전한 것은 소아시아 지역에 살던 호메로스Homeros(기원전 800?~750?)라는 시인이다. 그러나 호메로스의 생애와 활동에 대해 정확하게 알려진 사실은 별로 없다. 기원전 5세기경의 역사가 헤로도토스가 자신이 살던 시대로부터 400여 년 전에 살았던 인물이라고 언급한 것을 바탕으로, 기원전 9~8세기경에 살았던 인물일 것이라고 추측할 뿐이다. 그러나 호메로스가 작품의 소재로 삼고 있는 트로이 전쟁(기원전 1,200년경)이 일어난 때로부터 그렇게 멀지 않은 시대에 살았을 수도 있다고 추측하기도 한다.

또한 호메로스를 연구하는 사람들 사이에는 그가 한 사람이 아니라 여러 사람이었을 수도 있다는 주장도 있고, 그가 여성이었을 것이라는 주장도 있다. 그러나 여러 가지 논의에도 불구하고 호메로스라는 시인이 실재로 존재했으며, 호메리다이(호메로스의 후예들)가 이오니아의 키오스 섬에 살았고, 서사시에 나타나는 이오니아 방언과 지역에 대한 묘사 등등을 살펴보았을 때 이오니아 인이라는 설이 지배적이다.

호메로스에 대한 또 한 가지 중요한 사실이 있다. 그의 조각상 중에는 눈을 감은 것이 있는데, 이 조각상을 근거로 그가 키타라나 리라의 반주에 맞추어 시를 노래한 '음유시인'이었을 것이라고 추측하기도 한다. 〈일리아스〉와 〈오디세이아〉에는 이른바 '음유시인'에 대해 자세히 묘사되고 있는 부분이 있는데, 바로 오디세우스 궁전에 있는 궁정시인 페미오스와 알키노오스 궁전에서 노래하는 데모도코스가 그들이다. 이들은 귀족들의 잔치, 종교 축제, 대중 집회 등에서 영웅시를 노래했다. 따라서 호메로스도 이 시인들처럼 트로이 전쟁을 다룬 방대한 영웅시를 말로 전했으며, 그가 죽은 후 입에서 입으로 전해 오던 이야기가 오늘날과 같이 기록되었을 것이라고 본다.

어느 시기에 기록되었는지는 확실하지 않지만 기원전 5세기 아테네에서 호메로스의 서사시가 널리 보급된 점으로 볼 때 이 시기에는 〈일리아스〉와 〈오디세이아〉가 이미 기록되어 있었을 것이라고 본다.